未だ開かれざる書物の一葉

シャーロット・ブロンテ初期作品集 II

岩上はる子監訳

津久井良充／谷田恵司／向井秀忠訳

都留信夫解説

1834年シャーロットが描いたザモーナ公爵の肖像

鷹書房弓プレス

The Green Dwarf and *A Leaf from an Unopened Volume*
AN EDITION OF THE EARLY WRITINGS OF CHARLOTTE BRONTË
Volume II: The Rise of Angria 1833-1835
Edited by Christine Alexander

Originally published in the English language
by Blackwell Publishers Limited 1991

Japanese translation rights arranged with
Blackwell Publishers Limited, Oxford, England
through Tuttle-Mori Agency, Inc., Tokyo

日本語版への序文

クリスティーン・アレグザンダー

私がシャーロット・ブロンテ初期作品の第一巻を編集・出版したのは、今から十四年前であった。当時は、ブロンテ姉弟妹《きょうだい》が子ども時代に創作した物語、詩、劇を知る人はほとんどいなかった。それが今日では、シャーロットとブランウェルによる〈グラスタウン物語〉および〈アングリア物語〉、またエミリーとアンによる〈ゴンダル物語〉を中心とした膨大な初期作品群に対し、世界じゅうの学生、研究者、一般読者の関心が向けられている。とくに日本ではブロンテ初期作品は早くから注目され、なかでもシャーロット・ブロンテの初期作品に対する評価が高かっただけに、この度、出版の運びとなったブロンテ初期作品の日本語版に対して、ささやかながら序文を書くことになったのは望外の喜びである。

岩上はる子教授を監訳者とする本書の出版を心より祝福したい。本書の出版により、『ジェイン・エア』『嵐が丘』の読者は、これらの偉大な作品を著わした作家たちの素晴らしい才能の萌芽を堪能することが可能になるからである。シャーロット・ブロンテの初期作品が示しているのは、彼女が早くから物語の語り手を採用していたこと、みずから男性登場人物の役を演じていたこと、ヒーローとヒロインの恋愛の発展過程に関心があったことである。さらにシャーロットの初期作品には、濃密な「間テキスト性」が認められる。すなわちシャーロットが当時の、またそれ以前の文学作品を幅広く読み、とりわけ聖書についての豊富な知識が、彼女の物語世界を創り上げていることを示しているのである。

シャーロットはある詩の中で「子どもの頃に布を織った」ことを回想している。織り合わされた物語、詩、劇の中から、本書の翻訳者たちが選び取った物語が、若き日のブロンテたちの空想の世界への素晴らしい誘《いざな》いになることを信じて疑わない。

ニュー・サウス・ウェールズ大学
オーストラリア

はじめに

本書は、シャーロット・ブロンテの初期作品の中から、「緑のこびと」（'The Green Dwarf'）と「未だ開かれざる書物の一葉」（'A Leaf from an Unopened Volume'）を邦訳したものである。一九九九年刊行の「秘密」（'The Secret'）「へぼ詩人」（'The Poetaster'）「呪い」（'The Spell'）を収録した『秘密・呪い――シャーロット・ブロンテ初期作品集1』につづく第二巻である。今回もテクストはアレグザンダー編集の全集版を使用し、必要に応じてその他の版も参照した。初期作品の成立過程や背景およびテクストについては「解説」に詳しいので、ここではこれらの作品の位置づけ、後期の小説への影響などについて触れておきたい。

シャーロットが十歳の頃に始められた初期作品は、彼女が二十四歳になる一八四〇年頃まで書きつづけられた。その量は後に刊行された四作の小説を上回る膨大なもので、それらの作品群はほぼ三期に分けられ、前掲五点のうち「へぼ詩人」（一八三〇年執筆）を除くすべてが、第二期（一八三二年から三六年）に属する。なおそれぞれの執筆時期は、「緑のこびと」が一八三三年九月、「秘密」が一八三三年十一月、「未だ開かれざる書物の一葉」が一八三四年一月、「呪い」が一八三四年六―七月で、わずか一年足らずの期間に、四作で約九万五四〇〇語の物語が書かれたことになる。ちなみに二巻本の形で死後出版された『教授』（一八四六年七月脱稿）は、およそ一〇万五三〇〇語である。初期作品の文学的評価はともかくも、当時まだ十七、十八歳のシャーロットの旺盛な創作力には驚かされる。

第二期は、シャーロットがロウ・ヘッドのウラー塾（一八三一年一月から三二年五月まで在学）から帰宅して、ふたたびアングリア物語の創作に没頭した時期である。第一期（一八二六年から三一年）の、アフリカの架空の王国グラスタウンを舞台にウェリントン公爵を主人公とした冒険物語は、ここではその息子ドゥアロウ侯爵（ザモーナ公爵、後にエイドリアン皇帝）をめぐる恋愛物語へと変容する。シャーロットは弟ブランウェルが展開するアングリアの政治的事件などを、物語の枠組みに取り入れながら、ザモーナ公爵の数多くの恋愛事件や、義父となるアレグザンダー・パーシーとの愛憎関係を描き出した。ブランウェルがリードする新国家アングリアの建国、その後の権力闘争や内紛、アングリア大戦といった物語を背景に、シャーロットはロマンティック・ラブという独自のテーマで彼女の物語を創り上げていったのである。

本書は第一巻と同様、アングリアの主筋からは外れる物語を集めている。ドゥアロウ侯爵からザモーナ公爵となったアーサーの華麗な社交生活を描いた「ヴェルドポリス上流社会」（一八三四年二—三月）や、アングリア建国と遷都の模様を綴った「私のアングリアとアングリアの人々」（同年十月）が第二期の主流であるとすれば、物語の時間より一世代さかのぼった「緑のこびと」や、逆に一世代後の未来を扱った「未だ開かれざる書物の一葉」は傍流と言える。しかも、これらの物語にしか登場しない人物が新たに書き加えられたりしているのである。

次に本巻に収録した物語の特徴を述べる。「緑のこびと」も「未だ開かれざる書物の一葉」も、アングリア王国の栄枯盛衰をたどるクロノロジーには属さないながら、ここには紛れもなく物語作家シャーロット・ブロンテの萌芽が見られる。

「緑のこびと」には貧しい絵描きへの愛を遂げるヒロインが登場する。身分や財産ではなく愛による結婚というシャーロットの物語のパターンが、ここにはすでに現れている。またパーシーの存在感は、それまでの清廉潔白なウェリントン公爵に見られる単純なヒーロー像からは格段の成長を示している。（悪魔的な要素を秘めた新たなヒーロー像の造形については「解説」をお読みいただきたい。）また「未だ開かれざる書物の一葉」では、父の恨みを晴らそうとするヒロインが「人間の法はどうあれ、神の法が認めている」として自らを復讐へと駆り立てる。自己の倫理的判断を社会の因習道徳ではなく、自らの内なる神に委ねようとする主体的な自我を持った女性の原型がここにある。

だがこれらの物語に読者を惹き付ける魅力があるとすれば、それは何よりもその物語性にあると指摘できよう。いずれの物語もミステリーを含み、豊かなストーリー性を備えている。主役たちは強い個性の持ち主であり、誇り高い男女の恋愛を絡めながら物語は劇的に展開する。むろん恋愛物語を書きながら、愛の動機と発展といった情熱の描写には物足りなさがあり、相手の身分が後に高貴な族長と判明したり、出自の障害が都合良く解決するといった夢物語的な弱点も見られる。それは一つには実体験というよりも、様々な読書体験に基づいた想像の世界で構築された物語だからである。

ヨークシャーの寒冷なハワース周辺をほとんど出ることのなかった十代のブロンテたちは、物語の舞台を自分たちの日常的世界にではなく、未知のアフリカの架空の王国に設定した。かれらが構築したアングリア王国は、当時のイギリス社会の様々な制約から解放された反日常的な世界であった。それゆえ作品の魅力は非現実的なファンタジーにあると言えるが、その一方、シャーロットがその空想物語に現実の論理を介在させたことで、いわゆる物語作りが不徹底となっている。リアリズムとファンタジーの混在した一種独特の世界が初期作品の特質なのである。

訳出は、ブロンテ独特の装飾的な文体やミステリーの要素を含む複雑な仕掛けのために、かなり難航した。それぞれの担当者が仕上げた訳文を、第一巻の訳者たちとさらに都留信夫先生に加わっていただき、総勢八名で検討した。その上で、監訳者が各担当者と議論しながら手直しした。何よりも読みやすい訳文を目指したため、訳の行き過ぎや思い違いも多いものと思われる。それらはすべて監訳者の責任であり、読者からご批判・ご教示いただければ幸いである。

地名・人物名のカタカナ表記その他は、みすず版に準拠するところが多いが、一部はアレグザンダーその他海外の研究者の意見も徴した上で、監訳者の判断で改めた。アレグザンダー版には詳細な注が添えられており、訳出の際に非常に参考になったが、本書では原注を元に監訳者の判断で、必要に応じて省略または補足した。

最後に、第一巻に引きつづき、ご指導・ご鞭撻を賜った都留信夫先生に心から感謝したい。また、我われの仕事に変わらぬ理解と信頼をお寄せ頂いた鷹書房弓プレスにも感謝の意を表したい。

二〇〇〇年十一月

岩上　はる子

未だ開かれざる書物の一葉

――シャーロット・ブロンテ初期作品集II

目　次

緑のこびと

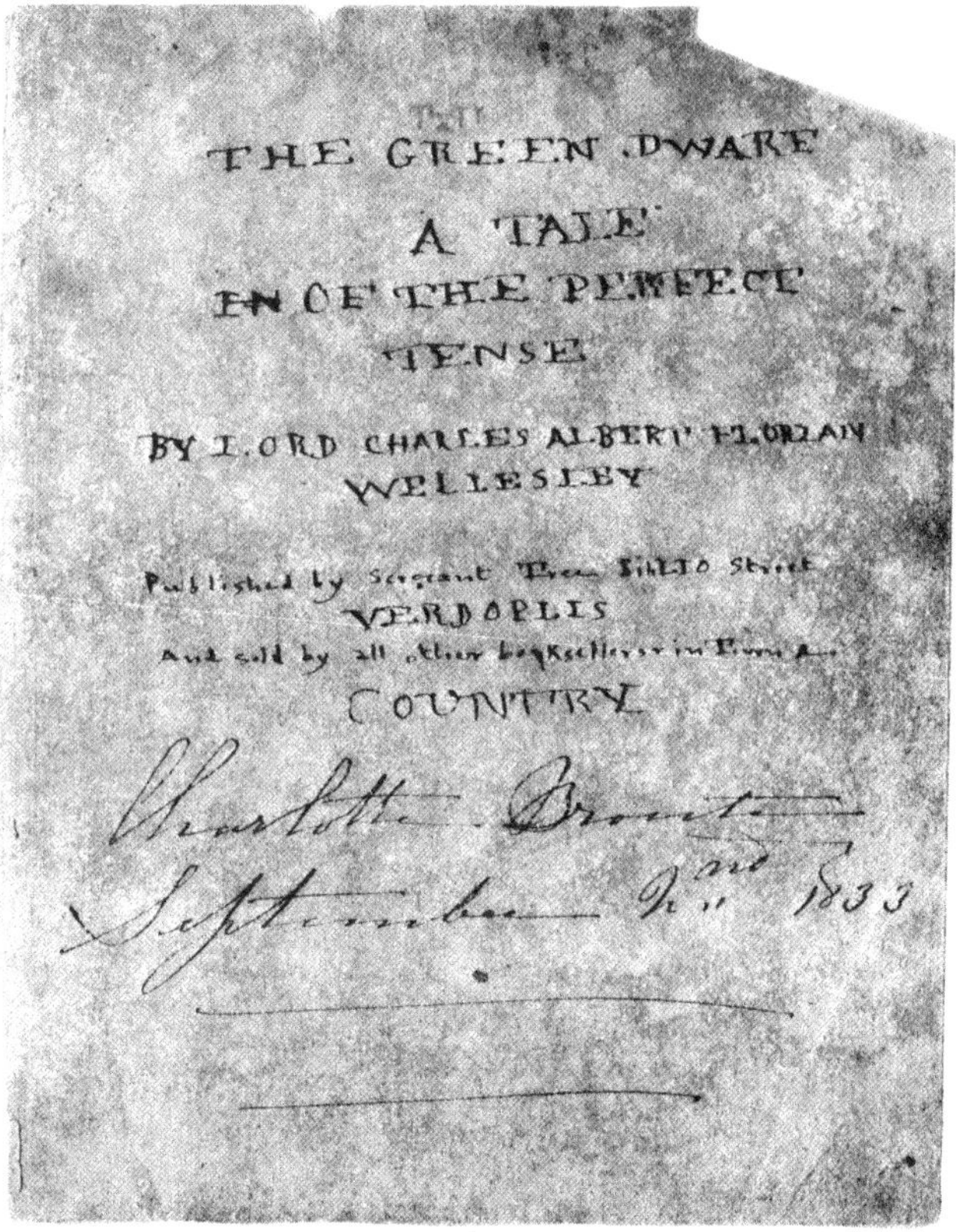
THE GREEN DWARF
A TALE
OF THE PERFECT
TENSE
BY LORD CHARLES ALBERT FLORIAN
WELLESLEY
VERDOPOLIS
COUNTRY
Charlotte Brontë
September 2nd 1833

「緑のこびと」の表紙。署名と日付けのみ筆記体。残りは小さな活字体である。本文は26ページから成っている。（原寸11.5×9.2㎝）

主要登場人物関係図（緑のこびと）

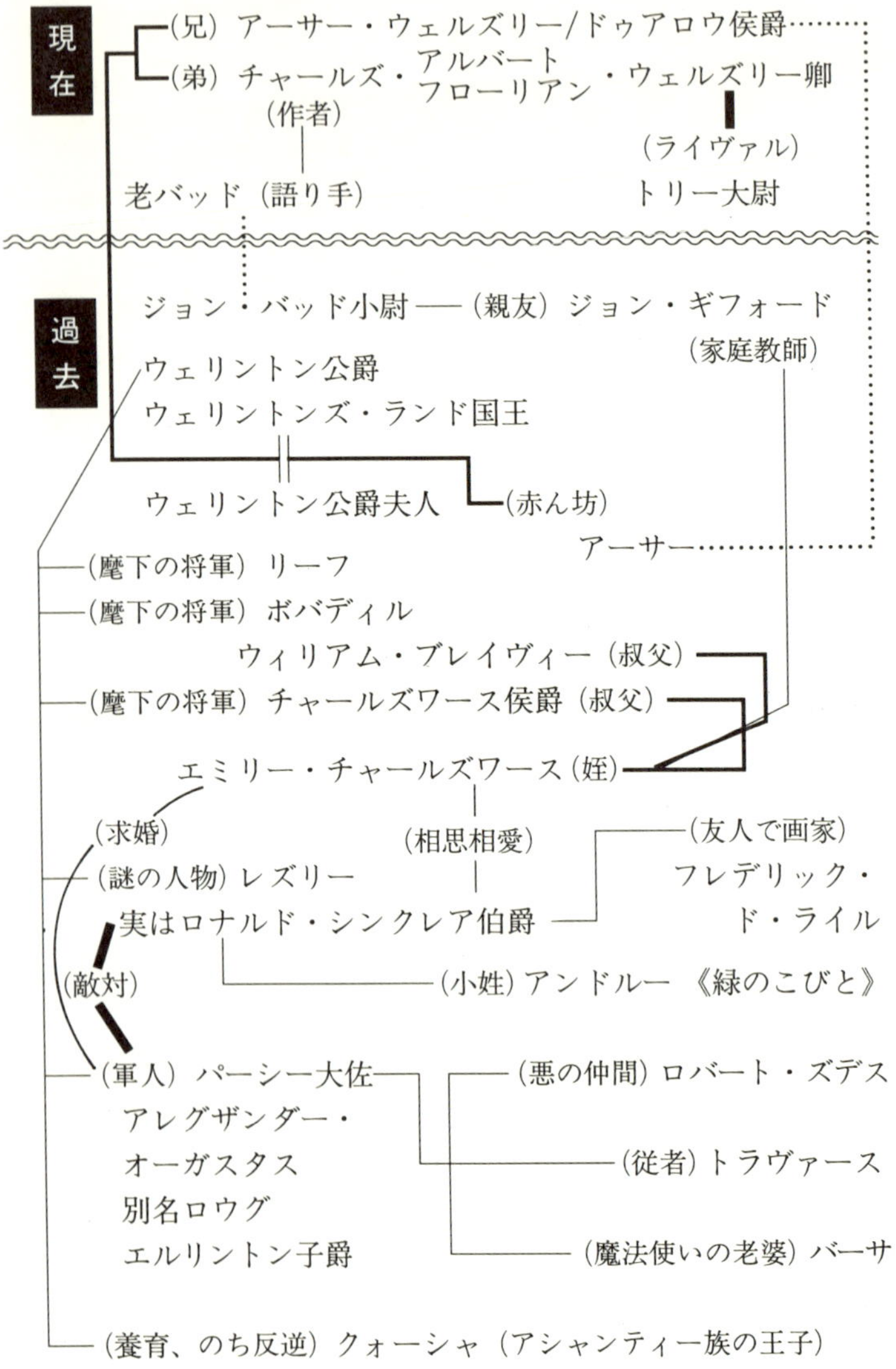
現在
(兄) アーサー・ウェルズリー/ドゥアロウ侯爵
(弟) チャールズ・アルバート フローリアン・ウェルズリー卿
(作者)
(ライヴァル)
老バッド (語り手)
トリー大尉
過去
ジョン・バッド小尉 ── (親友) ジョン・ギフォード
(家庭教師)
ウェリントン公爵
ウェリントンズ・ランド国王
ウェリントン公爵夫人
(赤ん坊)
アーサー
(麾下の将軍) リーフ
(麾下の将軍) ボバディル
ウィリアム・ブレイヴィー (叔父)
(麾下の将軍) チャールズワース侯爵 (叔父)
エミリー・チャールズワース (姪)
(求婚)
(相思相愛)
(友人で画家)
(謎の人物) レズリー
フレデリック・
実はロナルド・シンクレア伯爵
ド・ライル
(敵対)
(小姓) アンドルー 《緑のこびと》
(軍人) パーシー大佐
(悪の仲間) ロバート・ズデス
アレグザンダー・
オーガスタス
(従者) トラヴァース
別名ロウグ
エルリントン子爵
(魔法使いの老婆) バーサ
(養育、のち反逆) クォーシャ (アシャンティー族の王子)

緑のこびと[1]
完了形の物語

チャールズ・アルバート・フローリアン・
ウェルズリー卿[2] 作

出版 トリー軍曹[3] ビブリオ・ストリート
ヴェルドポリス[4]
都会および田舎のあらゆる書店にても販売

シャーロット・ブロンテ
一八三三年九月二日

序文

世間では、ぼくが長らく完全に、（そして）不気味なまでに沈黙を続けていることを訝《いぶか》しむ声が上がり始めているらしい(5)。

　市場の片隅では「いったいどうしたのかしら」と、灰色の縁なし帽にほころびたスカートをまとった当代の女流文学者《ブルー》たちがさえずっている。「おかしいわね、チャールズ卿ったら。トリー大尉(6)にこっぴどくやられて伸びちゃったのかしら。あの豊かな才能も創作意欲も枯れてしまったというわけ？　今頃は誰かにおぶさって月の山(7)にでも登山かしら、それとも——悲しいけれど！——病気でうんうん唸っているんでしょうか」

　残念ながら、一番最後のが正しい。というか、正しかったというべきか。ぼくは病気、それも重症だったのだ。何とも形容し難いほどひどい目に遭わされていた。病気のためというよりも、それを治すためというおぞましい療法のせいで。まず手始めに熱い風呂で茹で上げられ、次にとろ火でじっくりと炙《あぶ》られ、最後は絶食というじつに手荒な療法だったのだ。ぼくの言うことが信じられないと言う人は、ヴェルドポリス郊外のウォータールー宮殿(8)の裏手に住むクック夫人(9)を訪ねてみるがいい。そんな荒っぽい治療を受けてどうして生きながらえたのか、病魔に打ち勝ったぼくがどんな体質なのか、といった質問には、いかなる賢人といえども答えられないだろう。ともあれ、ぼくはついに治った。

少し気取った言い方をするならば、回復したというわけだ。げっそりと痩《こ》けた頬にもいくらか生気が戻り始めてきた。なのに、その後もぼくは長いこと女中頭の部屋の片隅に寝かされ、執筆を禁じられていた。外出もままならず、おかゆ、サゴ、(10)蝸牛《かたつむり》スープ、パナド、(11)コガネ虫のシチュー、(12)ミルクスープ、ネズミの丸焼きなどをあてがわれていた。ある晴れた夏の日の午後二時頃、クック夫人が今日はお天気も良いし、気分が良ければ散歩でもと勧めてくれたときの、ぼくの喜びようといったらなかった。わずか一〇分で新調の洋服を着込み、垢まみれの顔をきれいさっぱり洗い流した。

必要な身支度を済ませ、素早く羽根飾りの付いた帽子に騎士外套をはおって意気揚々と出かけた。自由の素晴らしさをこのときほど感じたことはない。街は燃えるような暑さで息苦しいほどだったが、ぼくは人影のない早朝の露を含んだ香《かぐわ》しい朝の冷気のような爽やかさを感じていた。枝々が影を落とす木立はなく、燃えるような日差しに照りつけられたが、日陰を恋しいとも思わず、店先や軒下をゆっくりとした足取りで歩いて行った。角を曲がると、思いがけず、涼しげに寄せ返す広い海原が現れた。ぼくには熱帯地方熱(13)という病にかかった哀れな水夫たちの心情が理解できる気がする。青い海原に浮かぶ白い泡は、真っ白な花々が咲き乱れる春の草原のように見え、想像逞《たくま》しいぼくの眼には、波間に見え隠れする船の帆柱が深い森の木々のように映り、その傍らに漂う小舟は木陰でまどろむ牛の群に見えるのだ。

ぼくはいつもの踊るような足取りになったが、弱った膝は体重を支えきれず、まもなく膝が笑い始めた。一息つかないことには、もう一歩も進めない。どこか回復するまで休憩できる所はないか。ぼくはクォーミナ広場[14]と（もったいぶって）呼ばれている古く荒れ果てた中庭に来ていた。この一角にはバッド[15]、ギフォード[16]、ラヴ・ダスト[17]など、変わり者の老人たちが二〇人くらい住んでいた。ぼくは最初に名前をあげた人物の家で一休みすることにした。彼はいちばん気のおけない友人で、住居も申し分のないものだったからである。

実際、バッドの邸宅は部屋数も多く、なかなか立派なものである。外観は古風で趣きがあり、当代の石工による修理も行き届き（ところが、この修理には近隣の住人たちは猛反対した）、内装も手が込んでいる。扉を叩くと、人品卑しからぬ白髪の従僕が応えた。ご主人はご在宅かとたずねると、彼はぼくを二階に案内し、狭いけれども豪華なしつらえの部屋に通した。バッドは破れた羊皮紙やがらくたに囲まれて机に向かっていた。ちょうど数個の膝の飾り留め金《ニー・バックル》を手に、ドゥアロウ侯爵[18]とその連れの小僧を相手にさかんに講釈しているところだった。彼らは暖炉を背にして、バッドに敬意を払って直立していた。

「いったいどうなされたのです」ぼくが入っていくと、その老紳士は優しく声をかけた。

「お顔の色が悪くて、まるで病人のようですぞ。あのおいぼれトリーの戯言に焦《じ》れておられるのではありますまいな」

「おや、これは驚いた」ぼくがまだ一言も発していないうちに、兄のアーサー[19]が口を挟んだ。「なんて顔色だ。おまえの貧相な身体には僕の鞭がずいぶんと堪《こた》えたようだな[20]。チャーリー、まだ痛むか」

「人でなし！」ぼくは言い返した。「弟を半殺しの目に遭わせておきながら、よくもぬけぬけとそんな口がきけますね。自分で鞭をくれておきながら、傷はまだ痛むかですって」

　ぼくの反撃に彼は嘲笑したが、それは白い歯並びを見せびらかすためであり、口元に浮かべた冷笑は己の才を見せつけようという魂胆にちがいない。そうしながら、兄の手はそっと乗馬の鞭に触れていたのだから。

「いけませんぞ、閣下」その手の動きを察知してバッドが言った。「これ以上、手荒なまねはおやめ願います。閣下は本気で弟君を殺しかねませんからな」

「そんなつもりはないさ」ドゥアロウ侯爵が言った。「今のところ、こいつは相手になれる状態じゃないからな。だがもう一度さっきのような口をきいてみろ、足腰立たないくらい叩きのめしてくれるぞ」

　他にどんな脅し文句を並べるつもりだったのか知らないが、ちょうどこのとき、食事が運ばれて来た。「ドゥアロウ公爵、モートン大佐[21]」とバッドが声をかけた。「どうかごゆるりと、夕食でもご一緒にいかがですか。粗末な食事がおふた方の口に合えば、ですが」

「痛みいります、大尉」アーサーは応えた。「なかなか美味しそうですね。ご相伴にあずかりたいのは山々ですが、朝食をとってからまだ二時間にもなりません。寝たのが昨夜というか今朝の六時、眼が覚めたら十二時を回っていました。ですから、夕方七時か八時にならないと、とても食事など」

　モートンも似たような言い訳をして辞退し、ありがたいことに二人の紳士たちは早々に引き上げた。

「さて、チャーリー」二人がいなくなると、友はぼくに言った。「あなたにはお付き合い願えますな。さあ、向かいの肘掛け椅子におかけなさい。いつものように大いに語り合いましょう」

ぼくは喜んで彼の親切な招待に応じた。どうせ家に帰っても、クック夫人の出してくれるものは、ぞっとするようなウジ虫スープに決まっている。食事のあいだ、言葉はほとんど交わさなかった。バッドは食卓での会話を嫌っていた。ぼくもひと月ぶりに口にするご馳走を賞味するのに忙しく、他のことを考える余裕などなかった。だが皿が片づけられデザートが出されると、バッドは開け放った窓辺に円卓を寄せ、サック[22]をなみなみと注いでクッションを置いた愛用の肘掛け椅子に身体を預けた。そしていかにも人心地がついたというように、穏やかな声で語りかけた。「さあ、チャーリー、何の話をしましょうかね」

「何でも結構です」ぼくは答えた。

「何でも、と言われましてもね」と彼は言葉を切って、「それでは何を話したらよいかわかりません。何か聞きたいものはありませんか」

「では、バッド」ぼくはこう答えた。「ぼくが選んでもいいって言うなら、一番聞きたいのはあなたの面白い昔話だよ。もう一度聞かせてくれたら、感謝感激なんだけどなあ」

物語する人の例に漏れず、バッドも初めは固辞していたが、ぼくがお世辞たらたらおだて上げ頼み込むと、ついに願いを聞き届け、以下の出来事を語ってくれたのだ。ぼくはそれを読者の皆様に提供しようと思う。ただし聞いたままの言葉ではなくて、意味と事実だけを伝える形で。

――三三年七月一〇日　　C・ウェルズリー

第一章

今から二〇年前、あるいはそれくらい前の頃、現在のヴェルドポリスの中心部に、当時は街のはずれだったが、魔神館という奇妙な形の巨大な建造物があった。ここは部屋数五〇〇を越える宿泊所で、どの部屋も旅人には快適なしつらえで、一段と豪華な特別室もいくつか設けられていた。しかも宿泊は無料であった。この寛大な経営方針のおかげで、魔神館はあらゆる国々からの旅人たちの保養所になっていた。館の主というのがタリー、ブラニー、エミー、アニーといういささか風変わりな四人の魔神《ジン》たち[23]で、給仕や使用人は身分の低い精霊たちが務めていた。連中は大事な職種というのに、手の抜き放題であったが、それでも魔神館への客は引きも切らなかった。

慌ただしい足音、どんちゃん騒ぎ、取り引きの声も今では途絶え、迫持《アーチ》は崩れ落ち、湿気のこもる丸天井には黴《かび》が生え、広間は闇に包まれ客室は朽ちている。この巨大な館は内乱の際に破壊され[24]、今では大いなるヴェルドポリスの中心にあって、所在なげに廃墟を晒《さら》している。だが我われの関心は現在ではなく、昔日の魔神館である。ゆえに現在の廃墟の姿を嘆くのはフクロウに任せて、我われはもっと華やかな昔に眼を向けることにしよう。

一八一四年六月四日の夜、魔神館はいつもとは違う装いを見せていた。祭典を翌日に控えて、多勢の客が前日から詰めかけていた。大広間の一角の石の床にはトルコ商人たちが胡座《あぐら》をかいていた。当時、彼らはヴェルドポリスの商店主や市民たちを相手に、香辛料、肩掛け、モスリン布地、宝石、香水といった東洋の様々な贅沢品を商っていたのである。長いキセルをくわえて煙をくゆらせ、極上のシャーベット水[25]をすすりながら、いかにも心地良さそうに腰を下ろし、備え付けのクッションにもたれていた。そばには陽に焼けた浅黒い肌のスペイン人が数人、孔雀さながらに胸を突き出して気取って歩いていた。聞くところでは、孔雀は決して足元を見ないそうである。これは自分のぶざまな脚を見ると、已が姿の美しさに陶酔していたのが醒めてしまうからだそうだ[26]。この万物の霊長からさほど離れていないところにスタンプス島[27]の住人たちがたむろしていた。血色の良い丸顔で、髪は縮れ、脚はすらりと伸び、靴を片方しか履いていなかった。現在ではスタンプス島の住人もめっきり数が減ってしまったが、この頃はまさに「入り江に青々と繁る樹木[28]」のように隆盛を極めていたのだ。彼らがのべつ幕なしに声を張り上げて注文するメロンとアイス・プディングを運ぶのに、一〇人あまりの精霊たちがてんてこ舞いしていた。

　大広間の反対側では、気難しそうな青白い顔をした英国人が五、六人、グリーン・ティー[29]をすすりながら話し込んでいた。彼らの後ろでは萎びたような紳士《ムッシュー》たちの一行が座って、ふっくらした白パン、滋養に富んだ高級プロイセン・バター[30]、香しい嗅ぎ煙草、ブラウン・シュガー、キャリコ[31]をたがいに勧め合っていた。この猿の干物のような連中からさほど離れていないところに、浮き彫りの木製の衝立が赤々と燃える暖炉を囲むように置かれ、その陰に二人の紳士がテーブルに着いていた。卓上では美味そうなビーフステーキが煙を上げ、タマネギ、ケチャップ、カイエンヌペパー[32]まで添えられていた。さらに銀の容器に年代物の最高級のカナリー産ワイン(33)が冷え、銀の大ジョッキにスパイス入りビールがこれまたなみなみと注がれていた。

豪華な料理を賞味する幸運な紳士の一人は、見たところ五十五歳くらいの初老の男であった。色あせた黒服、髪粉をふった鬘《かつら》、額に刻まれた深いしわから、彼が学者で、身なりに無頓着なことがわかる。もう一人の紳士は彼とはあまりにも対照的だった。せいぜい二十六、七歳で、まさに男盛りといったところだ。さり気なく品良くカールさせた亜麻色の髪が、端正とは言えぬまでもキリッとした顔立ちを引き立てていた。物怖《ものお》じしない澄んだ青い瞳が生き生きとした表情を作り出し、軍服が均整のとれた逞しい体軀をいっそう際立たせていた。背筋を伸ばした優雅な姿は軍人らしく凜々《りり》しかった。

「この若い軍人こそ」とバッドは眼を輝かせて言った。「この私なのですよ、チャーリー。お笑いになるかもしれませんがね」バッドがこう言ったのは、ぼくがついニヤリとしてしまったからだ。何しろ眼の前のバッドはでっぷりとした初老の男で、その太鼓腹は、彼が語る若き日の雄姿とは似ても似つかず、失笑せずにはいられなかったのだ。「お笑いなさるがいい。ですが、若い頃の私は誰にも引けをとらない勇敢な兵士だったのですぞ。悲しいかな。時の流れ、様々な悩み、深酒と怠惰な日々。それが人を変えてしまうものですなあ」

「ところで」と読者はおたずねになるだろう。「先ほどのもう一人の紳士は何者か」と。ジョン・ギフォードである。バッドが少尉の頃から、大尉に昇進した後までずっと親友だった人である。

バッドとギフォードは食事中は一言も交わさなかった。しかしビーフ、タマネギ、カイエンヌペパーの最後の一切れを平らげ、ケチャップの最後の一滴をぬぐい取ると、二人はようやくナイフとフォークを置き、フーッと息を吐いて口を開いた。「ところでバッド、あちこちから集まって来ておる馬鹿者どもは、明日、我らのバビロンのような街[34]で行われるお祭り騒ぎを見るためにわざわざ来たのだな」

「そうですとも」と相手は応じた。「明日の祭典には、ぜひ軽蔑なさらず、あなたにもご出席いただきたい」

「何だって」年長の紳士は思わず声を上げた。「わしに見物しろと言うのかね。戦車が走り、馬が駆け、野獣が血を流す様をか。つまらぬ弓の腕前や、野蛮な格闘技に拍手しろと言うのか。気でも狂ったか。それとも極上のワインとナツメグ入りのビールが効き過ぎたのか」そう言いながら、彼は自分のグラスになみなみと注いだ。

「ギフォード、ぼくは気など狂ってはいないし、酔ってもいませんよ」とバッドが答えた。

「言わせていただきますが、あなたにはくだらぬ馬鹿騒ぎでも、明日はあなたより身分の高いお歴々も大勢、見物にいらっしゃるらしいですよ」

「ふむ、そうか。君もそういう愚か者たちの一人というわけだな」

「申し上げておきますが、ぼくは少しも馬鹿げているとは思いません」

「本気か、バッド！　呆れたものだ。やがて君がこういった催し物の愚かしさに気づいてくれることを願うね。いつかしら君が我らの選ばれた仲間の一員になり、現在のような劣悪な時代の馬鹿騒ぎに愛想を尽かして、過ぎし昔に思いを馳せる日の来ることを期待しているよ。世間の俗物どもが黄金や宝石に心奪われるように、我われには消え去った古《いにしえ》の時代を偲ばせてくれるものなら、いかにささやかなものであっても、またどんなにちっぽけに見えようとも、貴重なものなのだ」

「おや、ギフォード！　何をおっしゃるのです。ぼくだって正餐のぶどう酒が注がれたというメルキゼデク(35)の杯や、アブラハム(36)の駱駝を放牧場に繋いだという手綱をこの眼で見たいとは思いますよ。我われの祖先の巨人たちの大腿骨や肩胛骨《けんこう》やらも見てみたいものです。たとえそれがただの象の骨のかけらだとわかってもね。（おや、ギフォード、ちょっと言葉が過ぎましたかね）でもそんな懐古趣味に浸っているつもりはありません。その前に一〇年ぐらいは面白可笑しく暮らしたいですね」

「君まであんな俗物どもと同じことを言うのか」ギフォードはむっとして言った。「それでも最後の言葉に望みがなくもない。いつかは君も、我われがこの世に遣わされた大いなる使命を思うときが来るだろうさ」

「さあ、どうですか、何とも言えませんね。ぼくがどうなるかはともかく、我が家のスティンゴ(37)ときたら、早くも骨董や法律の研究の道に進みそうな気配ですよ」

「何だって。昨日、君の家で見かけたあの可愛い男の子のことか。どうりでまだ年端もいかぬのに、すでにして将来を期待させる威厳が顔に表れておった」

「そう、まさしく。へそ曲がりで、キイキイ声の、あの気むずかしい餓鬼ですよ」

「ねえ、君」とギフォードはまじめに言った。「くれぐれも蕾《つぼみ》を摘むようなまねはしないでくれたまえ。いいかい、あの子はやがてこの国の名誉となるだろう。そうだ、あの子にこの遊び道具を渡してもらいたい」（ポケットから丸い小石をいくつか取り出しながら）「これは古代ブリトン人(38)の子どもたちが遊んでいたおはじきにちがいないと、わしが考えていると伝えてくれ。あの子なら値打ちがわかるはずだ」

「そうでしょうとも。でも次にスティンゴに贈り物をすることがありましたら、法律の解説書か何かにしていただけませんか。あいつときたら、いつもぼくの書斎に入り浸っては法律書を探し回って、それらしいものが一冊もないと文句ばかり言ってますから」

「まるで天使のような子じゃ！」ギフォードは感嘆の声を上げた。「家に帰ったらさっそく、わしの法律概要全書を送ることにしよう。もうそんな不自由はさせぬからな」

「恐縮です」バッドは応えた。「ところで、話題を変えましょう。明日の祭典の委員長はブレイヴィー(39)だそうですが、勝者に栄冠を授ける役の女性はどなたでしょうか」

「つまらぬ噂をいちいち覚えてはおらぬが、今朝は、確かレディー・エミリー・チャールズワース(40)だとか言っていたようだが」

「本当ですか。それはいい。適役ですよ。あのお美しい方が出席なさるだけでも、明日の祭典は華やかになるでしょう。ギフ、レディー・エミリーほどの美人が他にいると思いますか？」

「なかなかの評判じゃな」とギフが答えた。「馬子にも衣装というからな。だがおつむときたら、まるで耕されておらん。不毛の地とは言わぬが、あちこちにぺんぺん草が生えているといった有様じゃ」

「なんて口の悪い！」私はかっとして言った。「黴の生えた古文書や虫食いだらけの法律書を押しつけて、美しい薔薇の花を萎《しお》らせるなんて。いったいどういうおつもりなんですか」

「他意はない。ただせっかく授かった能力を伸ばしてほしいと望んでのことだ。それには君が今並べたような学問についての優れた学者が要約した小冊子を熟読するのが一番なのじゃ。彼女の伯父上からしっかりと教養を身に付けさせてくれと依頼され、わしはイングランドの古代の文物に関する研究を、ささやかながら四折本で一〇巻にまとめ上げたのだ。ご丁寧に注釈を施して、わざわざ分厚い付録まで一巻付け足したというのに。せめてこのささやかな書物くらい、最後まで読み通してほしかった。そうすれば学問というものの何たるかが――わしごときは取るに足らぬ一介の学者に過ぎぬが――多少なりともわかってもらえただろう。ところが何たることか、あの娘ときたら歌舞、音曲、絵画、語学といった軽薄な芸事を教える教師の言葉にばかり耳を傾け、言いなりなのだ。それでも足りずに花を活けたり、絹や亜麻布の衣装の縁《ふち》取りなどにうつつを抜かす始末だ。わし一人がいくら立派な学問の道に導こうとしても無駄だった。優しく褒めそやしたり厳しく叱りつけても、レディー・エミリーときたら、愛想笑いをしたり泣いて見せたりで、時には（口にするのも恥ずかしいが）わしの機嫌を取って、怠けていたことを見逃してもらおうとさえするのだ。学問は男であれ女であれ大切なものだというのに」

「いやはや、ギフ、ご立派ですよ」バッドは笑いながら言った。「そんな課題を押しつけたりして、いっそ張り倒されたらよかったのに。それはそうと、教え子のレディー・エミリーが近々、パーシー大佐[41]と結婚なさるそうですが。お耳に達していますか」

「いや、聞いてはおらん。しかしあり得ぬ話ではないな。女というものは、そういうものだ。考えるのは結婚のことばかり。学問など塵芥《ちりあくた》のように見なしておる」

「そのパーシー大佐とは何者です」二人の真後ろで声がした。

バッドはその聞き慣れない声の主を確かめようと、さっと振り返った。わずかに燃えている暖炉の残り火に仄《ほの》かに浮かぶ長身で痩せぎすの男の姿に、バッドは身構えて眼を大きく見開いた。

「君は」バッドは不審な男の姿がもっとよく見えるよう、暖炉の火を掻き起こしながら言った。「いきなりものをたずねる前に、まず何者なのか名乗りたまえ」

「私は」と男は答えた「公正なる政府を守り、反乱軍を鎮圧するために駆けつけた義勇兵です。これからウェリントン公爵のもとに馳せ参じるところです。我われはまもなく同胞と呼び合うことになるでしょう」

見知らぬ男がこう答えたとき、消えかかっていた火にくべられた粗朶《そだ》がぱちぱちと燃え上がって、それまで薄暗がりの中で不鮮明だった男の姿をくっきりと照らし出した。身長は六フィートを越えるかに思われた。すらりとしたその見事な肢体は、異国風の華やかな装いにいっそう気品を湛えていた。うぐいす色のベストと膝が隠れる丈の単衣《チュニック》、編み上げ靴、片方の肩から掛けたたっぷりした薄墨色の上衣《ローブ》というか外套を腰に巻いた幅広のベルトで留め、頭には漆黒の羽根飾りの付いたうぐいす色の帽子をかぶっていた。弓と矢筒を背負い、柄の部分に宝石を散りばめた二本のナイフを飾り帯《ガードル》に挿していた。片手に握られたぴかぴかの長槍は、彼の長身を際立たせていた。この男の堂々とした体軀と装いが醸し出す騎士らしい威厳は、若年ながら逞しい男の英姿に似つかわしかった。彫りの深い端正な面立ち、瞳は亜麻色の巻き毛に陰りながら誇らしげに輝いていた。その姿は見る者を感嘆させるだけでなく畏敬の念をも抱かせた。

「これはこれは」私はその若い軍人の凛々しさに圧倒された。「私がウェリントン公爵なら、あなたのような援軍を得たらさぞかし心強いことでしょう。失礼ながら、お国はどちらか教えていただけませんか。出で立ちも言葉使いもこちらの方とは思えませんので」

「お忘れのようですね」相手はにっこりと笑って言った。「まずあなたの方から答えていただきたい。私の質問がそのままになってますからね」

「おお、そうでした」バッドは言った。「パーシー大佐が何者か、おたずねでしたね」

「そのとおりです。その人物について教えていただけると大変ありがたい」

「彼は富豪の老ビューフォート[42]公爵の甥で、どうやら公爵の相続人となるようです」

「なるほど！　で、いつ頃からレディー・エミリー・チャールズワースに求愛しているのですか」

「一年ほど前でしょうか」

「結婚式はいつですか」

「近々、と思いますよ」

「彼は美丈夫ですか」

「まあ、あなたと遜色がないというところでしょうか。加えて物腰は軍人としても紳士としても非の打ち所がありません。だが、彼は紛れもない悪党ですよ。尊大で賭博狂で酒乱です。良心のかけらもない男なのです」

「なぜそれほど悪し様に」

「あの男のことは何から何まで知っているからです。私はあいつの部下で、悪行の数々を毎日のように見ていますから」

「レディー・エミリーは彼の本性を知っているのですか」

「おそらくご存知ないでしょう。たとえ知ったとしても、果たして気持ちが変わるでしょうか。貴婦人たちは夫を選ぶとなると、人格よりも外見ですからね」

「二人で出かけることもあるのですか」

「それはないでしょう。レディー・エミリーは外出嫌いで、家に籠りがちだそうですよ」

「彼女の人柄や気質はいかがですか。優しいのか、きついお方なのか。率直なのか、それとも無口なのか、わかりますか」

「それはわかりません。でもこちらの紳士なら、あなたを満足させることができるでしょう。彼女の家庭教師でしたので、彼女のことをよくご存知ですから。ギフォード、あなたの意見を聞かせてください」

　意見を求められたギフォードは、それまで潜んでいた隅の暗がりから姿を現した。男はぎくっとして、まとっていた外套の端で顔を覆った。まるで素性を知られるのを恐れるかのように。だが古物収集家の彼は目ざとい方ではなく、先刻自らなみなみと注いだスパイス入りビールで頭はもうろうとしていた。彼は視点の定まらぬ眼で男を見ながら、しまりのない口調でしゃべり始めた。

「バッド、わしに何か用かね」

「レディー・エミリー・チャールズワースのお人柄を、こちらの紳士に話していただけないかと思いましてね」

「人柄だと？　はてな。どこにでもいるあの年頃の娘たちとさして変わらんが。つまりだな、どうしようもないということじゃ」

男は笑みを浮かべて意味ありげに肩をすくめた。その仕草は「この御仁からはあまり情報は得られない」と語っていた。彼はギフォードに一礼すると、大広間を遠ざかって行った。

男が立ち去ると、二人はしばし黙して座っていた。だがまもなくバッドは、ほど近くに座っていたフランス人の一団から聞こえてくる声に注意を引かれた。それは明らかに何かを読み上げている、つまり朗読している声だった。バッドはそちらに足を向けた。声の主は茶の上着とチョッキを粋に着こなし、＊＊色[43]のズボンをはいていた。芝居がかって大げさな身振りで語る男の話声が、近づいて行くバッドの耳に入ってきた。

さてさて、今お話ししたように、皇帝は寝室で横になった。

「シュヴルール[44]はおるか」皇帝は近侍に声をかけた。「退がる前に日除けを降ろして行ってくれ。窓も閉めておくように」

シュヴルールは下命に従い、燭台を手に退出した。

それからしばらくして枕が少し固くなったように感じた皇帝は、起き上がってそれを振ってみた。すると枕元で何やらかさかさという音がした。陛下はじっと耳をすましたが、音はそれきり途絶えたのでふたたび横になった。

ところが身体をゆったりと伸ばしたかと思う間もなく、今度は喉の渇きに襲われた。陛下は肘をついて起き上がり、寝台脇の小卓からレモネードを取り一気に飲み干した。渇きが癒えたのでグラスを戻した。と、そのとき、部屋の隅の小部屋から低い呻き声が上がった。

「何者だ」皇帝はとっさにピストルをつかんで叫んだ。「答えよ。さもなくば頭を吹き飛ばしてくれるぞ」

しかしこの威嚇には短い嘲笑が答えただけで、その後は物音一つしなかった。

皇帝は寝台から飛び起き、椅子の背に掛けてあった部屋着を引っかけ、勇気を振るい起こしてその怪しげな小部屋に近づいた。扉を開くと、ごそごそと音がした。皇帝は剣を握って飛び込んだ。だがそこには人っ子一人、あるいは怪しげな物一つ見えなかった。先ほどの音は扉の掛け釘からマントが落ちたのだろうと思い、皇帝は苦笑しながら寝台に戻った。

ふたたび目を閉じようとしたとき、炉棚の上の銀の燭台で燃えていた三本の小ろうそくの火がふっと細くなった。見上げると、おぼろげな黒い人影がろうそくの灯《あか》りをさえぎっていた。皇帝は冷や汗をかきながら、手を伸ばして呼び鈴の紐をつかんだが、姿の見えない何者かがその手から紐を引ったくった。その途端、不気味な人影はすっと姿を消したのだった。

「なんたることか！」ナポレオン皇帝が叫んだ。「ただの眼の迷いか」

「果たしてそうかな」太いくぐもった声が皇帝の耳元で囁いた。「本当に幻かな、フランス皇帝よ。そうではない。おまえが眼にし、おまえが聞いたことは、すべておまえの暗い運命の予告だ。起きるのだ、鷲の軍旗[45]を掲げし皇帝よ！　眼を覚ますがいい、王錫《おうじゃく》の百合[46]を揺らす者よ！　さあ、ナポレオンよ、後について来るがいい。おまえの未来を見せてくれようぞ」

声が止むと、驚愕している皇帝の眼の前に仄かな人影が浮かんだ。それは長身の痩せぎすの男で、金のレースの縁飾りが付いた青いフロックコートをまとっていた。首には黒いネクタイがぎゅっと巻き付けられ、後頭部の二本の細棒がそれを締め上げていた。顔は土気色をし、歯の間から舌が垂れ下がり、血走った濁った眼玉が眼窩から飛び出していた。

「ぎゃあ！」皇帝は悲鳴を上げた。「これはいったい何なんだ。【不気味な】[47]亡霊よ、貴様はいったいどこから来たのだ」

亡霊は無言のまま歩み出て、ナポレオンに向かい指を立て、ついて来るよう合図した。

不気味な力に動かされ、自分の意思と能力を奪い取られた皇帝は、亡霊の意のままに従った。

ぶ厚い壁は二人が近づくとすっと開き、通り抜けた途端、轟音とともに閉じた。

亡霊を包む微かな青白い光がなかったら、辺りは漆黒の闇だっただろう。二人は迫持で覆われた長い通廊を湿った壁づたいに無言で足早に進んだ。やがて天井に向かって吹き上げる冷風に、皇帝は夜着の襟元をかきあわせた。それは戸外が近いことを告げていた。

屋外に出ると、そこはパリの大通りであることがナポレオンにはわかった。

「亡霊よ」冷気に身を震わせながら皇帝が言った。「部屋に帰ってもう一枚羽織ってきたいのだが。すぐに戻る」

「進むのだ」と相手は重々しく命じた。

皇帝は胸が詰まるほどの怒りを覚えたが、有無を言わさぬ力に気押された。

人影の途絶えた街をずんずん進むと、やがてセーヌ河畔の宏壮な屋敷に到着した。亡霊は足を止めた。すると門が開き二人を迎え入れた。大理石の広いホールに入ると、その一角にはカーテンが引かれ、その襞の向こうの皓々《こうこう》とした灯りが透けていた。カーテンを背に、眼もあやな衣装をまとった貴婦人たちが居並んでいた。誰もが色とりどりの花冠を頭にかぶっていた。だが何ということか、顔には不気味な髑髏《どくろ》の仮面を着けているのである。

「いったい何のまねだ」皇帝は声を張り上げ、背筋を這い上がってくる恐怖を必死で振り払おうとした。

「ここはどこだ！　なぜわしをここに連れて来たのだ」

「黙れ」亡霊は赤黒い舌をだらりと垂らして命じた。「今この場で死にたくなくば、おとなしくするのだ」

皇帝は反撃せんとした。当初は恐怖で金縛りになっていた皇帝も、今は本来の勇気を取り戻していた。だが、まさにそのとき、この世のものとも思えない荒々しい演奏が轟き、カーテンが前後に揺れ、奥で得体の知れない何かが、あるいは突風が吹き荒んでいるかのように膨れ上がった。と同時に鼻をつく死臭と、強烈な東洋の香料の入り混じった匂いが、その呪われた大理石のホールにたち込めたのだった。

遠くから人々のざわめきが湧き起こり、皇帝はふいに背後から乱暴に腕をつかまれた。

ぎょっとして振り向いた皇帝の眼に映ったのは、見なれたマリー・ルイズ皇后[48]の姿だった。

「なんと！　そなたまでこんな地獄にいようとは」皇帝は叫んだ。「なにゆえに、かような所におるのだ」

「陛下、わたくしこそお尋ねしとうございます」皇后は微笑を浮かべて答えた。

返事はなかった。驚きのあまり言葉を失っていた。

灯りをさえぎっていたカーテンは消えていた。それは魔法のように消え、皇帝の頭上にはまばゆい光を放つシャンデリアが下がっていた。華麗な衣裳に身を包んだ貴婦人たちは、不気味な髑髏の仮面をはずして集っていた。陽気な紳士たちも大勢群れていた。音楽の演奏はつづいていたが、それを奏でているのは側近くのオーケストラ席の楽団であった。辺りに漂う香料の薫りに、鼻をつく死臭はなかった。

「けしからん」と皇帝は怒鳴った。「これはどういうことだ。ピシュ[49]はどこにおる」

「まあ、ピシュをお召しでございますか」皇后が答えた。「陛下、いったいどうなされたのです。ご退出なさって、お休みになられた方がよろしいのでは」

「退出だと！　ここはいったいどこなのだ」

「わたくしの応接間でございます。今宵の舞踏会にお招きした中には、宮廷の方も何人かおられます。陛下は夜着をお召しのまま、眼を見開いて宙を見すえながらこちらにお見えになったのです。つい今しがたでございます。驚いた顔をなさっていらっしゃるところを見ると、陛下は夢遊病になられたのではございませんか」

その言葉に皇帝は突然、強硬症《カタレプシー》の発作を起こし、その晩も翌日もほとんど丸一日床についてしまったということだ。


フランス人の小男が語り終えたとき、青地に金モールの制服を着た男が聴衆をかきわけて進み出た。彼は手に持った警棒のようなものでフランス人を小突いて「皇帝の名においておまえを逮捕する」と言い渡した。

「いったい何の容疑ですか」と小男は言い返した。

「何の容疑だと！」広間の反対側からも同じ問いが繰り返された。「教えてやろう。こんなけしからん話をでっちあげた目的を、皇帝は知りたいのだ。さあ、即刻この者をバスティーユ監獄に連行せよ。ぐずぐずするな」

全員の眼が厳しい声の主に注がれた。すると見よ、そこにはお馴染みの緑の外套と紫のズボン姿の皇帝(50)が立っていた。皇帝は二〇名ほどの治安部隊の兵士に取り巻かれており、嗅ぎ煙草を吸っていてそれを離さなかった。今や全員の視線がナポレオンに釘付けになり、その小男の方は誰からも気づかれないままバスティーユに引き立てられて行った。夜も更けて、華やかな皇帝陛下の出現に魔神館は沸き返り、興奮した人々は哀れなあの男の存在などたちまち忘れた。皇帝の出現など珍しくもないバッドとギフォードは、これを潮に引き上げた。最初の街路を並んで歩いたが、次の街角でそれぞれの家が反対方向だったので、二人は「おやすみ」を言って別れた。

第二章

さわやかな明るい夏の朝が第一回アフリカ・オリンピック大会(51)の開催を告げた。早朝から（と新聞は伝えている）詰めかけた観衆で、円形競技場は立錐の余地もなかった。だが人いきれにむせ返る観客席とは違って、闘士たちの戦いの舞台となる一平方マイルの闘技場と、貴族や高官たちの貴賓席にまだ人影はなかった。

競技場の周囲の状態は現在と多少異なっていた。三方を取り囲んでいる家々は新築されたばかりで、なかには建築半ばの家もあれば、基礎ができたばかりの家も散見された。残る一方はフレデリックス・クラッグ(52)という小高い丘で、観客席を見下ろしている。その頂は、今日では庭園や高級住宅が立ち並んでいるが、当時は鬱蒼とした森で、その古《いにしえ》の静寂を破る木こりの斧の音は聞こえなかった。伐採が済んだばかりの闘技場には、まだ倒木の切り株があちこちに残っていた。以来、今日まで、競技場の周辺は大々的に整備され、壮大で完璧な仕上がりだが、かえって昔の多様な景観が失われてしまったのではないかと惜しまれる。

この記念すべき日の朝、見上げるばかりの大樹は露を置いた枝々を揺らしていた。梢を青空に接するように広げ、競技場に集う無数の観客の頭上高くにそびえていた。競技場に群れる人々は国も言語も部族も様々で、あたかもネブカドネザル(53)の布告でドラの平野に参集した群衆さながらであった。彼らの頭上で枝を揺らす大樹は、荒々しくも荘厳な森の雰囲気を醸し出していた。それは我われの壮大な都市をいかに贅を尽くして飾り立てようとも、とうてい及ばない魅力を秘めていたように私には思われる。

今か今かと待って一時間ほど過ぎた頃、遠くから祝典の主賓たちの来場を告げる楽隊の演奏が響いてきた。威風堂々と先頭を歩むブレイヴィーの後ろに、錦絵のような貴族たちの一行がつづいた。彼の長身で恰幅《かっぷく》の良い体軀は、金色の刺繡の美しい紫色のゆったりとしたローブでひときわ映えていた。満場の拍手の中で、ブレイヴィーは会長席に着いた。つづいてその姪レディー・エミリー・チャールズワースが歩み出た。勝利者に栄冠を授ける役の彼女は、フルートなどの優しい楽器が歓迎の曲を奏でる中、飾り立てられた席にしずしずと進んだ。レディー・エミリーは長身ではなかったが、その物腰はじつに優雅だった。観客の嵐のような喝采に応えるために白の長いヴェールを取ったとき、そこに現れたのは画家や詩人が想像で思い描きながらも現実にはまず見ることのない、この世のものとは思われない美しい顔《かんばせ》であった。顔立ちは柔和で繊細、透けるように白い膚で、頬はほんのりと朱く、唇は艶やかで、生気に溢れていた。黒目がちの瞳はきらきらと輝き、長い睫毛《まつげ》と優美な細い眉の下で悪戯っぽく笑っていた。それはロマンスのヒロインにそぐわないものの、言葉にならない魅力を湛えていた。ヴェールを取った彼女は大観衆の称賛の視線に、思わず愛らしい頬を赤く染めた。優雅に恥じらいながら頭を少し下げ、群衆に応えて振った白い手も興奮で震えていた。だが彼女はまもなく落ち着きを取り戻した。眼の前の光景に、彼女は自分の役目を思い出し我に返ったのだ。

　抜けるような青空、鬱蒼とした原生林、遠くに見はるかす薄紫色の山並の静寂、それらはひしめき合う群衆や、巨大な街とその向こうに広がる広大な海と対照的だった。この情景を背に、栄光のゴールをめざして戦車《チャリオット》を駆る競技者たちの入場を告げる勇壮な音楽が流れたとき、観客の誰もが崇高な自然の姿に、そして荘厳な文化の粋《すい》に畏敬の念を呼び覚まされずにはいなかった。

　スタート地点の近くにはすでに三台の戦車が並んでいた。一台目の戦車には燃えるような赤髪の、黒い眼を異様に光らせた小男(54)が乗っていた。彼は眼光鋭く競技場を睨みわたし、その陰険な視線が捉えた人間を誰彼かまわず、じろじろと舐めるように凝視した。その下卑た態度はいかにも彼の風体《ふうてい》にぴったりだった。彼の戦車は、他の華麗な戦車に比べるとひどく見劣りのする、実のところ、そこらの荷馬車とさして変わらぬ代物だった。それを引くのが、かの頑固者で知られる耳の長いロバなる動物で、その四頭を彼は荒縄で編んだ手綱で引き絞ったり、先を尖らせたリンボクの棍棒で小突いたりして操っていた。

二台目の戦車の主は、ピンクの絹の上着に白いズボンの伊達男だった。どうやら四頭の立派な軍馬の手綱さばきに全神経を傾注しているようであった。彼こそホーキンズ少佐[55]で、その当時の競馬界で鳴らした人物である。

しかし観客が最も注目していたのは、最後の三台目の戦車の主だった。長身で美形の彼は、小型で軽快な戦車の上で均整のとれた肢体をすっくと伸ばし、手綱をさっそうと力強くさばいていた。気位の高い馬たちはしきりに後脚を跳ね上げたり、声高にいなないたり、その美しく伸びた頸を弧を描くように振り上げては、自分たちの主人にかなうものはないと言いたげだった。すでに述べたように、この紳士は端正な容貌の持ち主であった。額は広くはないが秀でていた。ただしきらきらと輝く青い眼には陰険な光が潜み、微笑を絶やさない口元にも油断のならない不気味さが浮かんでいた。鋭い洞察力の持ち主なら、この人物が必ずしもその立派な見かけ通りの人間でないと警戒しただろう。血色の悪さとどこか疲れた感じは、彼が放蕩者で、賭博師で、大酒飲みであることをはっきりと物語っていた。これが私の拙い筆で描けるかぎりのアレグザンダー・オーガスタス・パーシー大佐[56]の姿である。

今や準備が完了し、会長席の近くから銀のトランペットが吹き鳴らされ、スタートを告げた。すると三台の戦車《チャリオット》は矢のように猛然と疾走し、ほとんど差がないまま折り返し点に達した。と、そのとき、観客が唖然としたことに、例の赤髪の紳士が四頭のロバを巧みに操って二人を追い抜き、リンボクの棍棒でロバを殴りつけて、何と二分の大差をつけてゴールに駆け込んだのだ。

いかに筆を振るってみても、このときのパーシー大佐の眼に浮かんだ憤怒の炎を描き切ることはできないだろう。大佐はじっと怒りを押し殺していたが、普段の青白い頬と額が今は赤黒く染まっていた。彼は幸運な勝者に憎悪の一瞥をくれると、傍らの従者に手綱を投げつけ、戦車から飛び降りて人混みの中に姿を消した。

この記念すべき日のすべての種目について事細かに述べるつもりはない。その後の競技の結果をお知らせし、私の話に関係する出来事について語ろう。

この後、競馬、レスリング、闘牛が催されたが、パーシー大佐はそのすべてに参加した。最初の競技では、自慢の愛馬トルネードがヴェルドポリスじゅうの名馬一〇頭を破り、[57]栄冠を手にした。第二のレスリングでは首尾良く五人の強敵を倒した。三番目の闘牛で対したのは野牛の血を引く獰猛な雄の赤牛で、すでに一〇頭の馬をその鋭い角で引き裂き、騎手たちを血祭りに上げていた。誰もが怖じ気づくその雄牛に対して、パーシー大佐は真紅の外套を肩に愛馬トルネードにまたがって、軽騎兵帽[58]の赤い羽根飾りを翻しながら、円形競技場の中央にさっそうと登場した。闘いの帰趨《きすう》は容易に決しなかったが、ついに大佐の狙い定めた槍が猛牛の心臓をみごとに貫いた。雄牛はうなり声を上げながら地面に崩れ落ち、鮮血が大地を染めた。

いよいよ残る種目は一つになった。弓技である。パーシー大佐はこの種目にも参加した。的は六〇フィート先に高く掲げられた白い標的盤である。弓技連盟に名を連ねる二〇名の弓の名手たちがこぞって参加していたが、彼らの放った矢はいずれも大きく標的を外れた。そしてパーシー大佐の番が来た。彼は前に進み出て、じっと狙いを定め、放った。その矢はこれまでの誰よりも標的の近くをかすめたが、やはり射抜くことはできなかった。すると慣習に従って布告者《ヘラルド》たちが現れ、観客に向かって呼びかけた。この場に我こそはと思う者はいないか、と。競技場は水を打ったように静まり返った。さすがにこれほど難しい的を射抜く自信のある者はいなかった。そこで会長は標的に最も近かった競技者に勝利の栄冠を授与する旨の宣言を始めた。

だが宣言が終わないうちに、一人の若者が群衆の中から現われた。堂々として気品の漂うその姿態は、古代ギリシャの太陽神アポロ(59)のようであった。彼の装束と風貌については先にお伝えしている。と言うのも、前夜、魔神館に現れたあの謎の人物だったのである。だが今は羽根飾りの付いた緑の帽子に代わって鉄兜をかぶり、頬隠で顔をすっかり覆っていた。

「お願いがあります」彼は会長席に歩み寄りながら言った。「どうか閣下と、勝者を祝福なさるそちらの麗人の御前で、一本の矢を放つことをお許しください。今まで名乗り出なかったのは、パーシー大佐の手に渡ろうとしている勝利の栄誉を、この私が奪い取ることを望まなかったからです」

ブレイヴィーは直ちに許可し、その名も知れぬ若者は所定の地点よりさらに二〇フィートほど下がって立ち、肩に掛けた矢筒を降ろし一本の矢を選び取ると、きりきりと弦《つる》を引き絞った。一瞬後、白い標的盤が砕け散った。若者の鮮やかな勝利であった。見守っていた大観衆から歓声が嵐のように湧き上がった。それが静まったとき、ブレイヴィーは立ち上って先の宣言を撤回し、見事に標的盤を射抜いた青年の勝利を告げた。すべての観客の眼がパーシー大佐に注がれた。だが大佐は屈辱も怒りも表に出すことはなかった。それどころか即座にその青年の方に歩み寄り、じつに和やかに祝福を送ったのである。だが相手は高慢にも冷ややかに応じただけで、大佐の祝福をぴしゃりと撥《は》ねつけたいという気持ちを隠さなかった。

しかし大佐は気分を害したような様子を見せることもなく、いかにも世慣れた人物らしく、その無愛想な勝利者を相手によどみなく会話をつづけた。

「間違いありません」バッド少尉(60)が口を挟んだ。友人ギフォード（老紳士を口説き落として競技場に連れ出していたのだ）と並んで正面席に座っていた少尉はつづけた。「断言します。パーシー大佐は必ず意趣返しを目論んでいますよ。そうでなければ、あんなに平然としていられるわけがない」

「おそらくな」とギフォードが答えた。「それにしても、あの変わった装束の外国人は何者かね。聞き覚えのある声だが、はて、いつどこでだったか、さっぱり思い出せん」

バッドが答えようとしたとき、布告者たちの呼び声が響きわたった。音楽が高らかに演奏される中、優勝者たちが会長席の下に進み出て、これから栄冠を授けるレディー・エミリー・チャールズワースの前に一人一人ひざまずいた。

最初の受賞者は、ロバが引く荷車で優勝したニンジン色の髪の男だった。

「あなたは」レディー・エミリーは男のおかしな出で立ちに必死で笑いをこらえながら言った。「本日、ヴェルドポリスで最も勇敢にして高貴な方々を見事に抑え、奇跡的に優勝なさいました。栄《は》えある花冠《ゴールデン・リース》をあなたの輝く頭に授けましょう」

「ありがとうございます」彼は頭を低くして答えた。「パーシー大佐はなかなかの乗り手ですが、今日はわしも負けませんでした。わしのほんとうの腕前を知れば、あなた様はもっと感心なさるでしょうがな」

「あなたの実力のほどは、確かに拝見しましたとも」レディー・エミリーは微笑みながら答えた。「それに、敗れた大佐は何も恥じ入る必要はないと存じます。どうやら相手を出し抜くことにかけては、あなたは名人とお見受けいたしましたもの」

彼は謝辞を繰り返し、もう一度頭を下げてパーシー大佐に席を譲った。勝利の栄冠三つを授かる大佐は、レディー・エミリーの足下に優雅にひざまずき、小声で何やら甘い言葉を囁きかけたのであろう、レディー・エミリーの顔に動揺の色が浮かんだ。頬を赤らめるどころか、それまで屈託のない微笑を浮かべていた顔が曇り、悲し気な表情に変わった。一瞬、彼女は返す言葉もなく、沈黙した。だがすぐに落ち着きを取り戻し、指輪のきらめく細い指でパーシー大佐の薄茶色の巻き毛に花冠を結わえながら、小さな声だがしっかりと言った。「激戦の三種目において強豪を制した勝利者に栄冠を授けることは、わたくしの喜びとするところです。今後行われるアフリカ・オリンピック大会においても、あなたのような偉大な勝利者が現れることを期待します」

「お誉《ほ》めに預かり光栄に存じます」大佐は答えた。「本日、我が拙い技に喝采を送ってくれた観衆の千倍の称賛にも勝るお言葉でございます」

「今後もお励みくださいい」彼女は小さな声で早口に答えた。「称賛があだになりませんように」

ここで布告者は、突如現れて栄冠を勝ち取った若者を呼んだ。彼はしぶしぶといった様子でゆっくりと歩み出た。

「兜《ヘルメット》をお外しになる手伝いをするよう申しつけましょうか」と、レディー・エミリーは微笑みを浮かべながらたずねた。

名も知れぬその若者は返事はせず、首を横に振っただけだった。

「まあ」彼女は愉快そうに言った。「弓術の技はお見事なのに、礼儀作法はいかがなものでしょう。わたくしの願いはお聞き届けいただけませんでしたが、あなたが勝利の冠に相応しいお方であることを認めます。さあ、兜に挿した鷺の羽根飾りに花冠をお着けしましょう」彼は立ち上がり、恭《うやうや》しく頭を下げると引き下がった。

すべてが終わった。第一回アフリカ・オリンピック大会は閉会を迎え、軍楽隊が高らかに演奏する中を大観衆は解散した。さながら世界が砕け散るかのような喧噪と混乱を巻き起こしながら、人々は円形競技場を後にした。

その模様をくどくど述べる必要はないだろう。死亡者は出なかったと思うが、押し合い圧《へ》し合いする中で、鞄やポケットやハンドバックの中身をすられた者、もみくちゃになって脇腹をこづかれた者、肘鉄を喰った者の数は知れない。そんな中でとりわけ酷《ひど》い目にあった者がいた。悲しいことに我らの高雅な友人ギフォード氏がその一人であることを、読者にお伝えしなくてはならない。バッド少尉がこの優れた古物収集家の腰に優しく腕を回して支えていたにもかかわらず、最初の衝突の際にギフォード氏は地面に倒れ伏し、必死に立ち上がろうとしたが、不運にも一〇人あまりのフランス人紳士たちの伸ばした脚に絡んでしまった。人混みを行くのに分別ある人間なら足で歩くのに、この教化されたフランス人どもは逆立ちして歩いていたのだ。ギフォード氏の身体が自分たちの上に降ってきて少なからざる衝撃を受けたとき、連中は蹴《キッキング》ると呼ばれる野蛮な行為によって、自分たちの不快感を表明したのである。法律家は痛い目に遭い、おまけにお気に入りの帽子と鬘《かつら》を失って、命からがら救い出された。

ところがそれから一〇歩も進まないうちに、今度は踏んづけられて靴が脱げてしまった。さらにその五分後には、よそ行きの黒いフラシ天(61)の上着を怪《け》しからぬ泥棒に剝ぎ取られた。唸ったり溜め息をついたりしながら、バッドに助けられてやっとの思いでよろよろと進み、なんとか人混みを切り抜けたというときだった。一本の手が伸びて、挨拶もなくギフォード氏のチョッキのポケットに滑り込み、あっと言う間にその中身を抜き取ったのである。だがこの不運な人物の不幸な出来事をさらに述べ立て、読者を退屈させるには及ぶまい。ともかくもギフォード氏は家にたどり着き、骨折を免れて床に横たわることができたのである。熱いおかゆにブランデーを聞こし召し、安らかな眠りに落ちた。翌朝目覚めた彼は、すべての競技大会を――それがギリシャであれローマであれ、たとえアフリカであろうとも――思いのかぎり罵倒し、今後かような愚劣なものを見物させようとする者がいたなら、思い知らせてくれると息巻いた。

第三章

燦然と昇った太陽は、日の出と変わらぬ光輝を放ちながら静かに没した。束の間、黄昏《たそがれ》が辺りを包んだ。夕映えをうっすらと浮かべた海は、暮れなずむ岸辺に打ち寄せていた。やがて月が昇り、宵の星が一つ、また一つと澄明な夕空に瞬き始めた。風が立ち、地平にたゆたっていた数片の真珠色の雲が彼方へと流れて行った。静寂の支配するこの時刻、あの名も知れぬ弓の射手がニジェール川(62)のほとりの薄暗い林から姿を現した。競技場を後にしてヴェルドポリスを離れた彼は、この川岸を散策していたのである。やがて彼は人気のない渓谷へと至る脇道にそれた。現在でこそ、そこは我われの都市となっているが、当時はまだ宮殿や庭園などなく、わずかに耕された畑が自然の景観に変化を与えているだけだった。若者は夕暮れの静謐に包まれ、今はもう一時間前の競技場での熱狂から醒めていた。

二つの小高い丘でさえぎられた小さな谷間へ、彼はゆっくりと足を踏み入れた。丘の頂は樹木に覆われていたが、麓には枝を広げた高い木々がまばらに立っているだけで、さえぎるもののない牧草地が斜面を覆っていた。ふと彼は足を止め、すでに述べた長槍にもたれ、一面に降り注ぐ月光に映える風景にしばし見入った。やがて革帯から角笛を取って吹き鳴らした。深い澄んだ音色が、二つの丘を覆った樹林に小さな木霊《こだま》となって響きわたって行った。しばらくすると、足音が聞こえ、対岸から外套にすっぽりと身を包んだ人影が現れた。

「アンドルーか？」[63]弓の射手は声をかけた。

「そこにいるのは」

「はい、そうです」答えたその声の調子は幼く甲高く、身体も小柄で少年であることを示していた。

「さあ、ここにおいで。荷物はどこに隠したのだ。空腹で死にそうだ。もう十二時間以上、飲まず食わずだからな」

アンドルーは駆け出して行ったかと思うと、すぐに大きな旅行カバンを担いで戻って来た。覆面を外したところ、月明かりの中に十三歳ぐらいの少年が現れた。ただし顔立ちは二十歳を越えて見えた。才走った眼と輪郭のはっきりした面差《おもざ》しに、子どもらしいふっくらとした丸みは見られなかった。短い格子柄のキルト、共布の丸い縁なし帽、編上げ靴という、主人と同じ異国の装いだった。彼はてきぱきとトランクを開き、中からバスケットのようなものを取り出した。大きな楡の木陰のすべすべした草地にその中身を広げると、空腹な人間ならとても見過ごせないような夕食が並んだ。鶏の冷肉が二塊、白パン、チーズ、ヤシ酒[64]、清水のつぼが並べられていた。清水は咲き乱れる花々の間を縫い、楡の古木の根元をかすめ渓谷へと流れ下る小川から、アンドルーが汲んできたものだった。弓の名手は空腹を満たしながら、少し離れた所で鶏肉にむしゃぶりつき、大きなパンとチーズを口に運んでいる従者の少年に眼をやった。食事が終わり後片づけが済むと、アンドルーがトランクから格子縞の大外套を出した。主人はそれにくるまって露の降りた草の上にごろりと横になった。枕は苔生した石ころであった。足元に横になっている少年と同じように、彼も頭上の葉群を渡るそよ風と、さらさらと流れ下る小川のせせらぎに、いつしか深い眠りに落ちていった。一時間が過ぎた。二人は熟睡していた。真上に昇った月が銀色の光を地上に降り注ぎ、辺りは真昼のように明るかった。アーサーか誰かの言葉を借りれば「ものみなすべて感じ入れり、穏やかなる月の光を」といった風情だった。と、そのとき、足音が辺りの静寂を破った。丘陵の陰から忍び足で現れたのは

　　花冠をかぶり煌めく衣をまといし
　　色白の麗しき乙女

ではなく、（まるでロマンチックでないことに）銀色の正肩章《エポレット》の付いた青いお仕着せ姿の従僕であった。男はすやすやと眠っているアンドルーに忍び寄ると、都合良くぽかんと開いていた口に猿ぐつわを噛ませ、もがくのも構わず抱きかかえて連れ去った。しかしアンドルーの拉致の時間は長くはなかった。一時間もしないうちに一人で戻った彼は、主人を起こして事件を報告するでもなく、元のねぐらに横になり何事もなかったようにぐっすりと寝入った。

夏の眩しい太陽が地平を染めたとき、弓の名手は明るい陽差しと鳥のさえずりで眼を覚ました。固い寝床から軽快に跳び起きた彼は、まだ眠っている従者の少年を足で起こした。

「起きろ、アンドルー」彼は命じた。「さあ、トランクの中身を草の上に広げるんだ。街に戻る前に、この衣装(65)を着替えなくてはならない。急げ。そら、まず革帯《ベルト》を外すのを手伝ってくれ。おや」のろのろと起き上がった少年が、寝ぼけ眼《まなこ》をこすりながら欠伸をしているのを見て、主人は言った。「具合で

も悪いのか。昨夜は妖精とでも遊んでいて、今朝は眠くてどうにもならないとでも言うのか」

「いいえ、そんなことはありません」アンドルーは作り笑いしながらも、視線は主人の真意を探るように鋭かった。「ただ怖い夢を見たものですから」

「怖い夢だって？　子どもだな、まったく。どんな夢だったのだ」

「おいぼれ爺さん(66)に魂を売る夢です」

「で、おまえは売ってしまったのか」

「はい、しかも誓いの言葉を書いて封印までしました」

「ふん、魂もずいぶん事務的に扱われるようになったものだな。だが、今はおまえのくだらない話に付き合っている暇はない。さあ、このチョッキを着るのに手を貸しなさい。少しきついのだ」

　ものの二、三分で、主人は風変わりだが似合いの衣裳を脱ぎ捨て、軍服調の青いフロックコート、白いチョッキ、ズボンに着替えた。

「これでよし」身支度が済むと彼は命じた。「アンドルー、おまえはここに残れ。私はこれから街へ出かけるが、暗くなる前に必ず戻る。帰って来るまで森に潜んでいなさい。決して人と話をしてはいけない」

　アンドルーは絶対服従する旨を声に出して誓い、主人は出かけて行った。

　普通は慣れない服を着ると落ち着かないものだが、彼にはまるで違和感がなかった。それどころか軍人らしい威厳を漂わせた優雅な身のこなしから、軍服を着慣れていることは明らかだった。彼はゆっくりとした足取りで何事かを思いめぐらしながら、前夜登って来た曲がりくねった道をふたたび降りて行った。途中、出会う人もごく稀であった。というのも当時、この道を利用する者はほとんどいなかったからである。歌を口ずさみながら牧場に向かう乳しぼり女が二、三人。丘陵で夜のあいだに密猟し帰途に着いた若者たちが数人。他に五、六人、脚の長い紳士たちが「朝飯前の散歩さ出かけ、腹さ空かせて、バターつきパンとメロンさ食うべ[67]」などと、訛り丸出しで語り合いながら通り過ぎて行った。途中で朝の挨拶を交わしたのはざっとこれくらいだった。しかもその頃には、すでにヴェルドポリスまでの距離の半分以上は来ていた。

八時頃、ヴェルドポリスに到着。北門《ノース・ゲート》を抜け、街路、広場、家並み、路地を進んで行くと、辺りは早朝なのに人の流れが次第に早くなっていった。ようやくモンマス広場[68]から静かな通りに入ると、そこは道を挟んで両側に高級な邸宅が建ち並ぶ閑静な住宅街で、白いカーテンと緑のヴェネチアン・ブラインド[69]の窓が住人の裕福なことを物語っていた。青年は十二軒目の屋敷の前に立ち止まり、磨かれた真鍮のノッカーを鳴らした。二分ほどして扉が開き、こざっぱりとした老婦人が現れた。彼女は我われの主人公の姿を見るなり、驚きの声を上げた。

「まあ、レズリー様！[70]」彼女は叫んだ。「ほんとうにあなた様ですか。なんと言うことでしょう、この年であなた様のお顔をもう一度拝見できるなんて、夢ではないでしょうね」

「アリス[71]、正真正銘のぼくですよ。で、ご主人様は元気かい。今、おいでか」

「ご在宅かですって。ええ、いらっしゃいますとも。他にどこにお出かけになりましょうか、あなた様がお見えになったというのに。とにかく、お入りくださいまし。急いでご主人様に良い知らせを伝えて参りますから」

人の好い婦人はこう言ってレズリー氏を招き入れ、立派な部屋に通すと、主人に知らせに走った。

案内された部屋は趣味の良い家具がしつらえられた、手頃な広さの心地良い客間だった。ぴかぴかに磨かれた形の良い火格子の向こうでは火が赤々と燃え、部屋の中央の円卓には白いダマスク織り(72)のテーブルクロスが掛けられ、朝食が整っていた。しかし何といっても眼を引いたのが、周囲の壁を飾る何枚もの見事な油絵だった。肖像画が主で、いずれも一流画家の作で、中には驚嘆するほど優美で繊細な作品もあった。

絵画をじっくりと眺めていた訪問者の顔に、いくぶん驚きの表情が浮かんだ。だがドアが開いて、注意はそちらに向けられた。彼は入って来た青年を見て思わず駆け寄った。身長は並より少々高く、知的な大きな黒い眼を持つ、青白い個性的な顔立ちの青年であった。

「やあ、しばらく。フレデリック(73)」客は挨拶した。「すべて順調のようだね。君の顔色と屋敷の様子を見ればわかるさ。運命の女神が微笑み始めたことをお祝いするだけでよさそうだね」

「あなたはかけがえのない恩人です」フレデリック・ド・ライルは青白い頬を喜びに火照らせて言った。「ふたたびお目にかかれるなんて、信じられません。あなたは今でも画家レズリー氏、それとも、もう別の名でお呼びしてもよろしいのでしょうか」

「いや、いや」と客はさえぎって「当面はレズリーと呼んでくれ。それにしても、フレデリック、あんな雀の涙のような金を、君は無駄にしなかったようだね。こんなに立派な屋敷に住んでいるのだから」

「はい、おっしゃるとおりです」青年は答えた。「最大限に活用したとお誉めいただいてもよろしいかと存じます。もちろんそれだけで、この豊かな暮らしが手に入ったわけではありませんが。閣下もご存知でしょうが、三年ほど前、私は恋に落ちました。相手は（月並みな言葉ですが）若く愛らしい娘でした。彼女は私の偽わりのない愛を受け入れてくれました。ところが越えられそうにもない障害が私たちの結婚を阻んでいました。彼女の家は裕福でした。両親は手塩にかけた娘を、しがない絵描きなどに嫁がせたくなかったのです。

　長い間マティルダ[74]は泣いて懇願しましたが、聞き届けてはもらえませんでした。彼女は見る影もなくやつれ、頬は生気を失い痩せ衰えて、両親も哀れに思ったのか、ついに条件付きで結婚を許すと約束してくれました。ただしその条件とは、私が経済的な苦境から脱していることでした。しかしそれは不可能でした。なぜなら自分のパンを得ることすらままならないのに、貯えなど論外だったからです。このどん底にいたとき、閣下が私の生徒になってくださったのです。過分の授業料で借金の一部を返済し、さらにあなたがヴェルドポリスを去る際にくださった多額のご祝儀のおかげで、借金を清算することができたのです。愛するマティルダの両親は約束を守り、およそ六カ月後、私はこの世の誰よりも幸せな男になりました。以来、仕事の依頼が次々と来るようになりました。聖者ですら挫けてしまいそうな苦しみや困難にあっても私が描きつづけて来られたのは、絶えざる努力と精進が報われ名声を勝ち得る日がいつか来る、と信じていたからだと思います」

ドアがふたたび開いて、ド・ライル夫人が現れた。うら若い楚々とした美人で、物腰には気品があった。彼女の夫は我われの主人公を妻に紹介した。「こちらがレズリー氏だ。いつもきみに話していたお方だよ」彼女は膝を少し曲げて会釈し、親しみを込めて微笑んで答えた。「お名前はよく伺っております。わが家にお迎えできるなんて、夢のようでございます」

三人はそろってコーヒー、卵、ハム、バター付きパンの朝食をたっぷりとった。食事中は会話がはずみ、ド・ライル夫人は控えめにそつなく話に加わり、妻の選択においてフレデリックが正しかったことを示していた。食事が済むと、夫人は家事を理由に座をはずした。二人きりになったので、紳士たちは食前に交わしていた話題に戻った。だがまもなく一台の馬車が到着し、パーシー大佐とレディー・エミリー・チャールズワースの来訪を知らせに、アリスが部屋に入って来た。

「おお」ド・ライルは声を上げた。「これは好都合だ。レディー・エミリーのことを覚えていらっしゃるでしょう。私の家で絵を描いておられた頃よくお出でになって、何時間も飽かず芸術についてお話しなさっていたではありませんか。おや、どうかなさいましたか。ご気分でもお悪いのですか」

「いや、大丈夫だ、フレデリック」レズリーは答えたものの、死人のように青ざめた顔色が彼の言葉を裏切っていた。「ただ急に頭が痛くなったものだから。すぐに直るさ。だが、お客に会うのは遠慮しておこう。お二人はこちらにお通しするのか」

「いいえ、アトリエに案内するよう言いつけました。レディー・エミリーがお見えになったのは、パーシー大佐の依頼で肖像画を描いているからなのです。お二人は近く結婚なさるそうですよ。お似合いでしょう。ただ残念ながら、大佐は見かけほど立派な人物ではないのです」

「ド・ライル、一つ頼みがあるのだが」とレズリーが急いで言った。「君が絵を描く様子を見せてもらいたい。ただし、こちらは姿を見られたくないのだ。何か良い方法があるかな」

「簡単ですよ、閣下。書斎の窓からアトリエが覗けます。ですから書斎で人目を憚ることなくご覧いただけます」

「ではそうしよう」レズリーは答え、二人はそろって部屋を出た。

ド・ライルが案内した部屋は選りすぐった蔵書、主に文学書が並んだ小さな書斎だった。小さな裏庭を見下ろす窓が一つ、もう一つは緑のカーテンが半分ほど引かれていたが、アトリエの中がうかがえる位置にあった。レズリーはそこに陣取った。血の気のなかった頬がたちまち朱色に染まった。レディー・エミリーの姿が見えたのである。ソファーに優雅に凭《もた》れた彼女は、競技場で見たときより遥かに美しかった。豪華な毛皮の襟飾りの付いたヴェルヴェットの外套がゆったりと肩を覆っていた。傍らには華やかな駝鳥の羽根飾りの付いた帽子が置かれていた。髪は後ろで結い上げて金の櫛で止め、艶やかな栗色の巻き毛をわきに垂らしていた。彼女は膝に抱いた毛並みの美しい小さなスパニエル犬の首輪に優しく触れていたが、傍らにひざまずいてしきりに愛の言葉を囁く大佐を無視していた。しかし書斎から覗き見ているレズリーに、そうした微妙な感情がわかろうはずはなかった。彼に見えたのは二人の仕草だけで、彼は不快そうに眉を曇らせた。しかし二人の愛の語らい（仮にそうだとして）

は、ほどなくド・ライルが現れて中断された。

「おはようございます」彼は頭を下げながら挨拶した。

「おはよう」大佐は応えた。「さあ、力の限り筆を振るってくれ。霊感を呼び起こすのだ。君が描こうとしているのは、この世の美ではなく天上の美だからね」

「仰せのとおりです」画家は画架に向かって座り、描きかけの美しいレディー・エミリーの肖像画に絵筆を走らせた。「まだ未完成ですが、お気に召せばよろしいのですが」

「うむ、なかなかの出来だ。だが、先生、まさか油と染料で描かれた肖像画が、君の眼の前にいるこの美しい婦人に勝るなどと思ってはいないだろうね。いかに巧みに描かれようとも、所詮、実物を模写したにすぎないのだから」

「大佐、あなたはご自分のことをおっしゃっているのですか、それともわたしのことかしら」美しい女性は座ったまま悪戯っぽくたずねた。

「あなたのことですよ、もちろん。なぜそんなことをおっしゃるのです?」

「だって先ほどから、あの鏡をちらちらご覧になっているので、あなたの熱い称賛は鏡に写ったお方に捧げられているにちがいないと思いましたの」

「なんだ! あの窓からあなたを覗き見している猿が写っていたのですよ。なかなかの男前でね。ところで、ド・ライル、以前、君の所であいつを見たことがあるが」

レディー・エミリーは指さされた方向を振り向いた。だが何も見えなかった。彼女は二時間ほどモデルを務めていたが、やがてじっと座っていることに疲れ、馬車を命じてパーシー大佐とともに去って行った。

第四章

チャールズワース侯爵(75)の居城クライズデール城(76)は、当時のグラスタウン渓谷を彩る数少ない大邸宅の一つだった。「十二人の勇士たち」の時代に建立され、今日の見慣れた明るいギリシャ様式の邸宅《ヴィラ》とは違って、華麗にして堅牢な城館であった。屹立した小塔《タレット》のアーチ付きの高窓に灯《とも》りが点り、柱が並ぶノルマン様式の門から城内に入ると、胸壁の付いた屋根の下に数え切れないほどの大広間があった。この封建時代の城館の高貴な主こそ、かの美女レディー・エミリー・チャールズワースの保護者で叔父のチャールズワース侯爵に他ならない。両親は今わの際《きわ》に、残してゆかねばならぬ幼子を唯一(77)の肉親である侯爵に託したのだった。

侯爵はこの委託に誠実に応えた。そのことはジョン・ギフォード氏を姪の家庭教師に指名したことからもおわかりだろう。そして彼女もまた叔父の温情によく応えた。それは心根の優しい娘が恩人へ寄せる愛情であった。

前章の出来事から一週間ほど経ったある日の午後、レディー・エミリーは西の小塔にある自室に一人引き籠っていた。他には誰もいなかった。彼女は傍らの小さな裁縫台に肘をつき、つぶらな黒い瞳に憂いを浮かべて、開け放たれた窓の格子から望む遠くの青い山並みを眺めていた。何を考えていたのかはわからない。無言だった。だが、やがて彼女の清らかな頬を涙の滴が伝ったことから、彼女は「快活の人」というより「沈思の人」(78)であることがわかった。深い溜め息をついて窓辺から離れた彼女は、傍らの竪琴を引き寄せると、そっと小さな声で歌い始めた。

夜の帳《とばり》が降り、静寂が辺りを包み、
渓谷と丘陵に月光が降り注ぎ、
　夜空に星がまたたく。
かの蒼き月影の中に現れ出《いで》しは、
純白のヴェールとシマー(79)をまといし、
見目麗しき一人の乙女
　色白くして、紺青の瞳が涼しげなり

想い人は千尋の海にて、
　荒れ騒ぐ波間を漂う。
乙女は歩み来て、祈り、涙を流す、
　恋しき人の無事の帰還を願いつつ。

巨木の梢を激しく揺らす風に、
乙女はしばしば足を止めぬ。
　咽び泣くかの風の音は、
夜空に向かいて吐ける亡霊の溜め息か、
暗く、哀しく、陰鬱に
　彷徨《さまよ》い、吹きわたりぬ。

耳を澄ませし乙女の胸に、
　不安なる思いが萌し、
真珠のごとき涙が湧き上がる、
　星のごとく煌《きら》めく乙女の瞳に。

乙女は見たり、恋人の誇らしき戦艦《いくさぶね》が、
猛り狂う嵐に揉まれ、
荒海を彷徨い、虚しく砕け散るを。
　赤き稲妻が闇夜を引き裂き、

海原と雲の間に炎となりて光るとき、
乙女は聞けり、雷鳴が轟きわたり、
やがて虚ろなこだまとなりて消えゆくを。

雷鳴が静まりしとき、乙女は見たり、
逆巻く波の間に漂いたる、
愛《いと》しきエドワードの兜に光る鷲の羽根飾りを。
かくも恐ろしき光景が乙女の胸に浮かび、
その胸の奥深くに、乙女は見たり、
恋しき人の戦慄すべき運命《さだめ》を。

深き森の中に響きわたる声あり。
乙女は子鹿のごとく跳び上がり、叫びぬ。
「恋しき人、ついに帰れり」と。
一瞬の間もなく、
時おかずして、
主と聖母の御恵みによりて、

エドワード卿は麗しき花嫁を掻き抱きぬ。


歌は終わった。だが彼女の指は竪琴の弦の上をさまよい、哀しげな調べはなおもつづいた。その旋律は彼女が口ずさんでいた恋歌の幸福な結末とはそぐわなかった。抑えていた涙が堰を切ったように流れ始め、もれる嗚咽が胸に秘めた深い悲しみを物語っていた。そのとき突然ドアが開いて召使いが入って来ると、紳士が来訪し面会を求めている旨を告げた。

「殿方ですって?」レディー・エミリーは驚きの声を上げ、涙を拭って落ち着きを取り戻そうとした。

「どんな方なの。以前にお会いしたことがある方?」

「いいえ、初めて見るお方です。立派な身なりの目つきの鋭い青年でございます」

「名前はおっしゃらなかったの?」

「はい。おたずねしたのですが、お答えにはなりませんでした」

「妙ね。お一人、それとも召使いを連れていらっしゃるの?」

「幼い従者を連れておられますが、一人だけです」

「そう。では、応接間にお通しして、すぐに参るとお伝えしなさい」

召使いは一礼して退がった。レディー・エミリーは慌てて涙の跡を消そうとした。冷水で顔を洗い、服のしわを伸ばし、乱れた巻き毛を整えた。身だしなみを整えると、見知らぬ来客のもとに向かった。

軽やかな足取りで部屋を出て、階段を降り、廊下を少し進むと応接間に着いた。蝶番《ちょうつがい》が光っている紫檀の折り畳み式ドアは、手を触れると音もなく開いた。彼女が入室しても、客は気づかなかった。長身で堂々たる体軀の紳士は、ドアに背を向けアーチ型の窓に立ち、腕を組んで外景を凝視していた。

一瞬、彼女はその彫像のような威厳を持った姿に見とれた。なぜか彼を見つめていると、胸が激しく高鳴った。しかし相手が急に振り返って不意をつかれるのを恐れて、彼女は軽く咳払いした。彼はぎくっとして向き直った。眼と眼が会った。魔法のようにレディー・エミリーの顔から憂いの表情が搔き消え、生き生きとした輝きが広がった。

「レズリー！　あなたなのね！」彼女はそう叫んで撥ねるように走り寄った。「あなただったの。ヴェルドポリスにはいつお帰りになったの。なぜもっと早くに戻ってくださらなかったの。あなたが去ってからというもの、どんなにかあなたを想い、涙にくれたことでしょう」

彼女は言葉をつづけたが、相手が冷たくよそよそしい挨拶しか返さないことに気づくと、当惑して押し黙った。しばし沈黙があった。やがて腕を組んだまま彼女をじっと見つめていたレズリーが口を開いた。

「麗しい偽善者よ」彼は一言発して、ふたたび沈黙した。形の良い唇が感情の高ぶりに震えていた。

「いったいどうしたというの」レディー・エミリーはおずおずと尋ねた。「わたくしが出過ぎたのでしょうか、慎みがないとおっしゃるのでしょうか。でもこんなに久しぶりにお会いできて、嬉しくて我慢できなかったのですもの」

「へたな芝居は止めるがいい」恋人の声は険しかった。「そんな見えすいた嘘で私を騙せるとお思いか。

私の不在のあいだは別の男にもてはやされて、私のことなど思い出しもしなかったくせに。きみのお相手は、どうやら私などよりよっぽど立派らしいが、そいつもきみの美しい偽りの仮面に騙されているのだ。私が来た目的は嘘つき女を捨てるためだ。おかげで、苦しみに胸が張り裂けそうだ。だが」彼は雷のような声でつづけた。ぎらぎら光る黒い瞳には嫉妬の炎が燃えていた。「この私を出し抜いたならず者に、黙ってきみを渡すつもりはない。断じて。それ相応の苦悶を味わわせてくれる。盗まれた宝を取り戻すには、血の海を渡って来るがいいのだ」

「レズリー、ねえレズリー」レディー・エミリーは優しく宥めるように言った。「確かにあなたは騙されていますわ。でも、わたくしにではなく。さあ、お座りになってわたくしについてどんなことを聞いたのかお話しください。あなたにお会いできたのに、まさかこんな仕打ちを受けるなんて夢にも思いませんでした。けれど、わたくしは怒ってはいませんから」

「おお、妖婦め！」怒りの収まらぬ恋人は罵った。「清らかな声でぬけぬけと嘘をつくなんて。こんな愛らしい顔の裏に、男をたぶらかす不実な浮気女が隠れていようとは」

あまりの言葉に気丈なレディー・エミリーも堪え切れず、わっと泣き伏した。その姿に（見せかけか真実かはわからなかったが）さしものレズリーも激しく心揺すぶられ、そこまで罵倒する権利が自分にあるだろうかと後悔し始めた。そもそも彼の疑惑を掻き立てた噂が、果たして真実なのか疑問に思えてきて後悔に駆られた彼は、動揺のあまり倒れ伏したソファーに近寄って彼女の隣に座ると、そっと手を取った。だが彼女は自尊心からさっと手を引いた。

「ミスター・レズリー」彼女はきっとして立ち上がった。「よくわかりました。かつてのわたくしへの愛情は、もはや跡形もないということですね。あなたは別れたいとおっしゃいます。これまで誰よりも大切に思いつづけてきたお方との別れは身を切られるように辛いことです。でも、たとえどんなに苦しくても仕方がありません。もはやためらうことなく、辛くてもお別れしなければなりません。さようなら。あなたは人に苦しみを与えても決して後悔なさらない。裏切りには憎しみで報いる人なのです」

それまで悲しみに蒼ざめていたレディー・エミリーの頬が赤く火照った。涙を浮かべた瞳が流れ星のように煌めいた。誇りを取り戻すと、華奢な身体が一回り大きくなったように見えた。レズリーは返す言葉もなく座っていた。だが彼女が向き直って部屋を出ようとすると、弾かれたように立ち上がり、ドアの前に立ちはだかった。

「行かないでくれ」彼は言った。「私が間違っていた。きみの言葉を聞き、きみの顔を見ながら、それでもなおきみを信じられないとすれば、それは人間ではない」

レディー・エミリーは戸惑いながらさらに一歩進んだが、色白の頬にはえくぼがのぞいていた。

「まあ、レズリー」彼女は言った。「あなたって本当に芸術家ね。なぜって、いちばんの気まぐれ者は芸術家だそうですから。先ほどはあまりのお怒りようで、部屋にいるのが怖くなってしまいました。それがどうでしょう、今度は行ってはいけないとおっしゃるのですから。でも」今は晴れやかに微笑んで言葉をつづけた。「わたくしは出て行くことにします。わたくし、怒っていますのよ。そして今度パーシー大佐が見えたら（あなたが焼き餅をやいているのはこの方でしょう）きっと言います。わたくしはあなたの恋敵を捨てました、ですからあなたとすぐに結婚いたします、とね」

「黙れ、エミリー」レズリーは言い返し、ドアから離れた。「たとえ冗談でも、きみの口からそんな言葉を聞くのはたまらない。ともかく座ろうじゃないか。今きみが言った男がいったい何者なのか、どうかきちんと説明してくれ」

「大佐はとてもハンサムで、そのうえ教養もある立派な紳士です」彼女はぬけぬけと言った。「それに叔父様によれば、最も勇敢な軍人の一人だそうよ」

レズリーの眼が光り、ふたたび顔が曇った。「で、きみはまだ」彼は問うた。「そのならず者に未練があるのか」

「まあ、なんということでしょう」彼女は叫んだ。「お二人を一度に好きになってはいけないとおっしゃるの？　あなたってなんて欲張りなのかしら」

恋人が思わず彼女の手をぎゅっと握りしめ顔に血をのぼらせたのを見て、彼女は悪ふざけが過ぎたことを知った。彼女は口調を改めてつづけた。「大佐は確かに今お話ししたとおりの方です。でも、ご懸念には及びませんわ。なぜなら、わたくしはあの方が大嫌いなの。どんなに誘惑されても、あるいは強制されても、わたくしの名前がエミリー・チャールズワースからエミリー・パーシーに変わることはありえませんわ」

「よかった」レズリーは感激して叫んだ。「絶対だね。それを聞いて心の重石が取れたよ。でも、一つ教えて欲しい。私を惑わした汚らわしい噂はいったいどこから出たのだろうか。パーシー大佐がきみを訪ねたからだろうか」

「確かに来られましたわ。そして何度も結婚を申し込まれました。でもわたくしは居留守を使ったり、きっぱりとお断りしたこともございます。するとパーシー大佐は叔父に働きかけたのです。都合の悪いことに、保護者というものは皆そうなのか、叔父は直ちに大佐と結婚せよとお命じになりました。わたくしが拒むと、叔父は説き伏せようとするし、大佐は懇願するという有様です。挙げ句の果てに有無を言わさず事を進めてはどうか、ということになりました。そのため、わたくしはかえって頑《かたくな》になりました。司祭《チャプレン》が呼ばれ、わたくしには泣いて訴えることしかできません。わたくしがいくらか折れたと思った大佐は図々しくも、自分と結婚できることを名誉に思って泣き喚くのを止めよと言うのです。ヴェルドポリスの女性なら誰でも大佐に選ばれたことを感謝するはずだからというわけです。この言葉にわたくしは憤然として、それまで、この二人の迫害者の前でひざまずいていましたが、立ち上がって大佐にきっぱりと言いました。わたくしはあなたを軽蔑し、憎みます。たとえどんなに酷い仕打ちを受けても、わたくしの心を別の男性からあなたへと振り向けさせることはできません、と。この言葉に彼は怒り狂いました。まるで先ほどのあなたのように。叔父はその相手は何者か問いました。わたくしは即座に答えました。その方は貴族でもなければ騎士でもありませんが、才能豊かな若い画家です、と。二人の驚きようと言ったら！　口をあんぐり開け、目をぱちくりさせ、呆然と立ち尽くしていました。その効果があまりにてきめんだったので、わたくしは恐さも忘れて吹き出してしまいました。そのため二人をいっそう怒らせることになりましたが。大佐はこの上は何が何でも結婚するか死を選ぶかのどちらかだと言い、一方、叔父は騎士の名誉にかけても、王様だろうが乞食だろうが、公爵だろうが画家だろうが、パーシー大佐以外との結婚は金輪際認めないと断言したのです。わたくしはただ笑って沈黙しました。それから、わたくしは自室に軟禁され、一歩たりとも外に出ることはまかりならんと厳命されました。二人はわたくしが出奔するのを恐れたのです。この厳しい仕置きで健康を損ね、顔色が悪くなり痩せてしまいました。やつれたわたくしを見て、叔父は（厳しい方ですが、わたくしを愛しているのです）やむなくわたくしを自由にすると告げました。ただし条件付きで。肖像画を描かせるという名目で、わたくしは大佐が画家の家に同行することを承知しなければなりませんでした。ド・ライルの家に初めて行ったときのことです。パーシー大佐はわたくしの恋人が誰かわかった、何度か彼を見たことがあると告げました。少し不安になりましたが、あなたはヴェルドポリスではなく、パーシー大佐の手の届かない所にいることを思って、胸を撫で降ろしました。ところが今、あなたはヴェルドポリスにお帰りになりました。何らかの手段であなたを破滅させるまで、大佐は決して手をゆるめないでしょう。心配でなりません」

「エミリー」これまでの経緯《いきさつ》を聞き終わると、レズリーは口を開いた。「きみの行動はじつに正しく立派だった。きみは貧しく友もない画家風情にずっと誠実でいてくれた。女性なら誰も賛美して止まないはずの、生まれも財産も教養も申し分のない相手からの求婚を退けたのだから。今は一点の翳りもなく、きみの愛を心から信じることができる。きみの愛には不純なものは何一つ混じってはいない。

その清らかな愛を信じて、私の本当の生まれと身分を明かそう。私は卑しい奴隷でもなければ、肉体労働に身をやつす人間でもないのです。それは仮の姿、じつは高地地方に住むアルビン氏族[80]の族長シンクレア伯爵[81]です。我が家は「荒野の霧の子供たち[82]」を治める族長で、宝冠を戴くいかなる貴族の家柄にも劣らぬ輝ける家系なのです。ですからきみが嫁いで来ても、決してひもじい思いをすることはありません。それどころか清らかな血が融合し、広大な領地が統合され、我われは死が二人を分かつまで固く結ばれるのです。さあ、エミリー、私のもとへ。きみを縛る鎖を断ち切るのだ。パーシー大佐の汚らわしい手を振り払って。北部山岳地方の我が故郷へきみをご案内しよう。着いたら直ちにシンクレア伯爵夫人となり、族長の旗印の下に集まった七千の勇者たちにかしずかれるのです。エリンボス山[83]の我が居城は、叔父上の城館より広大です。我が氏族の人々は、心優しく麗しい女王陛下を心から敬愛することでしょう」

　レズリー、今やロナルド・シンクレア卿[84]と呼ばねばならない彼が、身分と権勢を明かしたとき、誇らしげなその顔が上気した。眼は北部山岳地帯の上空を舞う荒鷲のように鋭く輝き、部屋の中を堂々と歩く物腰には威厳が溢れ、何代もつづく伯爵家の血筋を伺わせていた。高貴な生まれの彼の面立ちをさらに引き立てる高邁な情熱に、レディー・エミリーはソファーから立ち上がって手を差し出した。

「どうぞ、わたくしの変わらぬ愛の誓いをお受けください。この世のすべてがこぞって反対しようとも、わたくしは決してあなた以外の人を愛することはありません。『死が二人を分かつまで』という言葉を決して忘れません。あなたをこの上なく愛してきたわたくしには、あなたのご身分を知ったからといって、さらにこれ以上愛することはできません。でもアフリカの誇り高い貴族に遜色のないご身分であることを、あなたのために嬉しく思います」

「では、私とともに行ってくれるのですね」彼はたずねた。

「はい、お供いたします。何時に行けばよろしいでしょうか」

「今宵、十二時。栗の樹の小径で会いましょう」

「遅れずに参ります」彼女は答えた。「そう、一つおたずねしたいことがあります。なぜヴェルドポリスでは身分を隠しておられたのですか」

「ああ、そのことですか、エミリー。私がイングランドで教育を受けたことはご存知でしょう。オックスフォード卒業後、しばらくロンドンで暮らしました。そこでは無論、上流社交界に入りました。若くて大金持の私はそこで注目されました。とくにご婦人方にもてはやされました。しかし彼女たちの優しさの理由の大半は、私自身というより私の地位と財産にあるという気がしていました。そんな疑念が頭から離れなくなりました。そこでアフリカに渡って、名もなく友もない異邦人にどのような運が開けるか試してみようと思ったというわけです。

　ヴェルドポリスでド・ライルと知り合いました。彼の物腰に好感が持てましたし、才能がありながら報われていないことに深く同情したのです。秘密は厳守するという約束で、私は彼に自分の身分を明かし、名前を伏せておきたい理由も打ち明けました。多少、絵の心得があったので、私は画家の役を演じることに決めてド・ライルの指導を受けることにしたのです。そして彼の家できみと出会ったというわけです。きみは立派な家庭教師ギフォード氏に付き添われて、絵や画材を買いに来ていましたからね。会ううちに二人がどうなったかは言うまでもないでしょう。私たちはたちまち深く愛し合うようになりました。身分を明かすときが訪れたと思い、チャールズワース卿にお目にかかって正式に結婚の申し込みをしようと考えていた矢先に、ブラニー山脈[85]の我が領地に突然帰らなければならなくなったのです。我が氏族に関する法律問題や手続その他で、十二カ月近くも足止めされていたのです。今ようやくヴェルドポリスに戻り、二つの目的を果たそうというわけです。まず、きみを花嫁に迎えること。それが済んだら、ウェリントン公爵の旗印の下に馳せ参じ、反乱を起こしたアシャンティー族[86]と戦うことです」

「もう一つだけおたずねしたいことがあります」レディー・エミリーは言った。「どうして大佐はあなたのことがわかったのでしょうか」

「わかりません。たぶんド・ライルの家で私を見たのでしょう。ある日、大佐によく似た紳士が私たちが語り合っていたとき、アトリエに入って来た記憶があります。彼は恐ろしく疑り深い目つきで私たちを見ていました。きみに言われて、初めて思い出しました」

「もう一つだけ教えていただきたいことがあります」レディー・エミリーは急にあることを思いついたように微笑んで付け加えた。「変装なさってオリンピック大会に出場なさったでしょう」

「そのとおりです」

「あの装束は何でしたの」

「我が氏族の衣装です」

「では、あの素晴らしい弓の名手はやはりあなただったのね。他の方々がみなしくじったのに、あなたは見事に白い標的盤を射抜きましたわ」

「ご明察、エミリー。そのとおりですよ」

「では、くれぐれも気をつけてくださいね」彼女は真顔になって言った。「パーシー大佐はあなただと気づきましたわ。彼はあの鷹のように鋭い眼で、あなたが話をするために頬隠しを半分上げたとき、ちらりと見ましたもの。わたくしもあなたの声が聞こえていたら、きっとすぐにわかったでしょう。ですから大佐はあなたの正体を見破ったにちがいありません。心配だわ。あなたを破滅させるまで、大佐の復讐心は衰えることを知らないでしょうから」

「エミリー、私のことなら心配ご無用です。剣の腕では大佐に引けは取らないし、腕力でも負けるものではありません。もしあの男があなたの美しい瞳に一粒でも涙を浮かばせようものなら、あいつは胸から血を滴らせることになります。さあ、それでは、お別れです。しばしお別れしなければなりません。でも夜が明けるまでには、たとえ天地が滅びようとも私たちは固く結ばれることでしょう。くれぐれも約束の時刻をお忘れなく。それさえ違《たが》えなければ、あとはすべて私にお任せあれ」

レディー・エミリーは遅れないという先ほどの約束を繰り返した。そして恋人たちはそれぞれが必要な支度をするために別れた。

シンクレア卿は応接間を出たとき、薄暗い廊下を滑るように走り去る人影に気づいた。二人の話を聞かれたことを懸念して、逃げて行くその影を追った。初めは追いつけそうに見えたが、影は突然向きを変え側廊に入ったため見失ってしまった。捕え損ねたことが残念に思われた。あの怪しげな足の速い男が何の目的で潜んでいたのかと思うと不安が萌《きざ》し、引き返してレディー・エミリーに知らせようかと考えた。だが折悪しく、チャールズワース侯爵の厳しい声が広間に聞こえたので、我われの主人公はこのまま立ち去った方が無難と考えた。侯爵に見とがめられ、駆け落ち計画が頓挫することを恐れたのである。彼は馬小屋に向かった。従者が馬の準備を整えて待っていた。彼は美しいアラブ馬(87)にひらりとまたがると、西の小塔を一瞥し美しい恋人を想って溜め息をついた。そして中庭を一気に駆け抜け、またたくまにヴェルドポリスまで半分ほどの地点に達したのであった。

第五章

さてここで、パーシー大佐の裏を掻く相談をしているシンクレア卿とレディー・チャールズワースからしばし離れて、当の大佐が何をしているか覗いてみよう。大佐はディムディム広場(88)に宏壮な屋敷を所有していた。そこは今でこそ、暇な弁護士、下士官、パトロンのいない作家、その他の有象無象の吹き溜まりとなっているが、当時は上流階級の高級住宅地であった。召使いに馬車などを含めた屋敷の維持費は、当主の俸給では足りず、ビリヤードやトランプ賭博の上がり、相続する見込みの莫大な遺産を当てにして高利貸しから前借りした多額の借入金で賄われていた。前章で述べた日の午後、贅を尽くしたその優雅な客間には、大佐一人の姿しかなかった。彼はその見事な体軀を、絹張りのソファにおよそ軍人らしくもなくだらりと横たえていた。どろんと濁った眼と艶の失せた頬は前夜の放蕩を語っていたが、傍らのテーブルのワインの空き瓶やグラスは、酒も憂さ晴らしにはならなかったことを示していた。彼がいかにも貴族らしいその秀でた額に両手を押し当て寝そべっていると、客間のガラス戸が突然開かれ、ぼろぼろの乗馬ズボン姿の赤毛の男が飛び込んできた。

「こいつめ！」パーシーは大声で罵しりながら起き上がった。「なんて厚かましい野郎だ。そんな所から図々しく入って来るとは。人をあんな目に遭わせておいて、ぬけぬけと顔を出しやがって」

恥知らずな闖入者《ちんにゅうしゃ》は、この出迎えにも少しも怯んだ様子はなかった。すでに読者の皆さんには、男がロバに引かれた戦車の勝者その人であることはおわかりだろう。彼は怯むどころか、薄ら笑いしながら近寄ると、節くれ立った手で大佐の手を握って答えた。「やれやれ、どうしたというんですかい、我が愛する悪党兄弟。どうもご機嫌麗しいとは見えませんな。その浮かぬ顔と、この熱っぽい手でわかりますがね」

「まったく太え野郎だ。首吊り役人の手で吊るされっちまえ(89)」と言うなり、大佐はもう一方のこぶしを思いっきりその男の顔にめり込ませた。ところが並の人間なら倒れるはずが、その逞しい戦車の御者はからからと笑っただけだった。「なんてことだ。地獄へ堕ちろ。よくもまあ、あれだけのへまをしておきながら、たった一人丸腰で、のこのこと俺の前に面《つら》が出せたものだな」

「まあ、まあ。いったいこの私めが何をしたというのです、悪《ロウグ》の皇帝さま」

「何をしただと、悪党め。いったい何のために二〇〇ギニーも出したと思ってるんだ。ウィーラー大尉[90]が出場できないようにして、代わりにおまえがおんぼろ戦車とロバでレースに出る約束だったよな。俺に優勝させるということで、さらに前金五〇ギニーをふんだくったじゃないか。あれほど何度も誓っておきながら、ことごとく裏切りやがって。おかげで二万ポンドも損する羽目になったぞ。俺は自分に賭けていたんだ」

「そうですか。仮にあっしがそうした、としてもですよ」とニンジン色の髪の御仁は答えた。「だんながあっしの立場なら、きっと同じようになすったんじゃありませんかね。だってズボンのポケットにはいただいたばかりの二五〇ポンドがそっくりあって、そのとき幸か不幸か、どう考えてもようござんすが、あっしの出場が発表されるとあれよあれよという間に、あっしが負ける方に四〇人あまりが賭けたんですぜ。あっしは一人でその賭けの向こうを張って、最善を尽くしたというわけさ。だが、待て待て」彼はつづけた。「こんなご託を並べてる暇はない。ここに来たのは二、三ポンドばかり拝借のお願いだ。先週稼いだ金は、酒やあれやこれやで使い果たして素寒貧《すかんぴん》でしてね」

男はまるで当然のように、平然と落ち着き払って要求した。あまりの厚かましさにパーシー大佐は怒りで顔面蒼白、ぶるぶる震える手で弾を充塡したピストルをポケットから取り出すと、男を真正面から撃った。先ほどの罵倒と同様、銃弾も何の効き目もなく、頭から跳ね返った弾丸の一つが大佐に当たって血が流れ、男は不敵な笑い声を上げただけだった。またも同じ目に遭った大佐は、銃を床に叩き付け、怒りに任せて部屋の中をどすんどすんと歩き回り「俺が馬鹿だった！」と叫んだ。「なんと無駄なことを。わかっているはずなのに。この悪魔野郎は不死身なんだ。つまらないことをしても馬鹿にされるだけだ」

「ハッハッハ」男は嘲った。「いかにも、ロウグ[91]。だから、さあ座って、ちょいとばかり実のある話といきましょうや」

精魂尽きたパーシーは言われるままに腰を下ろした。「ズデスよ」と呼びかけた声は、いくらか落ち着きを取り戻していた。「貴様は人間ではない。間違いなく、人間の皮をかぶった悪魔だ。悪魔の化身だ。これほど弾を浴びても平気な人間など、いるはずがないからな」

ズデスは（というのも、それがこの恥知らずのペテン師の名前だったのだ）それには応えず、立ち上がってカウンターを兼ねた食器台に向かった。そこにはワインなどが五、六本並べられていた。彼はリキュールをケースごと引き寄せ、自分のグラスになみなみと注ぎ、もう一つにも注いで、それを手にロウグ、つまりパーシーのそばに行った。

「さあ、色男」ズデスはグラスに口をつけながら言った。「さあ、これでも飲みなせえ。卒倒しそうな顔色ですぜ。気つけ薬だ」

後年はともかく、その頃はさほど強くなかった大佐は、差し出された酒に口をつけただけで、ズデスに返した。相手はそれを一気に飲み干した。

会話は前よりもいくらか活発に、また和やかに交わされた。とうてい痛めつけられない相手にいくら怒鳴っても無駄だとわかると、パーシーもいくらか冷静になったようだった。だがそれでも、たがいに交わされた言葉の少なくとも半分は呪詛と嘲弄だった。ズデスは二〇ポンド貸せと食い下がり、パーシーはそんな金はないと撥ねつけていた。ついにズデスは、大佐が重大な犯罪に関与している事実を、その筋に訴えると脅した。これは効いた。大佐はその脅しに、襟飾りからダイヤモンドの留め具をはずして床に放り投げ、「そいつを拾って失せやがれ！」と怒鳴った。

筋金入りの悪党は含み笑いを浮かべながら拾い上げると、ふたたび食器台でリキュールをもう一杯飲み干した。そして開けっ放しのガラス戸から出ようとして、言った。「あばよ、ロウグ。じつはな、俺様のチョッキの二つのポケットにゃあ、二千ポンドの札束がうなっているのさ」

捨てぜりふを残して走り去るズデスの後ろ姿を目がけて、ふたたび銃の引き金が引かれた。

「忌々しい悪党め！」大佐は荒々しく窓を閉めながら叫んだ。「大地よ、大口を開けてあいつを飲み込んでくれ。空よ、裂けてあいつを雷で打ち殺してくれ」

この敬虔な祈りの言葉とともに、パーシーは先ほど招かれざる客に起こされるまで横になっていたソファに身を投げた。

次に邪魔が入ったのはそれから二時間ほど経ってからで、ドアがそっと叩かれた。

「くそっ、誰だか知らんが、さっさと入れ！」と怒鳴った。

ドアが恐る恐る開けられ、お仕着せ姿の召使いが入って来た。

「いったい何の用だ、ちくしょうめ」主人の怒りは凄まじかった。

「恐れながら申し上げます。緑のこびとがたった今、息を切らしてやって参りまして、重要なお知らせがあると申しております」

「緑のこびとだと？　書斎に通せ。すぐに行くと伝えろ」

召使いは一礼して部屋から出て行った。パーシー大佐もほとんど間をおかずに部屋を出て、書斎に向かった。さて、我々は彼のことはひとまずおいて、ふたたびクライズデール城を覗いてみることにしよう。

シンクレア卿がレディー・エミリーの居間を出るのとほとんど入れ違いに、叔父のチャールズワース侯爵が入って来た。六十歳から七十歳くらいの長身で恰幅のよい老人で、銀髪は一糸乱れずカールされ髪粉がふられていた。風雪に晒された色つやの良い顔と、鷲を思わせる険しい顔立ち、そして厳めしい表情から、めざとい人間にはすぐに彼が退役軍人であることがわかっただろう。たとえ軍人用の皮長靴と立派な帯剣という明らかな証拠がなかったとしても。

「やあ、エミリー」と彼は、走り迎えた姪に声をかけた。「ご機嫌はいかがかな。一日中、一人でこんな所にいて退屈しないかい」

「いいえ、とんでもありませんわ、叔父様」と姪は答えて、「誰かいてくれたら、なんて少しも思いませんわ。読書に音楽鑑賞、それに絵を描いたりと、することはたくさんありますもの」とつづけた。

「そいつは結構だ。だが、今夜は一人きりだったわけではないと思うが。大佐が一緒ではなかったのかい」

「いいえ」とレディー・エミリーは答えた。「叔父様、どうしてそんなことをお聞きになりますの」

「立派な馬が裏庭に繋がれているのを見たので、てっきり大佐だと思ったのさ。そうでないとすると、では客人は誰だったのだ」

　思いがけない質問だった。しかし、レディー・エミリーは不意を突かれてうろたえるような女性ではなかった。彼女は小説のヒロインにはあまり似つかわしくないと思われるやり方で直ちに応じた。すなわち、ちょっとした嘘をでっち上げたのである。

「あら」と彼女はさり気なく答えた。「たぶんラストリングさんの馬でしょう。生地商の見習いの。先日、お店で買った品物を、今日の午後、届けに来たのです。で、叔父様」と彼女はつづけた。「今日は町で何をなさっていたのですか」と、もっと差し障りのない話題に変えようとした。

「そうだね」と彼は応じた。「まず初めに、ウォータールー宮殿に出かけたよ。公爵のご意見を伺いたいと思ってな。会見は二時間ほどで、それが済むと夕食にお招きくださったのだ。そこで公爵夫人にお会いしたが、じつに感じの良い気のおけない方だったよ。ご親切にもおまえのことをおたずねになって、ヴェルドポリスに二、三週間遊びに来るように伝えてほしいとのことだ」

「なんてお優しい方なんでしょう」レディー・エミリーは思わず声を上げた。「この世の誰よりも好きになってしまいますわ。叔父様と、あと一人か二人を除いてね。それで、赤ちゃん[92]はご覧になったのですか」

「いかにも」

「可愛い赤ちゃんでしたか」

「じつにね。でもきっと甘やかされるだろうな。公爵はその子の望みなら何でも叶えてあげたいようだったし、公爵夫人ときたら見るからに、その子のためだけに生きているといった具合だったからな」

「無理もありませんわ。で、お名前は何とお付けになったのかしら」

「アーサー、だったと思うが」

「ご性格は良さそうに見えまして？」

「そこまでは。だが相当な駄々っ子になるだろうよ。夕食後、育児係が部屋から連れ出そうとしたら、お決まりの騒ぎぶりだったからな。さあ、このいたずらっ子のことで、まだ何か聞きたいことがあるのかね」

「いいえ、今のところは。宮殿を退出してからは、どうなさいましたの」

「魔神館に顔を出してスターリング少佐[93]とワインを飲み、それから兵舎に立ち寄った。わしの部隊の将校たちと打ち合わせがあったのでな。それが済んでから、トレフォイルの店[94]に出かけて、おまえが結婚式に身に着けるものを買っておいたから、じきに届くはずだ」

　ここで侯爵はポケットから小さな箱を取り出した。開けてみると、見事なダイヤモンドのネックレス、それと対のイヤリング、指輪、ブローチが現れた。彼はそれらをエミリーの膝の上に置いた。こうした高価な贈り物に礼を述べながらも、その一方で優しい叔父の意に背こうとしていることを思って、彼女の眼に涙が浮かんだ。

　それを見て叔父が言った。「おやおや、湿っぽいのはご免だぞ。大佐は立派な男だ。少々荒っぽいかも知れんが、結婚すればそれもすぐに直るだろう」

長い沈黙がつづいた。二人の憂い顔から察するに、叔父も姪も物悲しい想いに耽っていたようである。とうとう叔父がふたたび言葉をついだ。「エミリーや、あと二、三日したら、わしはしばらく留守をすることになるだろう」

「どうしてですの」レディー・エミリーは驚き蒼ざめて叫んだ。直ちに思い浮かんだのはパーシー大佐のことだった。

「じつは」と侯爵が答えた。「アシャンティーどもに不穏な動きがあるという知らせが入ったのだ。それで公爵は援軍の派遣が必要だとお考えなのだ。いくつかの部隊が援軍として出動を命じられたが、その中に第九十六部隊が含まれておって、指揮官のわしが行かずばなるまいというわけだ。ウェリントン公爵夫人がおまえをご招待くださったのは、こういう理由があってのことなのだ。わしの留守中、おまえがクライズデール城で寂しがって退屈するのではないか、とのお心遣いなのだ。ご招待を受けてくれるだろうね」

「もちろんですす」と、エミリーは消え入らんばかりの声で答えた。というのも、細やかな愛情溢れる守護者に対する裏切り行為のことを思うと、胸が痛んだからである。叔父とはおそらく永遠《とわ》の別れとなるであろう。

夕食の準備が整ったと告げられた。食事が終わると、レディー・エミリーは少し頭痛がすると言い訳をして、叔父に挨拶して早々に引き上げた。そして西側の小塔にある小さな自分の部屋に重い足取りで向かった。部屋に入り鍵をかけるなり座り込んで、これから行おうとしている自分の生涯を決める行動について考えた。長らく思い悩んだ後、彼女は実際どうみても二つの道しかないという結論に達した。すなわち、叔父に従い恋人を裏切って自分の幸せを永遠に犠牲にするか、あるいは侯爵に背いてシンクレアに従い、約束どおり彼と駆け落ちするかのいずれかである。

そうしたジレンマに追い込まれた彼女の選択を、いったい誰が責められようか。彼女は後者を選び、手をこまねいて災いの来るのを待つよりも、駆け落ちの危険を冒す決心をしたのである。気持ちが決まったちょうどそのとき、城の鐘が重々しく、不穏な真夜中を告げ始めた。槌が鐘を打ち鳴らすたびに、興奮した彼女の胸に、それは直ちに発てと促す警告のように響くのだった。最後の鐘の音も消え、辺りが静まり返ろうとしたとき、彼女はそれまでまるで彫像のようにじっと座っていた椅子からすっくと立ち上がった。それから、その頃ヴェルドポリスで婦人たちに流行していた、大きめなフード付きのマントに身を包んだ。それ一着でヴェール、帽子、コートの三役を兼ねていた。

身支度を整えると、彼女は音もなく自室を出て、正面階段を避け、小塔につづく曲がりくねった階段へと向かった。その先には使われていない広間があり、そのアーチ型の扉口から直接、庭園に出られるのである。彼女が足音を忍ばせてこの広間に入ったとき、高い格子窓から差し込む煌々とした月明かりで、彼女がこれから通り抜けようとしている扉口のそばに佇む黒い人影に気づいた。レディー・エミリーはあまり冷静なタイプの人間ではなかったので、この姿には飛び上がるほど驚いた。とっさに思い浮かんだのが、この屋敷に取り憑いていると言い伝えられてきた幽霊のことだったからである。

しかし、その影がぶつぶつ言いながら鍵の束をじゃらじゃら鳴らしたので、彼女の恐怖はたちまち拭い去られた。

幽霊と思われたその男は「あれっ」と独り言をもらした。「どうして、灯りが消えっちまったんだ。こんなことはめったにねえんだが。真夜中にろうそくの灯りもなしに、こんな暗がりにいなくっちゃならねえとは。最後の一杯が効いてきて手は震えるし、おまけに鍵穴を見つけようにも、よく見えやしねえ」

レディー・エミリーは声の主が召使いであることがわかった。寝る前に城門をすべて閉めるのが彼の仕事であった。切羽詰まったレディー・エミリーは、窮余の一策を思いついた。男の混乱した頭の状態を考えれば、それはほとんど成功間違いなしと思われた。彼女はしっかりとマントを巻き付け、ホールの中央まで進み出て、これ以上ないという威厳のある声で言った。「汝、人の子よ、偉大なる女神アシラの館(95)より立ち去れ！」

この作戦の効果はてきめんだった。召使いは鍵の束を落とし恐怖の叫び声を上げて、慌てふためいて逃げ出した。レディー・エミリーは難なく扉口の掛け金を外し、計画通り逃走に踏み出した。彼女は解き放たれた鹿のように素早く軽々と、月明かりに照らされた芝生を駆け抜け、約束の場所へと向かった。栗の大樹の枝の下に佇み、恋人の現れるのを今か今かと待っていると、冷たい風が寂しく葉を鳴らしながら吹き抜けた。風がひときわ激しく吹き付けて枝々が一斉に傾《かし》いだと思うと、その隙間から月の光がちらちらと漏れた。風が収まり枝々がふたたび揺らぎを止めると、木の葉の散り敷いた小径に無数の銀色の市松模様が広がり、黒い影がゆらゆらと揺れた。まるで何百という幽鬼がその太い幹の間を駈け回り、定かに見えぬ手で差し招くのだが、彼女が近づくと消えてしまう。また突然、月が雲間に隠れ、それにつづく濃い闇の中で、枝々のきしみ合う音、葉ずれの音、風のうなり声が混じり合って、いかに勇敢な人間でも怖じ気づいてしまうような、世にも悲しげな音をたてるのだった。

三〇分ほど彼女は冷たい夜気に震えながら、ゆっくりと歩き回っていた。そしてときおり立ち止まっては、近づいてくる足音に耳を澄ました。ようやく何かゴトゴトという馬車の車輪らしき音が聞こえた。それは近づいて来た。蹄《ひづめ》の音がはっきりと聞こえ、突然ぴたりと止んだ。不安な五分が経過した。何も聞こえなかった。レディー・エミリーはじっと耳を澄ました。空耳かと疑いはじめた頃、枯れ葉を踏みしめる音に、人が近づいて来るのがわかった。彼女には馴染みのある足音だった。堂々とした軍人らしい歩き方をする者は、シンクレア以外になかった。彼女は弓を離れた矢のように走り寄り、次の瞬間にはロナルド・シンクレア卿の胸に抱かれていた。

最初の無言の挨拶が終わると、彼は低い押し殺したような声で言った。「さあ、急ぎましょう。静かに素早い行動が肝要です」彼らは小径を進み、突き当たりに止めてあった馬車へと急いだ。レディー・エミリーが恋人の手を借りて馬車に乗り込むと、恋人はその手を優しく握って、先ほどの押し殺した声で、自分は馬で後からついて行くと言った。

「わかりましたわ」と、エミリーは優しく彼の手を握り返して答えた。

彼は馬車のドアを閉め、そばに繋いであった馬にまたがると、出発の合図をした。まもなく美しき逃亡者を乗せた六頭立ての四輪馬車は、後見人の城を遙かに後にした。一行は一時間もしないうちにヴェルドポリスの手前四マイルの所に至ったかと思うと、今は深閑として人気のない町の広い通りをいくつも駈け抜け、さらに広大な森の中を北に向かう広い道路に差しかかった。

鬱蒼とした森林地帯を二時間ほど走った後、馬車は街道から脇道に入り、樫、松、楡、杉の木立の混じる深い森をさらに進んで行った。枝々が小暗く重なり合い、一枝一枝が夜のような分厚い葉群れの天蓋を支え、その下の道を通る行き暮れた旅人を導く一筋の灯りも漏らさなかった。レディー・エミリーがほっとしたことに、ようやく木々の茂みが薄くなり始めた。木立は次第にまばらになり、まもなく馬車は開けた空き地に入った。そこには煌々とした月光を浴びて、高い塔の廃墟がそびえ立っていた。その朽ちかけた胸壁にはニオイアラセイトウの花が揺れ、ガラスも破れて久しい石造りの飾り窓を蔦が優雅に縁取っていた。この陰気な建物の前に馬車が止まったとき、レディー・エミリーは身震いした。

「ここは寝むには陰気過ぎるわ」と彼女は独り言をもらした。「でも、怖がっていてはいけないわね。身を隠すには一番良い場所と、シンクレアが判断したにちがいないのですもの」

御者が馬車のドアを開けた。伯爵がまだ到着していなかったので、彼女に手を貸したのは御者であった。彼女が馬車から降りると、御者は館の玄関に行き、扉を開けるよう命じた。錆び付いたノッカーのガチャガチャという耳障りな音が、辺りの原始の森を支配する重々しい静けさを破り、灰色の荒れ果てた廃墟の奥に虚ろにこだました。かなり待たされてから、かんぬきを引き抜く音が聞こえた。

扉がゆっくりと開かれ、一人の人間が現れたが、その姿は周囲の情景に見事に溶け込んでいた。それは歳月の重みで腰が曲がり、すっかり二重になった老婆であった。萎びたしわだらけの顔には、いかにも迷惑だという表情がこびり付き、小さな血走った眼には魔女のような意地悪い光が宿っていた。一方の震える手には錆だらけの鍵の束が、もう一方の手にはちろちろと燃える松明が握られていた。

「やあ、バーサ[96]」と御者が声をかけた。「お客さんを連れてきてやったぜ。最上階の部屋にご案内するんだ。それ以外に住めそうな部屋はないからな」

「そうですとも。あるはずがありゃしませんわ」と老婆は不機嫌にぶつぶつと答えた。「もう六年がところ、誰も泊まっちゃあいないんじゃから。それにしたって、なんだってこんなお人形さんを連れて来たんじゃね。わたしゃ、嬉しくも何ともないよ」

「黙れ、鬼婆め」と男が怒鳴った。「黙らんと、舌をちょん切るぞ」それからレディー・エミリーに向かって「どうか、今のところはこんなお付きしかおりませんが、ご辛抱ください。我が主人がもっとましな者を手配する時間がありましたら、必ずそうしておりましたところですが」とつづけた。

　レディー・エミリーはお年寄りですから仕方ありませんわと答え、その惨めったらしい老婆にねぎらいの言葉を一つ二つ掛けようと進み出た。ところが老婆は不意に顔を背け、「さあ、お嬢さん、ついて来なさるがいい。寝床をご覧になりたいでしょうから」と言うと、ゆらゆらと広間を後にした。

　我らのヒロインはその要請とも命令ともつかぬ指示に従い、それまで立っていた屋根もない広間を出て、そのしわくちゃの老婆の後について、湿っぽい無人の部屋をいくつも通り抜けて行った。部屋を吹き抜ける風が物悲しげに反響するので、それを耳にする者も同じように気が滅入ってくるのだった。ようやく他の部屋よりもいくらか手狭な感じの部屋にたどり着いた。色あせたカーテンの下がった天蓋付きの寝椅子、数脚の椅子、テーブル、浮き彫りの古びた衣装箪笥が辛うじて、快適とはいえないまでも、人の住処《すみか》らしい趣を与えていた。ここで老女は立ち止まり、テーブルの上にろうそくを置いて言った。「さあ、ここで明日までお寝みくださいな。妖精にさらわれなければね」

「ええ、大丈夫です。わたくし、怖くなんかないわ」無理に笑顔を作りながら、レディー・エミリーは答えた。「でもねえ、バーサ。暖炉に火を入れてくれないかしら」

「いいえ、できませんね」老婆はぴしゃりと答えた。「他にやらなきゃならないことがあるもんですから」と無愛想に言うと、老婆は部屋から歩いていというか、這うようにして出て行った。

老婆が去ると、レディー・エミリーはあまりの変化に悲しくなった。人目を忍んだ秘めやかな過去、陰鬱きわまりない現在、不安に満ちた未来、すべてが彼女の心を重く圧した。しかしまもなくシンクレアの面影が、不吉な地平に現れる太陽のように立ち昇り、彼女の心に垂れ込めていた悲しみの雲を追い払った。「じきに」と彼女は思った。「彼がここに来てくれるのだわ。そうしたらこの朽ちかけた塔も、わたくしには王様の宮殿のように見えるのだわ」

この心慰む思いをほとんど口にするかしないうちに、隣の部屋から重々しい足音と拍車の音が響いて来た。半開きになっていたドアがそっと押し開けられ、旅行用の外套に身を包んだ長身の伯爵の姿が戸口に現れた。その気高い顔は、羽根飾りの付いた帽子の影に隠れていた。

「ようやく来てくださったのね」レディー・エミリーは叫んだ。「なんて遅かったの。暗い森で道に迷っているのではと、心配になり始めていたところでしたの」

「美しい人よ」と答えたその声に、彼女は冷たい戦慄が身体中を駆け抜けるのを感じた。

「本当に、そんなに優しい思いやりを込めてあなたの瞳に見つめてもらえるものならば、私は持てるすべてを捧げてもよい。だが悲しいことに、あなたの優しい想いは、私が生きている限り、二度とふたたびその銀鈴のような声を耳にすることのない者へと向けられているのです。さあ、ご覧なさい、そして誰の手に落ちたかを見るのです」そう言いながら、彼は身体を覆っていた外套と帽子を一気に脱ぎ捨てた。恐怖に凍りついた婦人の前に立っていたのは、愛するシンクレアではなく、恋敵のパーシー大佐その人であった。さっと死人のように蒼ざめた彼女の顔と、とっさに握りしめた手だけが、この思いも掛けぬ人間を見て、彼女の胸をよぎった不安を語っていた。

「さあ、元気をお出しなさい」大佐は薄笑いを浮かべてつづけた。「もう覚悟をなさった方がよろしいですぞ。天と地、聖なるものと俗なるものにかけて言うが、あなたの愛しい絵描きの恋人、愛する弓の名手は、もうあなたのお顔を見ることはないのだから」

「卑怯者！」とレディー・エミリーが叫んだ。その眼は軽蔑と憎悪に燃えていた。「いいこと、あなたの言うわたしの絵描きの恋人には、あなたよりずっと高貴で清らかな血が流れているのです。あの方はアルビン族のシンクレア伯爵だけれど、あなたは貴族の親戚に寄生している、ただの居候じゃないの」

「そうか、では、あいつはあなたに正体を明かしたのだな」とパーシーが応じた。「しかし、お嬢さん。彼が貴族だろうが絵描きだろうが、今度こそ、私はあいつを出し抜いてやった。奴の馬車は、今頃どこかとんでもない遠い所をうろついているでしょう。私の馬車にはたっぷりと油が注され、休まず快走しましたからな。レースに勝利したのは私で、賞品はこの私のものだ。『シンクレアが助けに参上!』などとほざいているかもしれませんが、奴の部下の誰も、はるばるこの暗く人里離れた隠れ家までは来られまい」

「卑劣な悪党め!」とレディー・エミリーは、怒りに任せて叫んだ。「おまえは裏切ったのです。紳士の名にもとる手段を取ったのです。さもなければ、わたしはこのようにおまえの罠などに、かかるはずはなかったでしょう」

「ふん」と大佐は応じた。「私は名誉など崇拝する唐変木ではありませんからね。覗きだろうと、スパイだろうと、偽証だろうと、それを使えばより容易に手に入る大きな目的が見えているなら、手段など選びはしない」

「パーシー大佐」とレディー・エミリーが言った。「あなたの名前ほど厭わしいものはありません。あなたはわたしをこの塔に幽閉するおつもりですか。それとも、クライズデール城に送り返すおつもりなの」

「もちろん、ここにいていただきますよ。私の妻になるとお約束くださるまでね。約束してくだされば、未来のビューフォート伯爵夫人[97]に相応しい華麗な姿で、ヴェルドポリスにご帰還できましょう」

「それではわたしは死ぬまでここにいることになるわね。あるいは幸運がわたしを救い出してくれる日まで。人智の及ぶ限りの拷問を加えようと、あなたのように最低の人間に成り下がった人などと、わたくしは金輪際、結婚するつもりはありません。公然と名誉を踏みにじり、堕落し切って、自分の思うままにすると放言している人との結婚など、ご免こうむります」

「じつに立派な演説ですね」大佐は皮肉たっぷりに言った。「だが、名誉を重んじる美しいお方、そのような決意を示されても、幽閉は変わりませんぞ。むしろ、お仕置きということになりますかな。あなたはご自分がかくも雄弁に主張された神の教えを、まぎれもなく汚したのですからね。いいですか、お嬢さん。あなたを愛しておられるご高齢の叔父上を騙して、どこぞの馬の骨などと駆け落ちすることは、名誉の命じるところと矛盾しないのですか」

この嘲りはレディー・エミリーには耐えられなかった。叔父の姿が思い浮かび、彼女の失踪を知ったときの彼の苦しみを思うと、馴れ馴れしく言い寄ろうとする無礼な求婚者を威圧するために、誇りにかけて装った威厳がたちまち萎えてしまった。彼女はがっくりと頭を垂れ、額に手を当てて苦い涙をしとど流した。

「その水晶のしずくは」と大佐は彼女の苦悩を無視してつづけた。「あなたの一見頑固な心を和らげることも、さほど難しくないと語っていますね。もう一日あれば、必ずや私の話術で美の女神に理性を取り戻させることができるだろうに。だが残念ながら、緊急の用事で私は直ちに出発しなければならない。陽が上る前に、ヴェルドポリスに帰着していなければなりません。東の丘陵はすでに白み始めている。それでは、ご機嫌よう」彼は真顔になって、次のように付け加えた。「さようなら、レディー・エミリー。私がこれから向かおうとしている場所には、大変な仕事が待ち構えている。ひょっとしたら黒人の反乱者の刃にかかって、拒まれはしたが真剣な求婚者、そして世間の人々の大半が言うところの悪党も、ほどなく命を落とすことになるかもしれません」

「さようなら、大佐」と捕らわれ人は涙まじりに答えた。「もし万一、そのような運命となりましたら、今夜の仕打ちを思い出して、死の苦しみがいや増すことをお忘れなく」

「ばかな！」と大佐は豪快に笑い飛ばして答えた。「そんなことを、この私が恐れると思っておいでか。とんでもない。良心など、そんなものがあればの話だが、とっくの昔に枯れ果てました。私は魂の不滅など信じません。死など、私には永遠の眠りの別名に過ぎないのです。では今度こそ、さらばです」

こう言うが早いか、彼は彼女の手をさっと取り熱い口づけをして、部屋から出て行った。いつの間にか牢獄の細い窓から明け方の淡い光が射し込み、ぼろぼろのヴェルヴェット地の寝椅子に疲労困憊して倒れ伏したレディー・エミリーの顔と身体を照らし出した。まさに悩める美女という胸打たるる絵が出来上がった。ほどけて絡んだ巻き毛が、雪のように白いうなじから肩にかけて垂れ、閉じられた瞳の長く黒いまつげは露を宿していた。頬には涙の滴が溜まり、ときおりほっそりとした指先に新たな滴が震えた。いつものばら色の頬も、今は、惨めな眠れぬ一夜を過ごしたため雪花石膏《アラバスター》のように青白かった。色白の腕と手は枕に載せた頭にあてがわれ、もう一方の手はまだ身にまとっていた黒いマントの襞《ひだ》をぎゅっとつかんでいた。

こうした惨めな状況に置かれているにもかかわらず、すなわちこの世で大切に思っているものすべてから永久に引き離され、干からびた老婆バーサだけを付き人として、人里離れた廃墟に閉じ込められたままになるかもしれないというのに、やがて彼女は深い眠りに落ちた。彼女が束の間の休息を味わっているあいだ、我われは別の場面に戻るとしよう。

第六章

アシャンティー族と〈十二人の勇士〉とのあいだで行われたかの大戦《グレイト・ウォー》は、血みどろの合戦を執拗に重ねた後に、アシャンティー族を完全に制圧して終わったことは、周知のとおりである(98)。族長は倒れ、首都を破壊された国家はほとんど壊滅状態となり、想像もつかぬほど荒れ果てた山河だけが残った。当時まだ四、五歳であった王の一人息子クォーシャは囚われの身となり、戦利品の分配に際して他の捕虜たちとともにウェリントン公爵閣下に身柄を預けられた。クォーシャは公爵のもとで、捕虜というよりは実の息子のように愛《いつく》しみ育てられた。

こうした偽りの金の足かせをはめられて、幼い王子は成長した。読み書きの教育はそれなりに受け入れたが、英語とアシャンティー語の両方を不自由なく操れるようになると、それ以上の教育の恩恵を受けることは拒否した。ところが、こと運動や軍事教練となると様子が違った。こうした軍事技術を彼は貪欲に学び、父親の好戦的な性格を遺憾なく受け継いでいることを示したのである。

長身で美形の十七歳の若者の肌は漆黒で、生き生きと燃えるような瞳をしていた。性格は剛胆にして短気、勇敢で行動力に富んでいたが、一方きわめて不実であった。征服者たちから手厚く遇されていたにもかかわらず、まるで本能によるかのように彼らに対して根深い恨みを抱いていることが、次第に明らかになってゆく。十五歳になった頃から、アシャンティー族の森や山にたった一人で長い狩りに出かけることが習慣になっていた。彼に言わせれば、そこにいるたくさんの獲物が目当てであった。しかし後の事件が示すように、じつのところ、こうした遠征のあいだに彼はアフリカの隠れた部族を訪ねては反乱を唆《そそのか》していたのである。そうした部族たちはクーマシー(99)の崩壊とクォーミナ王の戦死の後、原住民にしか近づくことのできない隠れ家に潜んでいた。彼はこれらの荒々しい野蛮人たちの中に眠っている不満を焚きつけ、十分に火を起こし、失われた国家の再興のために奮起せよ、と訴えた。その上で、かつて父親の右腕であったエレディーとベニーニという高名な兄弟と結束して、アシャンティーの王旗を翻し、各地に散らばっているかつての大帝国の残党に向けて、直ちにピンドス山(100)の麓に結集せよと呼びかけたのである。

この召喚に応えて、少なくとも大軍団に匹敵するほどの数の者たちが、まるで墓場から立ち上がったかのように現れた。十四年前には、彼らはその赤い血潮でローゼンデイル・ヒル(101)の小高い丘陵を朱に染めたのだった。ジベル・クムリの山々の渓谷や洞窟から、あるいはアフリカ奥地の未踏の地域から、あるいはまた果てしないサハラ砂漠から、無数の人々が彼の旗印の下に結集した。その結果、数週間のうちに、消滅したと思われていた王国の武装した住民が一万五千人も集まり、クォーシャ二世(102)

が先祖の王冠を奪還する支援のため、最後の血の一滴まで絞り出す覚悟であると宣言したのである。この決意を胸に、彼らはヴェルドポリスに向かって進撃し、事態が〈十二人の勇士〉に伝えられた頃には、すでに街まで約四〇〇マイルに迫っていた。

　だがこの反乱を知ったウェリントン公爵は、反逆者の処罰は自分に任せてほしいと即座に要望した。反乱軍を指揮している若い毒蛇は、公爵自身の炉端で孵化したものであり、ほとんど父親のような愛情をもって愛しみ育てたものであるからと。その嘆願は直ちに聞き入れられ、公爵は反乱軍の進撃を食い止めるべく、リーフ大尉の子孫であるリーフ将軍[103]の率いる一万の軍隊を派遣したのだった。

　強大な軍勢が押し寄せて来ることを聞いたクォーシャは、ゴンダール[104]に使者を派遣し、アビシニア王に援軍を要請する一方で、整然と退却を始めた。イギリス嫌いの国王《ラス》マイケル[105]は、クォーシャの反乱の企てに、喜んで兵八千人の派遣を承諾した。この援軍を得て、若き戦士は敵に戦いを挑んだのである。その結果、セネガルのフェイトコンダ付近[106]で決戦となり、熾烈な戦闘が繰り広げられ、ヴェルドポリス軍の勝利で終わった。もっともその勝利にはかなりの犠牲を伴ったが。

　アビシニアから新たな援軍が到着したため、反乱軍にとって敗北はそれほど痛手ではなかった。それに対してリーフの軍勢は六千にも満たない状況であった。この戦況の報告を受けた公爵は直ちに十六連隊の出動を命じ、[107]自らが先頭に立って即刻、前線に向かったのである。到着した公爵は、敵軍にはさらに北部のムーア人の大部隊が加わっていることを知り、友軍は数においてまだ遙かに劣っていることを認めた。だが自分の部隊の優れた能力を信じ、更なる補強部隊を投入することなく陣地の死守を決めたのである。

さて、こうした必要な情報は提供し終えたので、私は自分の物語を歴史物語とは違ったやり方で、より詳細な描写によって進めて行こうと思う。

夏の荘厳な夕暮れ、敵対する両軍はセネガル川(108)を挟んでそれぞれの岸に陣取っていた。太陽は雲一つない空の下に広がる地平線にゆっくりと近づき、辺りの喩えようもなく美しい風景に名残の夕陽を優しく投げかけていた。この二人の主役のあいだに広がる美しい渓谷を縫うようにきらきらと流れる川の青い水面に、淡い色調の葉を付けたタマリンドの木々やパルミラ椰子の高木が、心地良い影を作っていた。その渓谷を取り巻くなだらかな斜面の上方には、軍隊の接近を知っていち早く避難した住人たちの小屋が打ち捨てられていた。岸辺に建つこれらの小屋で一番大きなものに、ウェリントン公爵は本部を設営し、今、四人の参謀に囲まれて座っていた。そのうち二人は、すでに読者もご存知のチャールズワース侯爵とパーシー大佐である。残り二人のうち、一人は、肩幅が広くひょろ長い脚の中背の男であった。高く突き出た額、わし鼻で、口は大きく、顎がしゃくれていた。軍服を着て、胸には星章、手首には大きな亜麻布の襞飾りを付けていた。もう一人のふくよかな丸顔の男は体つきにしまりがなく、薄いピンクの縮れた絹の鬘《かつら》をかぶり、さらに黒い山高帽を載せ、そのてっぺんに木彫りの飾りを着けていた。

これらの将校たちは、公爵の瞑想を妨げないように低い声で言葉を交わしていた。公爵は眼の前に広がる平原にじっと眼を凝らしていた。その視線の先には、広大な砂漠の始まりを示す乳白色の地平線がうっすらと伸びていた。

「ボバディル(109)」公爵は突然、先ほど説明した二人の紳士の前者に声をかけた。「敵の陣営の方角で、何か動きがあったのに気づかなかったか？　北方の高い丘の影になっているが、黒っぽい男たちの集団のように見える。まさか新しい同盟軍ではあるまいな」

　ボバディルは前に進み出て首を突き出し、眼を凝らしたり瞬きしたり、手をかざしてみたり、いろいろ試みたあげくに、何も見えませんがと答えた。チャールズワース侯爵と、ピンクの鬘の主であるリーフ将軍にもやはり見えなかった。

「おまえたちは、まるでモグラの一団だな」と公爵は言った。「わしには、はっきりと見えるのに。丘を回ったぞ。武器に夕陽が当たってキラキラしている。パーシー、こちらに来て見よ。おまえにはあの光る槍の群れが見えるか。一番後ろの槍には、軍旗が翻っているではないか」

「閣下、確かに」とパーシーは答えた。年若い彼の眼は、老齢の将軍たちの霞んだ眼にはまるで見えないものも、たやすく見分けられた。「敵軍に背を向けて、こちらに向かって来るようです」

　ここで一五分ばかり沈黙があった。その間、公爵は近づいて来る部隊をじっと見つめたままだった。というのも今や、部隊がこちらに向かっていることは明らかであったからである。彼らはアシャンティーの野営地をゆっくり回り込むようにして離れ、深い渓谷に入り、しばし視界から消えた。しかしまもなく彼らの出現を知らせる、先触れの荒々しい軍楽隊の音が鳴り響いた。部隊は、しばしその姿を隠していた曲がりくねった渓谷からふたたびゆっくりと現れ、鋭い笛の音と重々しい太鼓の音に合わせて、セネガル川の右岸を整然と行進した。

「敵ではなく味方だ！」と公爵が立ち上がって叫んだ。「これは、これは。シンクレアが約束を守ってくれたのだ。北方の丘陵地帯から、これほど見事な部隊を送って来ようとは」

「いったい何者ですか、閣下」将校たちは一斉に声を上げた。だがパーシーだけは別の反応を見せた。その名を聞くと、彼の顔が突然曇ったのである。

「エリンボスの男たち、霧の若者たちだ」と公爵閣下は答えた。「さあ、パーシー、わしの馬とそなたの馬の用意を。一緒に迎えに出るのだ」

パーシーは小屋を出て、数分後には公爵とともに谷を目指して馬を駆った。その北方の高地人の軍勢に近づきながら、私の父(110)は部隊の整列の見事さ、兵士たちの立派な体格や引き締まった外見、彼らの武器や装備がきれいに磨き抜かれていることをしきりに称賛した。二人が前衛部隊に達すると、全体止まれの号令が掛けられた。道を開けて待つ縦列の間を進んで行くと部隊の中心部に至り、そこには選り抜きの家臣たちに囲まれた伯爵の姿があった。家臣たち全員が彼らの氏族の緑色のタータンをまとい、槍、弓、矢筒、小ぶりの三角形の楯で武装していた。伯爵の傍らには巨漢の戦士が立っていた。その雪のように白い髪と髭はかなりの高齢であることを物語っていたが、ピンと伸びた背筋、ヘラクレスのような体格、筋骨隆々とした四肢からは、彼がなお若い頃の力をいささかも失わず保持していることが簡単に看て取れた。一方の手にはその巨大な体軀に相応しい太い槍を持っていた。その槍の先にたなびく緑色の旗には、羽根を広げた金色の鷲と「我は岩の上に住めり」という標語が染め抜かれていた。この男こそ、かの有名な王旗を掲げるドナルド、俗に〈丘の猿《エイプ・オブ・ザ・ヒル》〉と呼ばれる大男[11]である。彼は現在百十歳、したがって当時すでに九十歳だったことになる。双方がにこやかに挨拶を交わした後、公爵はシンクレアに部下の野営などについて、ここで繰り返す必要もない指示を与えた。会談が終了すると、公爵は挨拶しパーシー大佐を伴って自分の本営に戻った。

話を進める前に、この辺で小間切れの話に脈絡をつけておいた方がよかろう。

シンクレアはクライズデールでエミリー・チャールズワースと密会した後、小姓に、近くの貸し馬車屋で馬車を一台雇って夜中の十一時までに用意しておくよう言いつけた。理由は不明だが、馬車は遅れ、準備が整ったのは十二時を回っていた。その結果、彼が約束の場所に着く前に、小鳥は飛び去ってしまったのである。彼は月が沈み星々がためらいがちに消え、次第に白み始めてくる空を見上げては、栗の樹の通りをいらいらと行きつ戻りつしながら風のそよぎに耳を澄ませ、木の葉の散る音一つ一つを恋人の足音かと胸躍らせた。だが夜が明けて太陽が昇り、鹿が浅い微睡《まどろ》みから覚めても、まだレディー・エミリーは現れなかった。

明らかな裏切りに深く傷ついた伯爵は、彼女自身の口からその理由をぜひとも聞き出し、もし満足のいく説明が聞かれなければ永久に別れる覚悟を固めた。こうした決意を胸に、彼は城に急いだ。着いてみると城は蜂の巣を突いたような騒ぎで、不安の色を浮かべた召使いたちが狼狽して走り回っていた。この異常事態の理由をたずねてわかったのは、レディー・エミリーが前夜失踪し、杳としてその行方が知れないということであった。この事実を知って驚愕した伯爵はヴェルドポリスに取って返し、しばらくそこに逗留した。その間、不安な叔父の手で、不運な姪の行方について懸命の捜索がなされたが、すべては徒労に終わった。こうした現状を知ったシンクレアは生きる望みを失った。胸をえぐられるような苦悶に悩む彼は、なす術もなく手をこまねいていることに耐えられず、即座に自分の部族を率いてウェリントン公爵のアシャンティー征伐に加わることを決めたのである。もちろんこの申し出はありがたく受け入れられ、程なくシンクレアは故郷に戻ると、山岳地帯から戦士たちを呼び集め、指揮してきたのである。彼が折よく到着したことは、読者はすでにご存知のところだ。これですっかり精算が済んだので、この先は邪魔されることなく物語を進められるだろう。

あの事件の翌日の夜、伯爵は自分のテントにいた。お供の小姓はアンドルー一人で、彼は片隅にトルコ人のようにあぐらをかいて座り、主人の槍と銀製の矢筒を磨いていた。パーシー大佐が彼の見事な軍馬で駆けつけ、シンクレアにウェリントン公爵がまもなく作戦会議を開くので出席してほしいとの伝言を伝えた。この歓迎されざる使者に対して、我らがヒーローは辛うじて礼を失しない程度に接した。言葉は慇懃だが、それとは裏腹に居丈高な険しい声で、公爵のお召しは身に余る光栄、直ちに参上すると答えた。

パーシーが果たして彼の心中を察したかどうか、私にはわからない。とにかく表情には表れていなかった。パーシーはにこやかな笑みを浮かべて深々と頭を下げ、馬の脇腹を蹴ってくるりと向きを変え、蹄の音も高らかに走り去った。

会議が開かれる大テントは金色の刺繍がふんだんに施された緋色の布で覆われ、天辺にはイングランドの紋章を染め抜いた深紅の旗が翻っていた。この眼もあやな大テントに入ったシンクレアは、公爵が二〇人ほどの将校たちに囲まれているのを見た。その左側にはチャールズワース侯爵が座っていたが、青ざめた顔と悄然とした姿が姪の失踪から受けた痛手を物語っていた。伯爵は公爵の右手に空けてあった席に着くよう促された。この破格の扱いに、下級士官たちに混じって入り口近くに座っていたパーシー大佐が、口を歪めて苦笑いしているのが見えた。

「さあ、諸君」全員がそろうと、公爵が口火を切った。「長く引き留めるつもりはない。君たちに集まってもらったのは、川向こうの我らが友人たる黒人どもを、我が軍はさしたる危険を冒すことなく、数時間で鎮圧する作戦に同意してもらうためなのだ」

公爵閣下はつづいて作戦の説明を始めた。密偵が探索したところ、夜間の敵の警備がきわめて手薄なことから、反撃不能な夜半に敵陣営に夜襲をかけるという計略である。この作戦による勝利が疑えないところから、会議では全員が支持し、夜襲の決行日は翌日の夜と決められた。

こうして会議が順調に片づくと、公爵は言葉をついだ。「諸君、こんな簡単なことのためにわざわざお集まりいただいたので、心ばかりの償いをしたい。そこでぜひ、夕食をご一緒していただきたいのだが。すでに準備も整い、諸君のお出ましを待つばかりになっている」

その言葉と同時にテントの奥のカーテンが引かれ、煌々と照らし出されたテントがもう一つ現れた。そこには長テーブルが置かれ、その上に豪華な晩餐とはいかないまでも、美味しそうな料理がたっぷりと並べられていた。全員、喜んで招待を受け入れたが、チャールズワース侯爵だけは、そのような気分でないと辞退した。

「無理強いするつもりはありません」と、ウェリントン公爵は彼の手を取って優しく言った。「けれども、お一人でいると悲しみが募るばかりですよ」

老兵はただ悲しげに頭を振るばかりだった。

「気の毒に、あの歳で大変な打撃だな」と、たまたま夕食でシンクレアの隣に座り合わせたパーシー大佐が言った。「あの方は、可愛がっていた美しい姪御さんをなくされたのだ。何とも不可解な形で」

「そうですか」と伯爵は、ライオンでさえ震え上がるような一瞥をくれながら、隣の男に答えた。

「さよう」と大佐は、いらいらするほど落ち着き払って言った。「可愛い娘さんでしたよ。少し気まぐれでしたがね。女性というものはだいたいそんなものでしょうが。彼女の気まぐれの一つに、一段と馬鹿げたものがありましたよ」

「どんなものでしょうか」とシンクレアがたずねた。

「まあ、私が話してもおそらく君は信じますまい。あろうことか、彼女は貧しく愚かな若い絵描き風情などと恋に落ち、ある公爵の甥で爵位継承者の男よりも、彼と結婚するなどとしばらく言い張っていたのですよ。しかしついに公爵の甥が勝利しました。その小さな魔女が打ち明けて言うには、求婚者の本心を試すために浮気な女を演じてみただけで、真相は絵描きのことなど、そのへたくそな絵と同じくらい軽蔑していたというわけです」

頬から眉まで真っ赤に染め、眼を爛々とさせているシンクレアを見れば、普通の人間なら押し黙るってつづけた。

ところだ。ところが隣に座っている悪魔のようなこの男は、伯爵の苦しむ様子に、ますます付け入

「まさか、君、卒中でも起こしているのではあるまいね」と、さも驚いた風を装ってまじまじと見た。

「いや」伯爵はやっとの思いで怒りをこらえながら答えた。「しかし、その勝利者は許嫁の失踪にどう

やって耐えているのでしょうか」

「ああ、その裏切りにも健気に耐えているそうですよ」

「それでは、その娘への愛も見せかけだったのですね」

「そうは思いません。でもまあ、君なら、たぶん誰よりも彼女の居場所をよくご存知かもしれません

ね。ふん、私の言う意味がおわかりでしょう」

「わかりませんね、一向に」

「そう、それではもっとはっきり言いましょう。駆け落ちしたと噂する人たちもおりますよ」

「君」と伯爵は声を低めて太い声で言った。「言っておくが、今我われが話題にしている人々と、私は

多少の面識がある。さらに言うと、もし私が彼女の叔父で、君がほのめかしたような疑惑がほんの少

しでも湧いたなら、その忌々しい悪党を荒馬に引かせて八つ裂きにしてやりますね。そうでなかった

ら、不幸な娘がどこに隠されているのか、何が何でも口を割らせて見せますよ」

「ほう、そうですか」大佐はたちまち顔をこわばらせ、さっとそばの武器に手を伸ばした。しかしす

ぐに、「まだそのときではありませんね」と声をひそめて言った。その顔は、先ほどの人を食ったよう

なふてぶてしい表情に戻っていた。

皿が片づけられ、ワインが出された。何度か乾杯が行われた後、主席に座っていたウェリントン公爵が立ち上がって、退席の挨拶をした。彼は客人全員の健康を祝してグラスを干し、おやすみを告げて退出した。

シンクレアは軍隊の会食に付き物のどんちゃん騒ぎに加わる気分になれず、公爵の例にならって早々と退席した。夜は音もなく静まり返っていた。露を含んだひんやりとした夜気と柔らかな月明かりがときおり射す中を、寝静まったテントのあいだを抜け、ほとんど流れているとも見えない川に沿って暗い木立の中を散策するうちに、苛立ち波立つ気分もかなり落ち着いてきた。しかし、星の瞬く濃紺の空から降ってくる香油のような深い静けさも、心地良い夏の夜が生み出す休息と静穏も、恋に苦しむ胸に深い安らぎをもたらすわけでなく、心を苛む嫉妬の虫を追い払うこともなかった。命を捧げてもよいと思った女性から軽蔑され、彼女の嘲りと蔑みの対象になっていたとは。彼女の裏切りに対する疑惑がこれほど歴然と明かされようとは。誇り高く高潔な男にとって、それは死よりも耐え難いことであった。

川岸に佇み、足下を優しく招くように流れて行く深い澄んだ水面を見下ろしていると、その清らかな水の中に飛び込んで、妄想に取り憑かれた頭を冷やしたい気持ちに駆られた。しかし誘惑者の誘いを脇に押しやり、気まぐれな女の裏切りにかくも心乱された自分を半ば軽蔑して、川に背を向け自分のテントに戻った。中に入ろうとしたとき、彼の耳元に囁く声があった。「パーシーに気をつけよ。これは友人からの警告だ」と。

　伯爵は急いで辺りを見回した。黒っぽい影が遠ざかって行くのが見えた。それはまもなく高い松の木の枝が投げた影の中に消えて行った。

　その夜、彼は長い間、鹿皮の寝椅子に横になっていたが、瞼が重くなってもなお眠りは訪れなかった。見知らぬ友人の警告が彼の混乱した頭を占め、様々な思いが絡み合い、長い時間、彼の枕から眠りを奪い取ってしまった。しかし、そこはやはり人間である。さすがに疲れ果て、しばしの休息に逃げ込むしかなかった。彼を圧していた悲しみの上に忘却が訪れたかと思う間もなく、テントの外で長い独特の甲高い口笛が吹かれた。この瞬間まで片隅で寝入っていたはずのアンドルーが用心深くそっと寝台を離れ、小さなランプを手に、つま先立ちで主人の寝台の傍らに歩み寄った。その閉じた眼に灯りを近づけ、主人の眠りを確かめると、小姓は緑色の格子縞の肩掛けを羽織って、音もなくテントを出た。外には男が立っていた。その青いコートと対の帽子は、およそ一カ月前にアンドルーを誘拐した人物であることを示していた。二人は一言も発しないで近くの森に向かって歩く、というより忍び足で進んだ。召使いが先に立ち、アンドルーについてくるよう手招きした。森では外套を着込んだもう一人の男が加わった。それから三人そろって川岸を遠ざかり、数分後にはその姿は木々の影の中に埋もれた。

第七章

「やあ、伯爵、ようやく我らの勝利となったが、それにしても苦しい戦いであった。あの黒人どもの戦いぶりときたら、じつに壮絶だった」

「まことに。あの状況から敵が敗退したのはほとんど奇跡と言ってもよいでしょう」

「まったくだ。ところで、シンクレア、今夜、二度目の作戦会議を開こうと思うのだが。君の言う状況とやらについて少々解明が必要でね。慎重に検討してみなければならないのだ。無論、出席してくれるだろうな」

「もちろんですとも、閣下」

この短いやりとりは、部下を連れたウェリントン公爵がシンクレアの脇を馬で通りかかった際に交わされたものである。当初の戦術とは違った形になったとはいえ、アシャンティー族に対して情け容赦もない決定的な勝利を収めたばかりのところだった。

秘密の夜襲が計画されていた夜の十一時、ウェリントン公爵は全軍の先頭に立ってセネガル川を渡った。敵の野営地に近づくと、幾列にも張られた真っ白なテントは寂として音もなく、灯り一つ見えなかった。部隊は何の抵抗にも遭わずクォーシャのテントまで迫ったが、敵陣営はすでにもぬけの空だった。打ち捨てられた野営地を見て謀られたとわかるまでに、さして時間はかからなかった。状況が判明した際に公爵の側近くにいた者たちによれば、彼の顔にはしばし絶望にも似た深い落胆の表情が浮かんだという。しかし公爵はすぐに我に返り、直ちに斥候を四方八方に走らせ、敵がどちらの方向に向かったか調べさせた。まもなく戻って来た数人の斥候は、敵は北に向かい、現在、一〇マイルほど離れた地点にいるとの情報をもたらした。直ちにその方向を目指して渓谷を遡るよう、全軍に対して命令が発せられた。

夜明け近く、軍勢は荒涼とした峠に到った。そこからはムーア人、アシャンティー族、アビシニア人たちの敵の連合軍が整然と結集している広い平原が望めるはずであった。うっすらと見える敵軍の上に最初の朝日が射し、戦士たちの磨かれた武器と、金や宝石をちりばめた武具がきらきらと陽に映えている様は、華麗ながらも恐ろしい光景だった。

公爵の率いる軍勢が狭い峡谷をゆっくりと進んで行ったとき、一人の若い騎士が突然アフリカの軍勢の先頭に躍り出て叫んだ。「今宵、自由は白人の暴君の手で死の一撃を受けていたであろう。迫害されし者の陣営より反逆者の立ち上がることなかりせば」

こう言い放つと、彼はふたたび列の中に飛び込み姿をくらましたが、その額に光る金色の王冠から、彼こそ反逆児クォーシャであることがすぐにわかった。

その後につづいた戦闘、そしてカマリアの平原[112]を血に染めた戦いについては、ここに述べるまでもないだろう。それは歴史の主題である。あの朝、昇る朝日に照らし出された、希望に燃え勇気凛々たる二万五〇〇〇の雄々しい反逆者たちの内、一万七八〇〇人が夜までに屍となって敗地に横たわったと言えば事足りるだろう。やがて彼らは、晩餐の臭いを嗅ぎつけて群がって来たジベル・クムリの禿げ鷹どもの胃袋に葬られたのである。

我らがヒーローのシンクレアは、その日の壮絶な戦いにおいて獅子奮迅の活躍ぶりを見せた。今や命など厭わしいとばかりに、彼は勇猛な高地人を率いて激戦の地に栄光を求めた。その勇姿はあたかも、不屈の勇気に必ず与えられるであろう名声が鳴り響く中を、沈黙の墓場にその身を横たえ、死装束をまとって永遠の眠りに就きたいと願っているかのようであった。

しかし意外な運命が彼を待ち受けていた。ターバンを巻いたムーア人の偃月刀《えんげつ》(113)も、獰猛なアシャンティー族の槍も、そして誰もが震え上がるアビシニア人の弓さえも彼に向けられると、すべてがその威力を失ってしまうようだった。戦いが終わると、彼は自分の部隊とともに、血に染まった平原を粛々と帰途に着いた。其処《そこここ》に散乱している切り裂かれ青ざめた無惨な骸《むくろ》を見やる彼の瞳には、羨望にも似た光があった。テントに着くと、彼は血糊の付いた軍装を着替えようとアンドルーを呼んだ。ところが小姓の返事がなく、しばらく待ったが、主人は介添なしにみずから着替えるしかなかった。身繕いを終え軽く腹ごしらえをして、いささか遅れ気味の会議に急いだ。

大テントに入ると、妙に静まり返っていて、ときおり交わされるひそひそ声が漏れるだけだった。公爵はいつものように頭に手を当てて眉根を寄せ、上座に座ってじっと考え込んでいたが、表情は険しかった。シンクレアが着席すると公爵は顔を上げ、全員が集まったことを確認するかのように、さっと辺りを見回した。それから立ち上がって、次のように呼びかけた。

「諸君、今夜はきわめて重要な案件があってお集まりいただいた。諸君の中の一人もしくは複数の人間の、命と名誉に関する審問を行うためだ。二日前、この場所で、敵陣営への夜襲について議論した。敵はそれを察知し、我々は裏を掻かれた。残念ながら、諸君全員が耳にしたと思うが、本日、反乱軍の首謀者が両軍の前で発した言葉から、私は内報者がいるのではないかという疑いを持つに至った。裏切り者はこの部屋の中にいる。即刻その罪を告白するならば、命だけは助けることを約束しよう。しかし、みずから申し出ないとあれば、最も過酷で、かつ不名誉な死が待ち受けていると思うがよい」

公爵は言葉を切った。厳しく鋭い視線が一人一人の顔に注がれた。まるでその胸の内を読み取ろうとするかのように。

数分のあいだ、一言も発せられなかった。それぞれが隣の人間を、畏敬と好奇心と根拠のない疑念の入り混じった眼で見つめた。しかし大テントの松明の薄明かりの中で、一人だけ涼しい顔で澄ましこんでいる者がいた。口元には薄笑いすら浮かべていた。パーシー大佐であった。

やがて彼は立ち上がり、公爵が座っているテーブルに歩み寄り、低い声で「閣下、お話がございます」と言った
「よろしい」公爵は応じた。

「それでは」と大佐は言葉をつづけた。その長身の体軀を伸ばし堂々と胸を張り、腕を組み、落ち着き払って言った。「私は将軍と同胞を裏切った卑怯者の名前を明かす用意があります。しかしその名を口にする前に、今一度、その者に価値なき命を拾う機会を与えようと思います。良心に苛まれている

裏切り者よ、進み出て、今まさに貴様の前から消えなんとしているお慈悲に縋《すが》るがよい」

この恐ろしい訴えの後、重苦しい沈黙がつづいた。しわぶき一つ聞こえなかった。誰一人ぴくりとも動かなかった。

「与えられた恩恵を受けぬと言うのか」と、パーシーは深く響く声で重ねて言った。「それでは、血祭りになるがよい！　閣下」彼は公爵の方に向き直ってつづけた。彼の勝ち誇った瞳には、妖しい光が浮かんでいた。「卑劣な裏切り者は、閣下の右手に座っております。そうです、高貴なロナルド・シンクレア卿、アルビン氏族の族長が、黒人の金で買収され、その裏切りによって一〇〇名の伯爵たちの名誉を汚したのであります」

その奇怪な告発に対して、一斉に「まさか！」というどよめきが上がった。列席者の誰もが席を蹴って立ち上がった。どの顔にも恐怖に近い驚愕の表情が浮かんでいた。公爵とシンクレアだけがじっと座ったまま動かなかった。

「大佐」と静かな、しかしやや厳しい口調で公爵が言った。「これほど大胆な告発をするからには、相応の証拠が提出できるのだろうな。さもなければ、被告に向けられた罪が、告発者に跳ね返ることになるのだぞ」

「閣下がご判断ください」大佐はお辞儀をして答えた。「証拠はございます。しかしまず、伯爵が嫌疑を否定するか否か、たずねてもよろしいでしょうか」

「事実無根です！」伯爵は驚くほど激しい口調で答え、まるで弾かれたように椅子から飛び上がった。

「とんでもありません。否定するさえ汚らわしい嘘だが、私は我が剣にかけて無実を証明して見せます」

そう言うと、伯爵は刀を鞘から引き抜いた。

「皆さん」この動きにも少しも動じることなくパーシーが言い放った。「あの剣こそ伯爵の有罪の証拠です。とくとご覧あれ。あのような剣をイギリス人兵士が帯びるものでしょうか」

すべての人の眼が、ぎらぎらと光る刀に注がれた。それは湾曲したムーア人の偃月刀で、その柄は豪華な宝石で装飾されていた。

「伯爵、まさかそれはヴェルドポリスで買ったのではあるまいな」公爵は刀を吟味しながら言った。「どうやって手に入れたのだ」

「わかりません」シンクレアは明らかに当惑して答えた。「これは私の物ではありません。今、初めて目にする物です」

「落ち着き給え」と裁判長[114]は優しく言葉をついだ。「戦場で間違えて持ち帰ったのか」

伯爵は首を振った。

「それがどのようにして彼の手に渡ったのか」パーシー大佐は皮肉な笑いを浮かべながら言った。「ご説明いたしましょう。証人を呼ぶことをお許しいただければ」

公爵が頷くと、パーシーは手近の戸口まで行って叫んだ。「トラヴァース[115]、囚人をここへ」

これに応えて、従者が少年を連れて現れた。その鋭い眼としわくちゃの、お世辞にも整ったとは言えない顔立ちから、すぐに彼が我らの友アンドルーに他ならないことがわかった。

「いったい、どういうことだ」シンクレアは、驚いて後ずさりして言った。「なぜあの子がおまえに囚われているのだ。あれは我が家臣であり、その主君たる私には何の嫌疑か、知る権利がある」

「本人が直接、言上いたしましょう」と大佐はしたり顔で言った。

「いや」公爵が口を挟んだ。「まず、大佐の口から聞こう」

「閣下、私はこの者を」とパーシーが答えた。「昨日の早朝、陣営のはずれで見つけました。巡察していたときのことです。どこに行って来たのかたずねますと、ひどく慌てた様子で辻褄の合わぬ嘘ばかり並べ立てました。本当のことを言わぬと厳罰に処すると脅しましたところ効き目がございまして、アフリカ人のテントに行ったと、たちどころに白状いたしました。さらに問い詰めますと、彼の主人を告発するに至った情報が引き出されたというわけであります。その点については、本人の口から閣下に申し上げる用意がございます」

「アンドルーとやら」公爵は声をかけた。「こちらに来るがよい。私がこれからたずねることに正直に答えると約束してくれるな」

「いたします」と少年は、胸に手を当て真剣な表情で応えた。

「それでは、誰がおまえをアシャンティーの陣営に行かせたのか」

「ご主人さまです。族長の」

「何のために」

「解放されたアフリカ人の王、クォーシャ二世に宛てた封書を届けるためでございます」

「以前にも行ったことはあるのか」

「はい、一度」

「いつのことか」

「同じ晩です」

「そのときは何のためだったのか」

「クォーシャがしばらく前に私の主人に約束していた、ある褒美を受け取りに行くためです。出席する会議の内容をすべて教えてくれたら、という約束だったのです」

「それでおまえは、その約束が交わされるのを聞いたのか」

「はい、聞きました」

「いつのことだ」

「こちらに着いた最初の夜でした。黒人がご主人さまのテントにやって来て、もし言ったとおりにしてくれるなら金塊を十二個《アキーズ》(116)（そう言っていたと思います）やろうと言っていました」

「で、おまえの主人は応じたのか」

「はい」

「それはどんな男だったか」

「若い、とても背の高い男でした。鼻も唇も他の黒人たちのようにつぶれてはいなくて、英語を話していました」

「なるほど。では、おまえが主人のところに持ち帰った褒美の品とは」

「何かとても重い物が入った黒い箱が一つ、鮮やかな絹のマントが一着、それにクォーシャが自分のベルトから引き抜いて与えた刀が一振りでした」

「その刀がどんな物だったか、言ってみよ」

「まるで鎌のように曲がり、柄には豪華な宝石がいっぱいはまっていました」

傍聴人のあいだにどよめきが起こった。だが公爵はそれを厳しく制してつづけた。

「その黒い箱と絹のマントがどこに仕舞われたか、わかるか」

「はい。ご主人さまはテントの真ん中に穴を掘り、そこに埋めるようお命じになりました」

「ボバディル」と公爵が呼んだ。「部下を一人か二人連れて伯爵のテントに行き、本当にそこにあるかどうか、見て来てくれ」

ボバディルは無言で一礼し、命令を遂行するために出て行った。今やリーフ将軍がテーブルに進み出た。

「一つ聞きたいのだが」将軍は古風に引き延ばした音の名残をとどめる口調で、小姓への尋問をつづけた。「おまえがローベルズ[117]に行ったのは、一人でか」

「最初のときは、途中までご主人さまがご一緒でした」とアンドルーが答えた。

「思ったとおりだ。というのも一昨日、会議の後の夕食から帰る途中で、長身の男と小さな少年が陣地のはずれに向かって歩いて行くのを見かけたのだ。男は緑色の肩掛けをしておった。ちょうどシンクレア卿がご着用のような」

「これで確定しましたね」とパーシー大佐が言った。

「確証に近づいた」と公爵が言った。「だがわしはまだ、これだけで結論とはせぬぞ」

テントの入り口で足音がしたかと思うと、次の瞬間にはボバディル将軍の姿があった。一方の手には黒い箱を、もう一方にはたたまれた絹の衣装を携えていた。彼は無言でそれらの品物をテーブルの上に並べた。公爵はまず衣装を手に取って見た。眼もあやなアシャンティー族の織物で、万華鏡のように変わるその色合いは鮮やかな虹のようであった。

公爵は箱を開け、中身を取り出した。それぞれが長さ二ヤードもありそうな二重になった金の鎖が五点、首飾り、同じように高価な貴金属の腕飾り、いくつかのアグリ・ビーズ(118)の飾り、そして極上のダイヤモンドが光る金色の護符が現れた。

「なんと言うことだ！」調べ終えた公爵が叫んだ。「こんなくだらぬ飾り物でイギリス人兵士の忠誠心が売り渡されようとは。立て、シンクレア。弁明を聞こう。今宵、我われが耳にしたことはすべて虚偽であると君が証明できることを、わしは心から願っている」

「閣下」これまでずっと肩掛けで頭を覆ったまま、じっと座っていた伯爵が答えた。「私には弁明できません。私の無実は神のみがご存知です。しかし、ここに並べられたまことしやかな証拠が、じつは悪魔の仕業ともいうべき腹黒い策略であることを、いったいどうしたら証明できるでしょうか。目下、私の運命は暗闇の真っ只中。少しでも展望の開けるときを、ひたすら待つしかないようです」

そう言って彼は元の席に戻り腕を組んだ。すると公爵はまだ判決は下さず、被告に対して六週間の猶予を与えるから、正式な裁判までに証人を用意するようにと告げた。さらに伯爵の身柄は直ちにヴェルドポリスに移される旨を言い渡し、反乱が鎮圧され次第、自分もそちらに向かうつもりであると付け加えた。会議は終わった。シンクレアは兵士たちの手で、囚人用のテントに連行された。

読者には我らがヒーローに再会するまでに、すでに六週間が過ぎたと想像していただかねばならない。そのあいだに、彼はヴェルドポリスに移送され、万国塔の地下牢[119]に収監されていた。

そこは地下一千フィートにあった。分厚い壁と、周囲の岩と同じくらいどっしりとした幅広の短いアーチによって支えられた低い天井は、遠くのかすかな音はおろか、一瞬の物音さえ通さなかった。それゆえ、この生ける墓場の住人たちは、頭上に三百万人近くも同胞たちが住み、天国の光を自由に享受しながら動き回っていることなど思いも及ばなかった。だが、この墓場のような空気の中に漂う死のような静けさも、まるで遙か地の底から響いてくるような、それでいて地獄の壁をも揺るがすようなくぐもった音によって、ときおり破られることがあった。それは頭上や足下あるいは周囲に掘られた地下の洞穴に響きわたり、低い虚ろな音となって耳に残り心臓を凍らせ、恐怖のあまり冷や汗をかかせるのであった。それはジベル・クムリの呪われた丘から、一千マイルもの地下通路を伝わってくる地鳴りの音であった。

結審の日の前夜、シンクレアは藁のベッドに横たわっていた。傍らの湿っぽい地面には、仄暗いランプが一つ置かれていた。その頼りない灯りは、この恐ろしい牢獄の隅々を覆う、ほとんど手で掴めそうな濃い闇を払うには不十分であったが、それでもこの不運な貴族のやつれた姿と面立ちをわずかに照らし出していた。痩せこけ落ちくぼんだ頬には、かつての健康で若々しい活力に充ちた明るい輝きをしのばせるものは、何一つ残っていなかった。だが眼の光は未だ失われてはいなかった。その気品のある端正な顔貌は、青ざめてはいたが憔悴してはいなかった。

突然、錆びついた錠前の鍵が回される耳障りな音が響きわたり、牢番がやって来ることがわかると、伯爵は身体を起こして座り直した。地下牢の錠をすべて外すのに、優に一〇分は要した。ついに最後のかんぬきが引き抜かれ、重い鉄の扉が開かれると、現れたのは牢番ではなく長身の男だった。だがその身体も顔も、大きなマントにすっかり隠されていた。男はゆっくりと用心深く伯爵の藁のベッドに向かい、ランプの灯りが届かない場所に座って、切り出した。

「私が間違っていなければ、シンクレア伯爵は裏切りの容疑でこちらに収監されておられるのですね」

「仮にそうだとしても」と囚人は応じた。彼の気力は投獄によって、いささかも衰えてはいなかった。

「だからといって、見も知らぬ人間から侮辱される謂われはないと思うが」

「もちろんですとも」その名も知れぬ訪問者が答えた。囚人の言葉に含まれた間接的な非難にも動じることなく。「あなたを侮辱するつもりで、只今の質問をしたのではありません。問われている容疑に関しては、あなたがまったく無実だということを、私は強く確信しています。私は間違っているでしょうか」

「私が私の存在を信じるのは、間違いだと思いますか」

「とんでもありません」

「では、同様に私の無実を信じてください。あなたは間違ってはいません」

「これで決定的です」と、男は低い声で言った。その唇の端がまくれるのが見えた。それから一息ついて付け足した。「この偽りの嫌疑についての裁判は明日でしたね」

「そうです」

「そしてあなたは、それに反論するだけの証拠を提出できますか」

「いいえ。四八時間も経たない内に、私は間違いなく憎むべき敵の手に落ちていることでしょう。そうです。ロスリン卿[120]の最後の息子が、裏切り者の烙印を押されて墓場に行くことになるのです」

「私がお役に立てれば、そのようなことにはなりません」と男が答えた。「最善を尽くすつもりです」

「どこのどなたか存じませんが、ご親切に感謝いたします。だが、あなたにいったい何ができるでしょうか。私に対する証拠は強固なものです。欺瞞の織物は巧みに編まれていて、解けようもないのです」

「おお、そうですか。しかしご懸念には及びません。最後には真実が勝利するものです。あなたの隠れた敵とは何者なのか、教えてください」

「私を告発したのはパーシー大佐です」

「やはりそうですか。この厭わしい地下牢にあなたをお訪ねしたのも、それを確認するためだったのです。いったいなぜ、彼はあなたを憎んでいるのですか」

「その質問にお答えする前に、質問をなさっているあなたがどなたなのか知らなければ」

「それはお教えできません」と、その見知らぬ人は大きなコートをさらにしっかりと巻き付けながら答えた。「しかしこれだけは言っておきたい。私は以前にパーシー大佐に気をつけるよう警告した者です。あなたが告発されたとき、その場に居合わせました。告発者の人柄や気質をいくらか知っているだけに、疑念を持ったのです。よほど強い動機がないかぎり、彼がこうしたことにここまで熱心になるとは思えません。その動機がどのようなものなのか、お話しいただけませんか。率直に打ち明けてくだされば、あの若い禿鷹の餌食にはさせません」

「あなたの声には」と伯爵は答えた。「人の信頼を呼び起こす何かがあります。では、お話ししましょう。私はある女性を愛していました。私にとってはこの世の女性の中で、最も美しく優れた人でした。大佐が私の恋敵で……」

「わかりました、もう結構です」と男がさえぎった。「あなたの無実を確信するには、それだけで充分です。そういうことなら、大佐は恋敵に対して徹底的な復讐を遂げるまで、決してあきらめないでしょう。たとえ相手が自分の兄弟であっても。このどす黒い陰謀の全容が見えました。彼こそが裏切り者なのです。神が思し召しになるなら、彼は裏切り者に相応しい死を迎えるでしょう。明日、あなたが無実の証拠を示すように言われたら、ためらうことなく、こうお言いなさい。あなたの無実を証明できる者がこの法廷にはいると。後は私にお任せください。それでは、今夜はこれで。明日の晩には、お宅の枕に頭を埋めていることでしょう」

「さようなら」シンクレアはその不思議な男の手をしっかりと握って言った。「そして、名も知れぬ我が友よ、どうか覚えておいてください。ロスリン家の者は、名誉を救ってくださった方へのお礼の仕方を弁《わきま》えない者ではないことを」

こう言うと、伯爵は低い藁のベッドに横になった。そしてその謎の人物は、救出の使命を果たすべく背にしてきた地上に戻る足を速めた。

第八章

当時の軍事裁判所（最近取り壊されて、新しい建物に変わった）は大きくて陰気な建物で、法廷をぐるりと回廊が囲み、太い円柱に支えられた巨大な灰色の円蓋《ドーム》が覆っていた。どっしりとした円柱が落とす影は陰鬱な円天井に和し、重々しく厳粛な雰囲気を醸し出していた。

一八一四年九月二十五日、ここに一万人を上回る群衆が、反逆罪に問われたシンクレア伯爵の裁判の傍聴に集まった。ウェリントン公爵は十二人の判事たちの中央に座っていた。鮮やかな部族の衣装をまとった高貴な身分の囚人が鎖を引きずり、兵士たちに囲まれて法廷の中央に現れたとき、傍聴人たちの視線が一斉に注がれた。洗練された物腰、立派な体格、若々しい整った面立ち、重い足鎖も意に介さない堂々とした歩みには、誰しも眼前の人間が裏切り者だとは信じられなかった。

法廷はまず、これまでに提出された証拠の数々を読み上げた。証拠品の宝石、護符、布地、刀剣が残らず提示された。有罪の立証に欠けているものは、何一つないように思われた。

「これでは助からない」というのが、すべての傍聴人の胸に広がった印象であった。次に伯爵が弁明を求められた。彼はゆっくりと立ち上がると、静かな威厳のある面もちで身の潔白を主張し、判事たちの寛容心に訴えた。

「皆さん」と彼は、さらに熱誠をこめてつづけた。「私は無罪放免を嘆願するのではありません。嘆願とは罪を自認している者が慈悲を乞うものです。潔白である私は、無罪放免をこそ要求しているのです。私には権利がある。私は無実で、然るべく扱われることを要求する。皆さんには、みずからの義務を果たしていただきたい。どうか、貴族の言葉をお信じください。私はかつて一度たりとも、その名誉を汚したことはない。そして――なんと呼ぶべきか――ただの平民の男の誣告《ぶこく》など退けるべきです。告発人は実際に傷めつけられたか思い過ごしによるか、己《おのれ》の中に萌した血に飢えた復讐心を満足させるためには、真実も名誉心も平然と捨て去ると噂されている人間です。そして皆さん、もう一人の証人については（ここで伯爵は大きく見開いた眼を、偽証を行った小姓に向けたが、その一瞥に小姓は枯れ萎んだように小さくなった）いかなる悪魔が私の家臣の心をかすめ取ったか、またいかなる邪悪な囁きがこの孤児を――彼は生を受けしよりこの方、私の情けによって辛うじて生き永らえて来たのが――そやつをかどわかして、その主人であり恩人の破滅に荷担させたのか、私にはわかりません。しかしわかっていることは、恩を仇で返す者は、人の眼にも天の眼にも有罪だということです。皆さん、あなたがたが、その僕《しもべ》であると誓った正義の女神のために、どうか過ちを犯しませんように。

女神像はこの法廷の守護者として、あちらにおわします」彼の言葉に、全員の視線が高窓から差し込む光を浴びて一際輝く巨大な女神像に向けられた。

伯爵の陳述はつづいた。「皆さん自身のためにも誤ってはならぬ。シンクレアの末裔は、復讐を遂げずに死することはないと警告しておく。我がエリンボスの高地には、征服されざる戦士が一万人いる。その七倍の者たちが、ライオンのごとく獰猛にして、羽根飾りの鷹のごとく自由に飛翔する者たちが、何者の支配も受けず、いかなる法律にも縛られることなく、ブラニー・ヒルの荒野に駐屯している。私の死で族長の家が断絶し、その家名と名誉が汚辱にまみれたと知ったとき、これら霧の息子たちが襲来し、正義の名のもとに私の首を切り落とした者たちを震え上がらせることであろう。皆さん、私はこれ以上述べるつもりはない。お好きなように。そして、みずから撒いた種はみずから刈り取ることだ」

彼は無実を証明する証人がいるかとたずねられた。一瞬黙し思い巡らしていたが、立ち上がると、朗々とした声で答えた。「この法廷には、その意志があれば、大きな力となる方が一人いる」

沈黙があった。判事たちは（この間ずっと、例によって静かにじっと見守っていた公爵を除いて）驚いたように顔を見合わせた。パーシー大佐の頬からは、勝ち誇ったような微笑が消えた。小姓は蒼ざめ、シンクレアの顔に不安と期待の表情が浮かんだ。やがて法廷の一角でかすかな動きがあった。立錐の余地もない傍聴人の間に、波立つ動きが現れた。縦の列がゆっくりと割れ、将校姿の引き締まった体つきの品の良い若者が、裁判長席近くまで進み出た。

「君は被告人の証言をするのか」とウェリントン公爵がたずねた。

「そのとおりです」と若い将校は答え、質問者に向かって恭しく頭を下げた。

「名前と職業は？」

「名前はジョン・バッドです。パーシー大佐所属の第六十五騎馬連隊の少尉であります」

「この件に関して君の知るところを述べるがよい。だが、その前に宣誓だ」

手続が済むと、バッド少尉は以下のような証言を行った。すなわち、敵の陣営の攻撃命令を受けた前夜、彼は友人と夕べをともにした後、自分のテントに戻った。川岸の茂みに沿って歩いていると、「こびとよ、俺の命令を聞くのだ、さもないと心臓を一突きだぞ」という声が聞こえた。枝越しに覗いてみると、パーシー大佐と制服姿の男が小柄な男を、眼の前の彼に間違いないと思われる少年を捕えているのが見えた。その子はひざまずいて何でも仰せのとおりにいたしますと言っていた。すると大佐は少年に敵のアフリカ人の陣営に行き、彼の主人シンクレア伯爵の名前で褒美をもらって来るよう命じた。それは作戦会議で決まったばかりの戦術に関する重要な情報を伝えた報酬ということだった。少年が道がわからないと言うと、大佐は境界近くまで自分が同行すると言い、その少年から剝ぎ取った緑色の肩掛けを羽織り、三人連れだって去って行った。証人がこの意味深長な証言を終えると、パーシー大佐は椅子からさっと立ち上がり、裁判長席に向かって歩くというより跳びはねた。

「閣下！」彼は興奮して大声で叫んだ。その声は、紅潮した頰、ぎらぎら光る眼、破れるかと思われるほど膨れ上がった血管と同様に、彼の中で生じている激しい動揺を示していた。「閣下、お願いです。

どうか、このような偽証をした部下の虚言に耳を貸してはなりません。卑劣な復讐が指示した……」

大佐の口調が熱を帯びてきたとき、ウェリントン公爵が静粛にと命じた。ほとんど聞き取れないような低い声で判事たちと手短に言葉が交わされ、つづいて次のような判断が示された。バッド少尉の証言は、被告人を直ちに無罪放免とするだけの確固とした決め手に欠けるが、被告に対しさらに無実の証拠提出の機会を与えるため、しばらく未決拘留するというものであった。閉廷間際に傍聴人の中で動きがあった。ふたたび傍聴人が道を開け、我らがズデス氏が登場した。彼の後ろから、担架を担いだ六人の男たちがつづいた。担架に載せられていたのは、従者用の銀モールの入った青いコートを着た男だった。顔色は幽鬼のように青ざめて、服には鮮やかな血痕が付いていた。

「さあ、ここだ。ご命令どおり、主人の足元に下ろすのだ」ズデス氏は進み出てきぱきと指示しながら、担いで来た男たちに手を貸してその痛ましい荷物をパーシー大佐の前に下ろした。

「こいつめ、いったい何のつもりだ」大佐は眼の前の瀕死の男と同じくらい蒼白になった。

この問いに、ズデスは憫笑しながら頷いて見せただけだった。それから公爵の方に向き直って言った。「閣下、今朝ほど、外気を吸おうと渓谷をぶらつきながら、人通りのない静まり返った辺りに来ましたところ、うんうんという呻き声が聞こえてきたのでございます。酔っぱらいか、それとも腹立ちまぎれに誰かが唸っているのかと思い、声のする辺りに行ってみました。すると、ここにいる腐肉が踏みつぶされた蛇のように地面をのたくっていた、というわけでございます。

『おい、どうした』と声をかけてみました。『おまえさんをこんな素敵な場所に連れて来てくれたのは、いったい誰なんだい』

『パーシー大佐だ』と申します。『どうか、ヴェルドポリスに連れて帰ってくれ。裁判所へ。死ぬ前にあの卑怯者に仕返しをさせてくれ』と。

この哀れな願いを無下にはできません。それに、私は大佐には好意を持っていますし、乱暴な若者であることも存じております――悲しいかな、若者は老人と同じように過ちの多いものです――瀕死の哀れな召使いを見れば、少しは行いを改めるかと思ったのでございます。そんなわけで、私は走って担架を借り、彼の願いどおりここに連れて参ったのでございます」

「それで、これにどういう意味があるのか」と公爵が問うた。「この怪我人は何者だ」

「私は裏切りにあった惨めな男でございます」と、トラヴァースが弱々しい声で答えた。「天が告白のための時と力をお与えくださるなら、我が良心を苛む火のような苦しみは、その一部でも取り除かれるでありましょう。この場で皆さんに申し上げます。シンクレア卿は、容疑についてはまったくの無実であります。我が主人こそが裏切り者なのです。そうなのです――しかし――しかし、もうだめです」

ここで彼は疲れ切って言葉を切った。眼は閉じられ、息使いが荒くなった。居合わせたすべての者の眼に、彼の死は間近いと思わせた。しかしワインが与えられると、いくらか生気を取り戻した。彼は担架の上に身体を起こし、シンクレアと二人だけで話したいと言った。傍聴人は直ちに退廷を命じられた。下位判事たちも同様に、法廷の片隅に引き下がった。トラヴァースの告白を聞くのは、ウェリントン公爵、バッド少尉、伯爵自身だけになった。すると、その哀れな男はつづけた。

「閣下、パーシー大佐はあなたを憎んでいます。その理由は誰よりあなたご自身がご存知でしょう。彼はあなたがオリンピック競技の際の宿敵であると知り、賞品が授与された後、あなたの動きを見張り、あの晩あなたがどこに滞在するか知らせるよう命じました。私はあなたの後をゼフィール渓谷[121]までつけ、それから戻って主人に報告しました。我われが戻ってみると、あなたはすっかりおやすみで、例の少年がお側に控えていました。彼のことを、我が主人は常々、その服装、小さな体軀、しわだらけの異様な顔立ちから、〝緑のこびと〟と呼んでおりました。

大佐はそれから私に、少年を連れて来いと命じました。命令通りに彼を連れて来ると、パーシーは剣を引き抜き、少年に対して今すぐ命令に従うことを約束しないとこの場で殺す、と脅しました。処刑が恐いからというより褒美を約束してくれるなら、言うことを聞くと少年は答えました。主人が何がほしいか申してみよと言うと、少年は仕事の内容によりけりだと言うのです。パーシー大佐はまず初めに、お前の主人の名を明かせと命じました。五ポンド呉れたらという条件で、さっそくあなたがシンクレア伯爵であることを告げました。その後、大佐はあなたの行動を逐一、とくにあなたがチャールズワース城[122]へ出かけるか否かを見張って、あなたが通されるかもしれない部屋のドアの陰で盗み聞きし、伯爵の会話を逐一知らせるようにと言いつけました。守銭奴の卑劣なちびは、これら一切を一〇〇ポンドで請け負うことを約束したのです。雇い主の街の住所を教えられると、少年は不埒なスパイ活動を開始するために釈放されました。およそ二週間後、彼は息を切らして我われの家に駆けつけ、即刻、大佐に会いたいと言いました。あなたとレディー・エミリー・チャールズワースが、あの夜十二時に実行するはずの駆け落ちの情報をもたらしたというわけです。主人は彼にあなたをできるだけ引き留めておくようにと命じ、下がらせました。十一時に彼と私は、六頭立ての馬車で城に向かいました。十二時を少し回った頃、我われは密会の場所である栗の樹の小径に着きました。入り口で主人は馬車を降り、小径を少し歩きました。彼はまもなく婦人を連れて戻り、彼女を馬車に乗せました」

「彼女は喜んで一緒に行ったのですか」とシンクレアは、激しく動揺しながら聞いた。

「はい。でもそれは大佐があなたに変装していたからです。それに、旅行用の外套を羽織っておりましたし、辺りは高い木立の影で、騙されていることに気づくのは困難でした」

「それでも声でわかったのではないか。彼は声をかけなかったのか」

「めったに口を開きませんでした。それに声をかけても、ほとんど聞こえるか聞こえないかという程度なのです」

「そうか、では先を。彼らは彼女をどこに連れて行ったのだ」

「それは申し上げられません。言うわけにはいかないのです。決して明かさないという誓約をさせられています。誓約を破るという大罪を犯させて、私の臨終の苦しみを増大させるおつもりはないでしょう」

男の固い決心は変わらぬようだった。シンクレアが訴え、懇願し、命令してもむだであった。説得が難しく、そして命の砂が残り少なくなったのがわかると、伯爵はついにそのまま告白をつづけることを許した。

「彼女をしっかりと監禁すると、我われはヴェルドポリスに戻りました。そして翌日、反乱軍に対する行軍に加わったのです。あなたは我われのすぐ後に到着しました。主人はあなたを見るや否や、憎むべき敵をみずから葬り去ろうと決心しました。そしてウェリントン公爵のあなたへの格別な計らいを見て、ますますその意を強くしたのです。そうしたある晩、彼は私に緑のこびとを連れて来るよう命じました。それで私はあなたのテントに行き、少年の知る特別な合図で呼び出しました。それから脅したりすかしたりした結果、主人が目論んだあなたに汚名と死をもたらす計画の遂行に手を貸すことを承知したのです。少年は敵の陣営に行き、あなたの名前で会議の秘密を漏らし、今あのテーブルに載っている品々を報酬として持ち帰ったのです。そしてこれらの品物をあなたのテントの中に埋めたというわけです。あなたのベルトから剣をはずし、代わりに偃月刀をはめたのです。そして最後に、裏切りの仕上げとして嘘の証拠をでっちあげたというわけです。あなたに謂われなき不名誉な死をもたらす手段となりそうな」

ここでトラヴァースはふたたび息をついで、血の気の失せた額から吹き出た玉のような脂汗を拭った。

「おまえはシンクレアの性格を見事に明かしてくれた」とウェリントン公爵が口を挟んだ。「今度は、おまえがどのようにして、また誰によってその致命傷を与えられたか話すのだ」

「我が主にです」と、その哀れな男は答えた。「今朝、渓谷にある彼の叔父[123]の屋敷からの帰途、私は改心して真《ま》っ当《とう》な生活を送りたいと伝えました。というのも、すでに犯した罪がこの心に鉛のように重くのしかかっていたからです。初め、彼は笑って冗談だろうと取り合いませんでしたが、私が生涯これほど本気だったことはないと言いますと、顔を曇らせました。私たちはしばらく無言で一緒に歩きました。しかし人気のない所に来たとき、彼は突然剣を抜くや、私の脇腹を刺したのです。彼は倒れる私を嘲笑いながら言い放ちました。『さあ、地獄に行って改心するがいい！』と。私はもう話すことができません。後はあなたのご存知のとおりです」

トラヴァースの話の最後の部分は、声はかすれ途切れ途切れであった。興奮した語りを終えると一〇分ほど昏睡状態に陥り、それから一息大きく吸い込んで、全身をぶるっと震わせたかと思うと、肉体と魂は永遠の別れを告げた。

傍聴人たちはふたたび入廷を許された。判事たちは席に戻り、ウェリントン公爵はシンクレアが潔白で、彼に対する告訴はすべて悪意ある敵の策謀によるものとの判決を下し、伯爵の足かせをはずし、代わりにパーシー大佐と緑のこびとに着けるようにと命じた。つづいて公爵は、パーシー大佐に対しては死刑を、緑のこびとに対してはガレー船漕ぎ一〇年の刑を言い渡した。

こうして問題が片づくと、公爵は席を立ちシンクレアの手を取って言った。「閣下、ヴェルドポリスにご滞在中は、我が家のお客人ですよ。六週間にわたって投獄されたことをお恨みでないということをお示しいただくためにも、わたしの願いを聞いていただきたい」

これほど丁重な招待をシンクレアはもちろん断わることはできず、その結果、公爵に案内されてウォータールー宮殿に向かった。途中で彼は、地下牢を訪ねて来た名も知れぬ不思議な人物のことを話し、彼が何者なのかをぜひ知りたいと言った。

「バッド少尉だったと思われますか」と公爵がたずねた。

「いいえ」シンクレアが答えた。「その人物はもっと背が高く、声がまるで違いました。そんなかすかな根拠でこんなに厚かましい推測をすることが許されるなら、私はたった今、我が謎の友人と言葉を交わしているような気がします」

公爵は微笑んだまま、答えなかった。

「それでは私は間違ってはいないのですね」とシンクレアは熱心につづけた。「命と名誉が守られたのは、閣下のおかげなのですね」

そう言った伯爵の澄んだ眼は、いかなる言葉よりも雄弁に感謝の念を伝えていた。

「ふむ」と公爵は言い、つづけた。「図星だと言わざるを得ませんね。たぶん私がなぜセネガル川のほとりであの警告をしたのか、その理由をお知りになりたいでしょう。要するに、こういうことでした。私のテントで夕食を取った際、あなたとパーシー大佐が口論しているらしいのが眼に入ったのです。彼が剣に手をかけ、それをじろりと見てから手を離し、何事か叫んだのが見えました。それで、あのとき復讐を遂げることを先送りしたのは、その先に何かもっと巧妙な企みがあってのことだろうと思ったのです。アルビン族長の首は、私の見るところかなりの価値がありますから、油断のならない敵に用心するよう、少なくとも忠告くらいしておこうと思ったわけです。牢獄を訪ねたのは、バッド少尉からの情報によるものです。彼を召喚して私が指摘した証拠を提出させた方が、通常の証人喚問よりも、判事たちへの印象が強くなるのではないかと考えたからなのです」

公爵がこの間の事情を語り終える頃、二人はウォータールー宮殿に着いた。すでに夕食が整えられた晩餐室にまっすぐ向かった。食事中シンクレアはほとんど語らず、あまり食も進まなかった。その日の朝の思いがけない展開に高揚していた彼も、今や気力が萎え始めていた。レディー・エミリーのことを思うと、そしておそらく彼女が置かれている惨めで孤独な状況を思いやると、彼の気持ちは沈んだ。これに気づいた公爵は、彼の気分を引き立てようとしたが無駄だとわかると、やがて言った。

「あなたのお心にかかっていることはわかりますよ。お出でなさい。妻のところにご案内しましょう。いくらかお慰めにはなるでしょう」

シンクレアは気が進まぬまま客間に案内された。中に入ると、公爵夫人がソファに座って刺繍の針を動かしていた。彼女のそばには、針箱と数冊の本が置かれた小さなインド製の置台があった。その近くにドアに背を向けて、もう一人女性が座っていた。彼女の豊かな栗色の髪は、当時流行の華やかな白い紗のヴェールに包まれていた。もの想わし気な様子で額に手を当て、公爵と客人の訪問を告げられても動かず、彼らの気配に気づいた様子も見せなかった。ただ突然びくっと身体を震わせた。公爵夫人の方はさっと席を立つと、シンクレアを出迎えるために優しく微笑みながら進み出た。

「わたくしは信じておりました」と彼女は言った。「正義はあると。そしてあなたの名誉が煉獄を七度くぐり抜けて清められたことを。さあ、あなたにわたくしの友人をご紹介したいのですが。こちらにいらっしゃるのが」と（その無言の婦人に話しかけ）「運命の女神が過酷な試練をお与えになりましたが、その苦しみに対する報酬を、あなたと運命の女神から受けるべきお方です」

婦人が立ち上がり、ベールを取った。一瞬の沈黙につづいて歓喜の声が上がり、シンクレアは長らく消息の途絶えていた愛しい恋人をひしと抱きしめた。

さて私に残された仕事は、この幸福なる大団円がいかにしてもたらされたかを説明することだけだが、それもできるだけ手短に語ろうと思う。

レディー・エミリーは四週間、彼女の独房で嘆き暮らしていた。監視人は哀れなバーサ一人で、この老婆は三度の食事を運んで来る以外は、城のはずれに引き籠っていた。五週目の最初の日、いつもの時間になっても彼女は現れなかった。監禁と悲しみであまり食欲のなかったレディー・エミリーは、食事が届かないことをむしろ喜んでいた。だが夜になると、さすがに空腹を覚え始めた。翌日も同じように過ぎ、彼女の乾いて震える唇を、水も食物も通ることはなかった。三日目の朝、彼女は飢餓のため衰弱して、枕から頭が上がらなくなった。

死を覚悟し、いっそ死にたいとさえ思いながら横たわっていると、隣の部屋で荒々しい足音がして、野太い声が呼んだ。「この古の廃墟に、フクロウとコウモリ以外の生き物がいるか」その声に、彼女は朦朧とした意識から覚めた。最後の力を振り絞って、ここに不幸な女が閉じこめられております、わたくしを助け出し友人たちの元に帰してくださるなら、お礼はいくらでもいたしますと答えた。か細い彼女の声が届いたらしく、部屋のドアがたちまち破られ、長身のがっしりした体軀を稀有なる若者《レア・ラッズ》たち(124)の衣装に包み、長い銃身の鳥撃ち銃を手にした男が現れた。

「血の気のない顔をしてこんなに瘦せ細って、どうなさったのですか」彼女の方に歩み寄って、男は問いかけた。

彼女は三日間何も食べていないと伝え、食物をいくらか分けていただけませんかと頼んだ。男はすぐさま肩に掛けた袋からチーズを挟んだパンを取り出した。この食べられなくもないが粗末なパンを口にしている彼女に、男はディック・クラック・スカル(125)と名乗り、森で密猟をしていたらこの古い塔に至り、何となく好奇心に駆られガラスの破れた窓から侵入したと説明した。荒れ果てた広間を歩き回るうちに、恐ろしげな老婆の死骸につまづいて仰天したが、よく見ると魔法使いで、それでは他にも住人がいるにちがいないと思い、さらに進んだという。喚きながら歩いて行くうちにレディー・エミリーの隣室に来て、幸運にも彼女を救出したというわけであった。

翌日、バーサの遺骸を小石で覆うと、ディックは預かり人を伴ってヴェルドポリスに向かった。到着すると彼女の希望で、ウォータールー宮殿に一緒に赴いた。宮殿で彼女は公爵夫人(126)の保護下に入り、夫人はディックに彼が小躍りするほどの報酬を与え、礼を尽くして帰したのである。

その哀れな娘は私の母からあれこれ優しく世話をされた結果、全幅の信頼を寄せるようになり、レディー・エミリーは悲しい恋の物語のすべてを、愛する保護者の優しい耳に入れたというわけである。

シンクレア伯爵が反逆罪で投獄されたという知らせが届いたとき、彼女の悲嘆にくれた様は言葉では言い尽くせない。しかし今や、この幸福な再会、命に別状なく、名誉も損なわれることなく恋人と再会した喜びは、それまでの彼女の涙と苦しみを補って余りあるものであった。善良な老チャールズワース侯爵は、今では彼らの結婚を二つ返事で承諾した。そしていろいろ聞くところでは、高潔なシンクレア伯爵と美貌のレディー・エミリー・チャールズワースのその後の生活に訪れた幸せは永く変わらなかったという。

かくして私の短く未熟な物語は終わるが、最後にパーシー大佐と彼の相棒のその後を一瞥しておきたい。

大佐に下された死刑判決は、後に海外追放十六年に減刑された。この間、彼は時には海賊として、時には強盗の頭目として世界中を彷徨い、常に自堕落な放蕩者たちと群れをなしていた。

国外追放の刑期が終わると、彼は健康を損ね財産も蕩尽していたが、すでに故人となっていた叔父のビューフォート公爵の遺産を相続すべく、ヴェルドポリスに舞い戻った。だが調査の結果、甥の不始末が発覚した後、叔父は結婚して二人の息子をもうけ、屋敷と爵位は彼らに相続されていることがわかった。当てが外れた大佐は政界に転じ、親戚中から絶縁されていたことから、本名を捨て偽名を用いるようになった。かの扇動家、あの疲れ果て色あせた放蕩者アレグザンダー・ロウグまたはエルリントン子爵(127)の面影の中に、かつての華々しく端正な面立ちの若き軍人オーガスタス・パーシーの姿をかい間見ることのできる者はほとんどいないだろう。

アンドルーについて付言すれば、ガレー船漕ぎの苦役から釈放された後、印刷所の見習い工になった。やがて植字工に成り上がり、くすねては貯め込む性格だったので、なんとか金を工面して将校の地位を買い取った。その後、物書きに転じて、本人に言わせれば詩ということだが、ぐたぐたした念仏やら、小説という名で通用しているお涙頂戴の物語を出版した。

もはや言うまでもあるまい。私のこの緑のこびとの物語の中に、トリー大尉の若い頃の一節を見出すことのできる人は、まだかなりいて今日も健在である。

シャーロット・ブロンテ

一八三三年九月二日

終わり

「緑のこびと」訳注

（1）物語のタイトル「緑のこびと」は、ウォルター・スコットの歴史物語『黒いこびと』（Walter Scott, *The Black Dwarf*, 1816）からヒントを得たことをうかがわせる。『アイヴァンホー』（*Ivanhoe*, 1819）『ケニルワース』（*Kenilworth*, 1821）などの影響も無視できない。またアレグザンダーも指摘するとおり、シャーロットが中世のロマンス『ガウェイン卿と緑の騎士』を知っていた可能性もある。

（2）チャールズ・アルバート・フローリアン・ウェルズリー卿。ウェリントン公爵の次男。ドゥアロウ侯爵アーサー・ウェルズリーの弟。

（3）トリー大尉（後出）の息子。グラスタウンで書籍の出版、印刷、販売に従事。

（4）イギリスの冒険者たちがアフリカに漂着し、先住民であるアシャンティー族を打ち破り建設した都市。はじめグラスタウンと称されたが、後にギリシャ語風にヴェレオポリスと改名され、その後さらにヴェルドポリスと呼ばれるようになった。「解説」を参照。

（5）チャールズはトリー大尉とライヴァル関係にあり、二人はたがいを誹謗し合っている。「アーサーについて」（'Something about Arthur', 5.1833）の中でチャールズ卿がトリー大尉を嘘つき呼ばわりしたことへの報復として、トリー大尉は自作の「捨て子」（'The Foundling', 6.1833）の序文で、「卑しい爬虫類」（チャールズ卿のこと）を痛めつけたことを報告している。

（6）グラスタウンの著名な作家。フル・ネームはアンドルー・トリー。

（7）ダオメ（現在のベニン共和国）の北東にある山。別名ジベル・クムリ。グラスタウンの舞台となったとされるギニア湾の河口の街フェルナンド・ポーの東に位置する。

（8）シャーロットの初期の物語の主人公ウェリントン公爵（実在のウェリントン公爵の名前を採用）の屋敷の一つ。

（9）ウォータールー宮殿の家政婦。

(10) サゴ椰子の髄から採る澱粉。プディングの材料にする。
(11) パンを煮ておもゆ状にし、砂糖、スグリ、ナツメグで味付けしたもの。
(12) 別名 Maybeetle あるいは Maybug。大型の甲虫で植物に食害を与える。
(13) 熱帯地方を航海する水夫がこの病気にかかると高熱を発し、幻覚で荒海を青い草原と思い飛び込むという。
(14) 戦死したアシャンティー族長サイ・トゥトゥ・クォーミナの名を採った広場か。
(15) ジョン・バッド大尉。グラスタウンの著名な考古学者、歴史家。初期の作品の中でしばしば語り手をつとめる。
(16) ジョン・ギフォード。グラスタウンの考古学者、古物収集家。
(17) グラスタウンの考古学者。
(18) ウェリントン公爵の長男アーサー・ウェルズリー。チャールズの兄。ドゥアロウ侯爵から後にザモーナ公爵（「未だ開かれざる書物の一葉」ではエイドリアン皇帝）となる。
(19) 前出のドゥアロウ侯爵のこと。
(20) チャールズは兄アーサーの私生活を覗いては暴露するなどして兄の不興を買っている。本作のおよそ半年後に書かれた「ヴェルドポリス上流社会」（'High Life in Verdopolis', 3.1834）では、チャールズはそのせんさく好きを疎まれて兄の屋敷から追い出され、その意趣返しとして「呪い」（'The Spell', 7.1834）を書いたことになっている。
(21) ドゥアロウ侯爵の酒飲み友だち。
(22) 辛口の白ワイン。
(23) アフリカに入植したばかりの「若者たち」を守護する魔神《ジン》。ブロンテ姉弟妹の劇では、タリーはシャーロット、ブラニーはブランウェル、エミーはエミリー、アニーはアンがそれぞれ演じている。ここには『千夜一夜物語』（*Arabian Nights*）やサー・チャールズ・モレル（本名ジェームズ・リドリー）の『魔神の物語』（Sir Charles Morell/James Ridley, *Tales of the Genii*）の影響がある。

(24) 「若者たち」は魔神たちの支配を嫌い反乱を起こす。シャーロットは「らっぱは鳴り響いた」('The trumpet hath sounded', 12.1831)で始まる詩で、神々の支配の終焉を告げている。
(25) 果汁を水で薄めて甘味をつけた冷たい飲み物。
(26) モンテーニュ『随想録』(Montaigne, *Essais*, 1588) 第三巻第五章。
(27) グラスタウン連邦はブロンテたち四人のそれぞれの主人公を国王とする四王国(ウェリントンズ・ランド、スニーキーズ・ランド、パリーズ・ランド、ロスズ・ランド)と、さらに「若者たち」のメンバーであったスタンプスとマンキーに与えられた二つの大きな島から成り立っている。
(28) 旧約聖書「詩編」三七編三五節。
(29) 十八世紀英国では緑茶が流行した。特にガンパウダーと呼ばれる玉緑茶やハイソンという中国産緑茶が好まれた。
(30) ブランウェルの「イギリス人からの書簡」('Letters from an Englishman', 9.1830-8.1832)で、フレンチー・ランド(ヴェルドポリスの南の島)の野蛮な住人が食するものとして紹介されている。
(31) 米国五大湖やその南部地方で取れる魚。クラッピーのこと。
(32) 唐辛子(香辛料)。
(33) 十六世紀、十七世紀にはカナリー産の甘口ワインが人気を博した。
(34) ヴェルドポリスは、しばしばアフリカのバビロンと呼ばれている。
(35) サレム(現在のエルサレムの地)の王で司祭。旧約聖書「創世記」一四章一八節。新約聖書「ヘブライ人への手紙」七章。
(36) イスラエルの族長。民を率いてエジプトに入ったが、後にカナンの地に戻った。
(37) 下士官のスリンゴのことか。「にんじん」と題した彼の作品が、シャーロットの編集になる「ヤングメンズ・マガジン」(一八三〇年十一月号)で宣伝されている。

(38) グラスタウンの最初の住人とされる巨人たち。「ある夢想の物語」（'A Romantic Tale,' 4. 1829）参照。

(39) ウィリアム・ブレイヴィー。グラスタウンを建設した最初の「十二人の勇士」の一人。（正確にはブランウェルによる「若者たちの歴史」に登場する十三人の一人で、シャーロットの十二人には含まれていない。）「解説」を参照。

(40) チャールズワース卿（後出）およびブレイヴィー（前出）の美貌の姪。

(41) アレグザンダー・オーガスタス・パーシー。通称ロウグ。ブランウェルの主人公だが、シャーロットの作品にも登場し、彼女の主人公アーサー・ウェルズリー（注(18)を参照）に対抗する悪役として活躍する。「解説」を参照。

(42) パーシー大佐（前出）の伯父。パーシーはその遺産と爵位を相続することになっている。

(43) 一語不明。なおこのフランス人が語ったという以下の物語については「解説」二五二頁を参照。

(44) スペルが少し異なるが「頭髪」「かつら」の意味で、近侍には相応しい名前か。

(45) ナポレオンが用いたイヌワシの紋章。頭と頸の部分が黄金色。

(46) フランス王室の百合型の紋章。

(47) 原文では判読に困難あり。

(48) ナポレオン一世に敗北したオーストリア皇帝フランツ一世の娘。一八一〇年、ナポレオンは子供が産まれないジョセフィーヌと離婚し、マリー・ルイズと再婚、ナポレオン二世が生まれる。彼女はナポレオン一世が退位した一八一四年、籍を抜きオーストリアに戻ってパルマの公妃の称号を得た。シャーロットの原文ではドイツ語式のマリア・ルイーザの形が用いられている。

(49) シャルル・ピシュグリュ（Charles Pichegru, 1761-1804）。フランスの軍人。一七九三年から九四年までライン＝モーゼル軍司令官。ナポレオン一世のオランダ征服に貢献したが、一八〇四年、皇帝暗殺の陰謀に加担し獄中で絞殺された。

(50) フレンチー・ランド（注(30)参照）の支配者ナポレオンのこと。ブランウェルが初期の物語において、シャーロットのウェリントン公爵に対抗して選んだ主人公。
(51) シャーロットがブランウェルの詩「アフリカ競技大会に寄せる頌歌《オード》」（'Ode on the African Games', 6.1831）に合わせた可能性がある。ブロンテ姉弟は古代ギリシャのオリンピック競技や、スコットの『アイヴァンホー』における中世の競技大会から構想したものと思われる。
(52) 「十二人の勇士」の一人であるヨーク公爵フレデリック・ブランズウィックの名を採った岩山。
(53) 旧約聖書「ダニエル書」三章一、二節。新バビロニア王。紀元前五八六年、エルサレムを破壊して王と住民をバビロニアに幽閉した。
(54) ロバート・ズデスのこと。その名 S'death（Sdeath）は 'God's death' という罵りの言葉に由来する。ロウグ（アレグザンダー・パーシー）の召使いだが分身でもあり、不死身。
(55) ヴェルドポリスの著名な騎手で拳闘家。
(56) 注(41)参照。ブランウェルは自分の主人公の一人であったロウグに由緒あるパーシーの名を与え、「ならず者」から格上げする。シャーロットもそれに合わせて本作では彼の過去と海賊になるまでの経緯を作り上げる。ここではパーシーは陰謀が発覚し、流刑に処せられ海賊となって放浪するが、その後ゼノビア・エルリントンと結婚し伯爵の爵位を得てヴェルドポリスの貴族の仲間入りをする。ブロンテ姉弟はブランウェル伯母からもらったスコットの『祖父の物語』（*The Tales of a Grandfather*, 1827-30）やシェイクスピアの『ヘンリー四世』第一部（William Shakespeare, *Henry IV*, part 1, 1597）からこの人物の名前や性格を着想したと思われる。他にミルトンのセイタンやバイロンの詩の主人公たちもこの人物の性格造形に寄与している。
(57) バイソン。かつてはブリテン島にも生息したが、現在はリトアニアや北米の一部にしか見られない。
(58) 元は十五世紀ハンガリーの軽騎兵たちが被った毛皮製の高帽だが、ヨーロッパ全土に広まった。
(59) ギリシャ神話、ローマ神話の太陽神。詩歌、音楽、予言などを司る。美青年の象徴で、初期作品の中でドゥア

(60) ロウ侯爵はしばしばアポロに喩えられている。
(61) 注(15)参照。少尉となっているのは、物語が扱っている時点の階位にしたがったもの。
(62) ヴェルヴェットよりけばがやや長めの絹・綿・毛・レーヨンなどの贅沢な生地。
(63) アフリカ西部の川。マリ、ニジェール、ナイジェリアなどの国々を流れギニア湾に注ぐ。ブロンテ初期作品ではスニーキーズ・ランド（注(27)参照）の南東からグラスタウンの湾岸に注ぐ。フリータウンでグアディマ川と二つに分かれ、いずれもヴェルドポリスを貫流する。ニジェール川は後に、新興国家アングリアとヴェルドポリス連邦との境をなす。
(64) アンドルー・トリー。シンクレア卿に仕える小姓。
(65) ヤシの樹皮を発酵させて造る熱帯地方の酒。
(66) シンクレア卿は高地地方の氏族で、スコットランドのキルト（格子縞で縦襞の短い巻きスカート）をまとっている。
(67) 悪魔のことか。
(68) 初期のグラスタウン物語で用いられた「若者たち」の方言。現在はスタンプス島とマンキー島（注(27)参照）でしか話されていない。ブランウェルがヨークシャー方言を元に考案した言語。
(69) シャーロットはバイロンの『ベッポー』(George Gordon Byron, *Beppo*, 1818）で、古着売買の通りとして名高いモンマス通りの名を知った可能性がある。またスコットの『祖父の物語』で、ジェイムズ二世への反乱に失敗したモンマス公爵について読んだかもしれない。
(70) 紐で上げ下げや採光調整をする板すだれ。英国に紹介されたのは十九世紀初頭で、*OED*の初出は一八一六年である。
(70) シンクレア伯爵の偽名。後に明かされるように、彼は高地地方を支配するアルビン族の族長だが、ヴェルドポリスでは偽名を用いている。

(71) 画家フレデリック・ド・ライル（後出）の家政婦。
(72) 緞子《どんす》。模様を織り出した絹・麻・木綿または毛の綾織物。
(73) フレデリック・ド・ライル。エドワード・ド・ライルと名乗ることもある。後にエドワード卿となる。ヴェルドポリスの著名な肖像画家。当時、同名の画家がいて、そのパトロンの名もレズリーで、シャーロットはこれらの氏名を採用したと思われる。
(74) フレデリック・ド・ライルの妻。スコットの『ロックビー』(*Rokeby*, 1812) のヒロイシの名前。
(75) レディー・エミリー・チャールズワースの叔父で後見人。ウェリントン公爵に仕えていた退役軍人。
(76) グラスタウン渓谷にあるチャールズワース侯爵の城。
(77) 前出のブレイヴィーも伯父であることをシャーロットは失念している。
(78) イギリスの詩人ミルトンの詩。ケンブリッジ在学中の一六三二年に作った姉妹編で、陽気さと沈鬱との対比を歌っている。
(79) 十七、十八世紀に流行した婦人用の裾広がりの外着。
(80) グレンアルビン（別名グレートグレン）と呼ばれる、スコットランド北部を南西から北東へ横切る谷（その間にネス湖がある）の名前を採ったものか。
(81) 『最後の吟遊詩人の歌』(*The Lay of the Last Minstrel*, 1805) でスコットはスコットランドの貴族シンクレア（ロスリンのシンクレアとも呼ばれる）とオークニー伯爵について書いている。本作のシンクレアの造形は『アイヴァンホー』のロクスリー（ロビン・フッド）を思わせる。
(82) スコットの『モントローズ奇談』(*A Legend of Montrose*, 1819) に、ロブ・ロイを首領とする好戦的なグレゴア氏族が登場する。彼らは「霧の子供たち」として知られており、シャーロットはその呼称を採用したと思われる。
(83) ブラニー山脈（後出）の山の一つ。

(84) ロナルドの名称はスコットの詩 'Glenfinlas: Or, Lord Ronald's Coronach' から採ったものか。

(85) 魔神の一人ブラニー（注(23)参照）の名前を採った険しい山岳。グラスタウンの北限に位置し、全長二、三〇〇マイルにわたって伸びている。

(86) アフリカの原住民の部族。その王国は、南はギニア湾から、北はジベル・クムリ（注(7)参照）まで広がっていた。

(87) アラビアおよびその周辺地域原産の馬。強健で賢く、気品があり速く走る。

(88) グラスタウンの北方に連なるブラニー山脈（注(85)参照）の一角をなす「ディムディムの座」（または「魔神の座」）と呼ばれる山の名を採った広場。

(89) シェイクスピア『ヘンリー六世』第二部（*Henry VI*, 3 parts, 1589-92）四幕七場。

(90) 名騎手。アフリカ・オリンピック大会の二輪戦車《チャリオット》競争に出場することになっていた。

(91) アレグザンダー・パーシーの通称。注(56)参照。

(92) ウェリントン公爵の長男アーサー・ウェルズリー（ドゥアロウ侯爵、後のザモーナ公爵）のこと。ここではまだ誕生して間もない。作品の時代設定は執筆時よりも二〇年ほど前となっている。

(93) チャールズワース侯爵の軍人仲間。

(94) ヴェルドポリスの宝石商。

(95) フェニキア人やカナン人に崇拝された、豊穣、性愛、多産の女神（AsheraあるいはAshtaroth）。バビロンではイシュタル（Ishtar）、ギリシャではアシュタルテ（Astarte）と呼ばれる女神のことか。

(96) スコットの『アイヴァンホー』に登場するフォン・ドゥ・ボー城に住む老婆で、サクソン人のウルリカをモデルとしている。『ジェイン・エア』のロチェスター夫人バーサ・メイスンの原型とする学者もいる。

(97) パーシーは子供のいないビューフォート公爵の相続人となる予定だった。注(42)参照。

(98) グラスタウンに植民地を築いた「十二人の勇士たち」は、先住民族のアシャンティー族とは何度も戦いを交える。ブランウェルは「若者たちの歴史」の中で、決戦の模様を古代の大戦になぞらえて詳細に記述している。シャーロットは「ある夢想の物語」で大まかな経緯だけを記しているが、それによればローゼンデイル・ヒルの戦い（後出）は勇士たちの勝利に終わり、その後、クーマシーの戦いでアシャンティー族長サイ・トゥトゥ・クォーミナが戦死する。「アフリカの女王の嘆き」（'The African Queen's Lament', 2.1833）では、遺児クォーシャがウェリントン公爵に引き取られたことが書かれている。（なおQuashia, Quashieなど様々なスペルがあるが、ここではクォーシャの発音で統一している。）

(99) アシャンティーの古都。

(100) ギリシャ中部を南北に連なる山並。ブロンテたちが読んだランプリエールの『古典百科』（John Lemprier, *Bibliotheca Classica or a Classical Dictionary*, 1788）にその名称がある。

(101) 「十二人の勇士」の一人であったヨーク公が対アシャンティー戦で戦死した地。ブランウェルの「若者たちの歴史」によれば、戦いは一七七九年十一月四日とされている。だがシャーロットの「ある夢想の物語」では、ヨーク公は戦死するのではなく、アーサー・ウェルズリーを国王に指名した後、帰英してアフリカの舞台を去る。もっともその日付は現実のヨーク公爵が戦死した一八二七年に合わせている。

(102) 父王サイ・トゥトゥ・クォーミナの戦死後、その息子クォーシャ・クォーミナがアシャンティー族の王となったのだから、正確にはクォーミナ二世であろう。跡つぎのクォーミナ、2代目のクォーミナという意味で使っているのか、あるいは『未だ開かれざる書物の一葉』と同様に、息子を指すのに、クォーシャとクォーミナの両方を区別せずに使っているものと思われる。注(98)及び『未だ開かれざる書物の一葉』注(11)参照。なお本編一〇六頁にも同じクォーシャ二世という言い方がある。

(103) アシャンティーの反乱を鎮圧するために派遣された指揮官。彼の先祖リーフ大尉は「十二人の勇士」を支援するため英国から派遣され、そのままアフリカに留まった。トリー大尉、アーバー大尉、フラワー大尉、バッド大尉など植物に関連した名前を与えられた初期の登場人物の一人で歴史家とされている。

(104) ブロンテたちが所有していたゴールドスミスの『地理学総覧』の空欄に書き込まれた「固有名詞リスト」にGondarの記載がある。アンによる「アビシニアの首都」および「北大西洋の大きな島」という付記もあり、彼女と姉エミリーが作り上げたゴンダル物語（Gondal）の舞台の可能性がある。
(105) 一七六九年、ティグレ（エチオピア北部の州、古代アクスム王国の中心部）の州知事マイケル・スフルは君主を倒し、アビシニア王として君臨したが、その後失脚した。
(106) 西アフリカの西端の国。現在の首都はダカール。植民地時代はイギリスとフランスの争奪戦になったが、一九五八年に自治国家となるまではフランス領西アフリカ。
(107) アフリカ北西部に住むベルベル人とアラブ人の混血のイスラム教徒。
(108) セネガルとモーリタニア国境をほぼ西流して大西洋に注ぐ。
(109) ベン・ジョンソン『癖者そろわず』（Ben Jonson, *Every Man out of His Humour*, 1599）に登場する見栄坊でほら吹きの臆病な将軍をモデルにしている。シャーロットがベン・ジョンソンを読んでいたことは、彼の風刺劇『へぼ詩人、またはその問責』（*Poetaster or His Arraignment*, 1601）をもとに「へぼ詩人」（'The Poetaster', 7.1830）という劇を書いていることからもわかる。
(110) チャールズ卿の父ウェリントン公爵。
(111) 北部山岳地帯に住む高地民族の首領。シンクレアに仕え、彼の王旗を掲げる巨人。
(112) ローマ神話に登場する足の速い女傑カミーラ（Camilla）の名をもじったものか。
(113) アラブ人、トルコ人などが用いる偃月《えんげつ》（半月に少し足りない、中のくぼんだ月。弓張り月）の形をした刀。
(114) ウェリントン公爵のこと。
(115) アレグザンダー・パーシーの従者。
(116) アキーズはアッカス（akkas）の変種で、アラブ世界で広く使われたコインのこと。複数形で「現金」を意味することもある。

(117) 不明。
(118) アフリカの古代遺跡で発掘された様々な採色ガラスのビーズ玉。
(119) 万国塔はバベルの塔を模して建てられたグラスタウンで最も高い塔。地下に作られた牢獄には政治犯が収容されている。
(120) シンクレア卿の父。
(121) ヴェルドポリス郊外の渓谷。西から吹くそよ風の意。
(122) チャールズワース伯爵の居城クライズデール城の間違いか。
(123) アレグザンダー・パーシーの叔父ビューフォート伯爵のこと。注(42)参照。
(124) 密猟や強盗などで暮らしている無法者の若者たち。
(125) 「稀有なる若者たち《レア・ラッズ》」の首領。「ひび割れ頭のディック」というところか。
(126) 語り手チャールズ卿の母、ウェリントン公爵夫人のこと。
(127) アレグザンダー・パーシーのこと。

未だ開かれざる書物の一葉

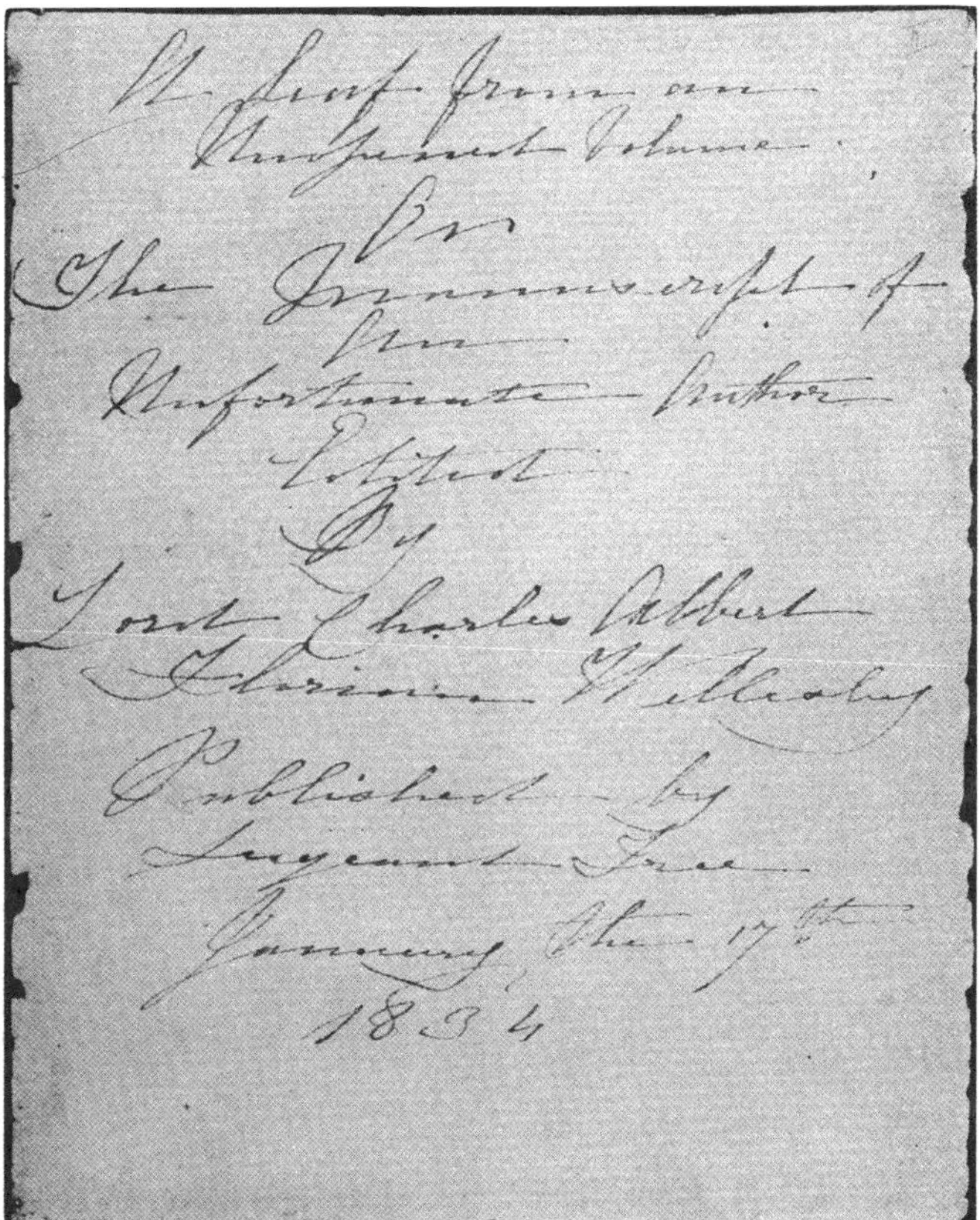

A Leaf from an
Unopened Volume;
Or
The Manuscript of
An
Unfortunate Author
Edited
By
Lord Charles Albert
Florian Wellesley
Published by
Sergeant Tree
January the 17th
1834

「未だ開かれざる書物の一葉」の表紙。本文は19ページから成っている。（原寸12.0×9.9㎝）

主要登場人物関係図（未だ開かれざる書物の一葉）

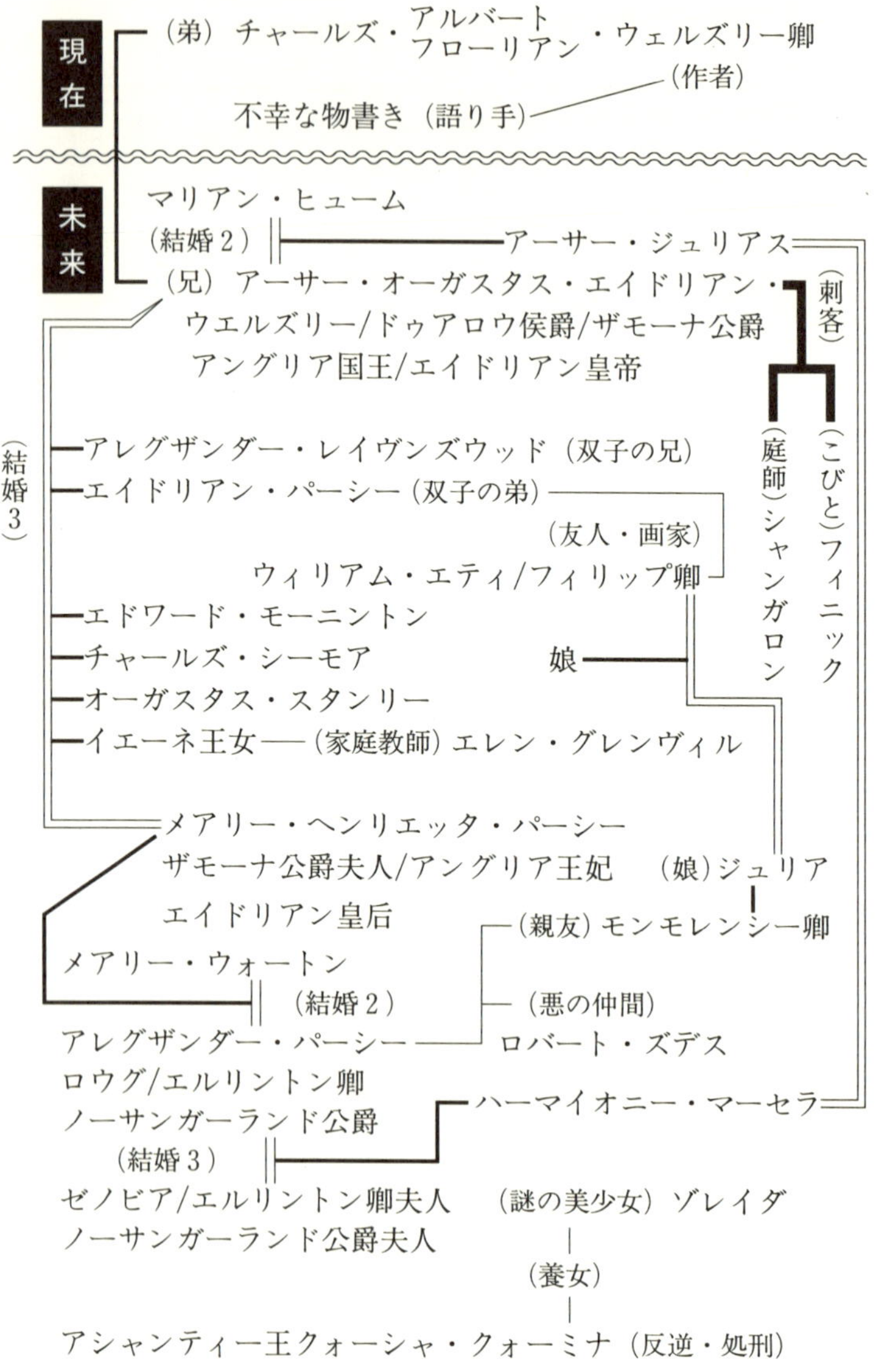
現在
未来
（弟）チャールズ・アルバート フローリアン・ウェルズリー卿
（作者）
不幸な物書き（語り手）
マリアン・ヒューム
（結婚２）
アーサー・ジュリアス
（兄）アーサー・オーガスタス・エイドリアン・ウエルズリー/ドゥアロウ侯爵/ザモーナ公爵 アングリア国王/エイドリアン皇帝
（刺客）
（庭師）シャンガロン
（こびと）フィニック
（結婚３）
アレグザンダー・レイヴンズウッド（双子の兄）
エイドリアン・パーシー（双子の弟）
（友人・画家）
ウィリアム・エティ/フィリップ卿
エドワード・モーニントン
チャールズ・シーモア
娘
オーガスタス・スタンリー
イエーネ王女――（家庭教師）エレン・グレンヴィル
メアリー・ヘンリエッタ・パーシー ザモーナ公爵夫人/アングリア王妃 エイドリアン皇后
（娘）ジュリア
（親友）モンモレンシー卿
メアリー・ウォートン
（結婚２）
（悪の仲間）
アレグザンダー・パーシー ロウグ/エルリントン卿 ノーサンガーランド公爵
ロバート・ズデス
ハーマイオニー・マーセラ
（結婚３）
ゼノビア/エルリントン卿夫人 ノーサンガーランド公爵夫人
（謎の美少女）ゾレイダ
（養女）
アシャンティー王クォーシャ・クォーミナ（反逆・処刑）

未だ開かれざる書物の一葉
あるいは
ある不幸な物書きの草稿

編集　チャールズ・アルバート・フローリアン・ウェルズリー卿(1)

出版　トリー軍曹(2)

一八三四年一月十七日

トリー軍曹による前書き

当初、私は本書の性格があまりに特異なため出版をためらった。だが本書の廉価版が近隣の出版社から大量に出版される予定だと聞き、読者の好奇心を満たすべく、あえて出版に踏み切ることにした。なお、本書で言及されている人々が不快を覚えるのではないかと思われる箇所は、誰の眼にも作り話とわかるように年代をすっかり変えてあるので、(3)立腹される方などゆめおられまいと思う。

この判断が誤りでないことを信じつつ、

常に
読者大衆の
忠実なる僕《しもべ》
トリー軍曹

ビブリオ・ストリート
ヴェルドポリス(4)

序　文

「日の下には、新しきものあらざるなり」とソロモンは言う(5)。だが本書誕生の経緯《いきさつ》は、ダビデの息子の言葉にさえ偽りのあることを示すものだ。賢明な読者なら、本文を一瞥するだけで、著者が私以外にも存在することはおわかりだろう。時の流れを歴史として後世に遺すのは人の常であろうが、ここに記された出来事を独力で記すことのできる人間が果たしているであろうか。その発端から経過および結末が、このほどようやく運命の書に書き加えられたばかりだというのに。この問いに、「いる」と答える人がいたとしても——私一人の筆になると考える人など、実際にはほとんどいないだろうとは思うが——これから見識ある読者諸氏にお目にかける物語を、荒唐無稽のことと退けられるお方はまずおられまい。

周知のごとく、ソーントン館(6)の主は目下、私一人である。過日のある夜、私はヨーク・プレイス(7)での晩餐会から、我が壮麗な館に十一時頃帰宅したが、眼が冴えて眠れそうになく、書籍や文書類が置かれている二階の小さな居間に向かった。中に入ると、驚いたことに、暖炉の火に照らし出されて黒っぽく浮かんだ人影が眼に入った。男が一人、いつも私が座る椅子にもたれて悠然と葉巻をくゆらせているではないか。私が入ると、男は立ち上がって無言で傍らの椅子を指さした。

「すっかりおくつろぎのようですが」男の納まり返った様子にいささか気分を害して、私は言った。

「他人の家でそこまで羽根を伸ばしているお方は、いったいどこのどなた様ですか」

「ただの不幸な物書きさ」男は半分ほどになった葉巻を暖炉の奥に投げ込んで答えた。

「ただのな、チャールズ卿。納得が行かぬとあれば、頭のてっぺんから爪先までわしを改めるがいい」

こう言うと、男は炉棚から小ろうそくを取って火を点《とも》し、それを片手でかざして全身を隈なく照らし出した。痩身で背が高く、歳の頃は五十あまり、くたびれた黒服に身を包み、洒落《しゃれ》た形の古風な金縁眼鏡を鼻にのせていた。傲岸不遜な面構えで、何よりも私の眼を引きつけたのは、奇妙に湾曲した両脚とその眼の色であった。それは茶でも黒でも青でも灰色でもなく、まるで燃え盛る炎のように真っ赤だった。こんな深夜の訪問者であってみれば、読者よ、歓迎せよと言う方が無理というものだろう。だがそれでも私はどうにか不快な気持ちを抑えて、こんな時間に何か用かとたずねた。

「さよう、チャールズ卿」と男は答えた。「わしは書記が必要なのだ。ご覧のように、原稿をずっと睨んでいたせいで、眼が炎症を起こし充血してしまったのだ。といって雇うような金もなし、寛大なチャールズ卿ならば、同業のよしみで、わしの願いを無下にはすまいと思ったというわけさ。これからわしが口述することを、君なら一語一語書き取ってくれるだろう」

この臆面もない口上に、開いた口がふさがらなかった。唖然として言葉もなく座っている私の前に男はペンとインクと紙を並べ、ふたたび腰を下ろしてポケットからインクの染みだらけの原稿の束を引っぱり出した。

「準備はよろしいか、チャールズ卿」男は相変わらず落ち着き払った口調で言った。即刻出て行けと命じることもできたのだが、私の舌は何か得体の知れない力に忠誠を誓ったのか、我が意に反して、ためらいもせず「はい」と答えていた。と同時に、私の指はペンを握り、この不思議な訪問者の、さらに輪をかけて不思議な原稿が、よく通る声でゆっくりと一語一語読み上げられるのを、まるで機械のように書き綴る羽目になったのだ。それが以下の物語である。

第一章

アフリカの波乱に富んだ年代記を繙《ひもと》くとき、読者（特に若い読者）を惹き付けて離さない時代は、あの「崇高なる者」と称えられたエイドリアン皇帝(8)が覇権をふるった二十五年間である。輝ける征服の数々、史上最強の国家のさらなる拡大をめざす遠大な計画、それを立案・遂行した指導力、第一級の英知の結集、「地の最初の血潮から生まれ出て(9)」皇帝に育まれ、その治世に燦然たる輝きを添えて恩義に報いた天才たち、さらには比類なき皇帝の高潔な人格――かかるすべてが読者を魅了するあまり、皇帝の過ちはその栄光の陰でほとんど見過ごされてしまうのである。しかし罪はあった。隠された重大な罪が。この邪悪で情け容赦のない、尊大で性急で華麗にして高貴な暴君の一代記を読む者は、誰もが心から感謝するであろう。自分があの黄金と鋼鉄の時代のアフリカに生まれ合わせず、鍵をかけられた重い鎖に――たとえそれがぴかぴかに磨き上げられていたにせよ――繋がれることもなく、各々が葡萄や無花果《いちじく》の木の下(10)で安穏に暮らせる時代に生まれて来たことを。

この物語は一八五八年頃に幕を開ける。それはクォーシャ(11)との戦いも終結し、敗れた王の忠臣たちが惨《むご》たらしく処刑された直後のことである。エイドリアンは敵の王の首は刎《は》ねずにいた。この凶暴で野蛮ながらも勇猛で誇り高い英雄を生かしておいたのは、華麗な帝都への凱旋を飾るためであった。クォーシャは勝ち誇った征服者の行列とともに引き回される(12)という屈辱を、噂に違《たが》わぬ不屈の精神で耐えた後、鋭い斧を振り下ろされ断頭台を血で濡らした。かくして憎むべき敵は葬られたが、皇帝の名声には永久に消えることのない汚点が残された。確かにクォーシャには野蛮人ならではの悪徳が多く見られたものの、それなりの美徳もまた備わっていた。そのため慈悲をと嘆願する声も諸方から寄せられたが、皇帝はまるで聞く耳を持たなかった。憎しみの深さが知れよう。

クォーシャの処刑が行われた夏の日は穏やかに暮れ、エイドリアノポリス(13)の塔や寺院は沈みゆく夕陽に鮮やかに染め上げられていた。当時、絶頂を迎えていた壮大にして絢爛たる帝都には、運命が準備しつつあった滅亡の片鱗さえうかがわせるものはなかった。あの時期のエイドリアノポリスはまさに世界の都と見えた。だが都の壮麗さそのものが領土の膨張を示すものであり、予言者の眼には後世の廃墟が映っていたのかもしれない。

庭園の近くには豪邸が連なっていた。それらは大運河《グランド・カナル》の堤に沿って等間隔に建ち並び、それぞれの邸宅は高い木立に囲まれ一つ一つ独立していた。これらの邸宅は皇帝があまたの寵臣、中でも芸術家たちのために建てたものである。周知のように、皇帝は芸術への造詣が深く寛大な後援者であった。芸術を愛し、その精華とも言える詩においては、彼の華麗な作品が示しているように、優れた詩人でもあった。音楽や絵画や建築においても、その審美眼から熱心な奨励ぶりまで皇帝の右に出る者はなかった。これらの学芸に秀でた者たちは特別待遇を与えられ、誇り高い皇帝の側近く仕えることが許された。皇帝は自分の都合から彼らを手近に置くために豪邸を建て、それぞれに絵画や彫刻や詩や音楽の第一人者たちを住まわせたのである。

この物語はそうした大理石の館の一つで幕を開ける。ちなみに館の数が九つなのは、九人のミューズ神[14]にちなんだものである。

窓から射し込む穏やかな残照に包まれ、その部屋には高名な画家のアトリエらしく作品や画材が並んでいた。金色の額縁に入れられた絵、壁に立てかけられたままの未完の絵などが何点も並べられ、胸像や石膏の鋳型が置かれた台や卓の上には、ばらばらのスケッチ、版画、クレヨンや絵の具箱、モロッコ皮で装丁され小口に金を塗った書物などが雑然と積み上げられていた。部屋の片隅には木製の人体像[15]が両腕を広げて立ち、また別の隅には写生機[16]が置かれていた。画家は画架の大きな絵に筆を走らせていた。その絵は未完ながらも、生々しく真に迫る色彩で、命なきキャンバスから今にも跳び出してくるかと思わせた。

画家はがっしりとした体格で、年齢は四十歳ほどに見えた。ギリシャ風の彫りの深い古典的な顔立ちで、初対面では好感が持てるというよりも、むしろ個性的なという印象を与える。髪と眼は黒く、肌は浅黒かった。

彼の背後に、少し離れた窓際にもう一人の姿があった。貴族らしい長身の若者で、その面差《おもざ》しは大人の男性美の萌《きざ》しを予感させながらも、未だ少年の初々しさを留めていた。当時流行の華やかな衣装に身を包んでいたが、顔にはその若さに似合わぬ深い憂いの色が浮かんでいた。浅黄色の繻子の裏地を付けた細身の黒いヴェルヴェットのチョッキが、彼の姿を引き立てていた。腰に巻かれた幅広のベルトの黄金の留め具にはダイヤモンドが輝き、チョッキの胸元からは白絹のシャツがのぞき、首筋には太い黄金のネックレスが光っていた。同じ素材のズボンには、縫い目に沿ってあっさりとした金モールの刺繍が施されていた。傍らの椅子には、極上のヴェルヴェットの外套が掛けられていた。その深い紫紺の色は誰にでも許されるものではなく、この外套の持ち主が最高位の貴族である可能性を示していた。

傍らの格子窓は開かれ、彼はじっと戸外の風景に見入っていた。眼下になだらかな緑の芝地が広がり、そのはずれに丈高い木立が一列に並んでいた。その枝々はまるで鷲の羽根のように地面に向かって伸び、凪《な》いでいる大運河の水面に影を投げていた。運河は規則正しくかすかな水音をたてながら流れていた。木立の深い緑に隠れてその先は見えないはずであったが、一カ所、枝が伸びすぎないように刈り込んであり、そこからは燦々と陽を浴びた緑の丘陵が視界いっぱいに広がっていた。それはまるで広大な緑の海原で、点在する偉容な大樹はあたかも海に浮かぶ島々であった。鹿の群が憩う木陰も、そびえ立つ大樹のために夕暮れのような静謐に包まれていた。なだらかな丘陵が、その先の眺望をさえぎっていた。右手の奥にはきらめくカラバー川(17)の流れが望まれ、その岸辺に沿ってエイドリアノポリスの円柱や丸屋根が見えた。とは言っても、沈みゆく太陽の投げかける黄金の靄を通してうっすらと見えるだけであったが。こうした甘美な風景が穏やかな落陽に包まれたとき、深い物思いに耽っていた前述の若者はふと瞑想から醒めたようだった。

「美しい、じつに美しい！」賛嘆の声を上げた黒目がちな瞳には、それまで眠っていた炎が燃え上がりキラキラと輝いていた。「エティ[18]、これまで神の啓示など感じたことがなかった僕だけど、この夕暮れの景色を見ただけで詩人か画家になってしまいそうだよ。そうとも、あの荘厳な夕焼けを眼にし、銀の鈴のような流れを耳にし、この澄み切った空気のかぐわしい香りを嗅いで、それでも魂の底まで揺り動かされない人間なんているだろうか。風景や響きや香りが魔法のように五感を通してビンビン伝わってくるというのに」

「仰せのとおりです」画家は答え、画架を離れて窓辺に寄った。「今宵の夕映えは盲目の者にさえ、鮮やかな色彩が与える喜びが何たるものかを教えてくれるものと思われます。街に投げかけられた淡い光が、天上の光とじつに見事に調和しております」

「素晴らしい！」若者は繰り返した。「さあ、サー・フィリップ[19]、この贅沢な風景は満喫したから、今度は張り出し窓の方に行ってみよう。そこから見える風景はまさに〝対照[20]〟という言葉の格好の例じゃないかな」

二人は反対側の格子窓に向かった。その窓はまるで外の眺めを隠すかのように、黄色の絹のカーテンでしっかりと覆われていた。これを開くと広場が見下ろせた。陰気な高い建物に周囲をかこまれ、その向こうには大理石の街並みがどこまでも広がっていた。

広場の中央に黒い断頭台があり、辺りに撒《ま》かれたおがくずが血を吸っていた。断頭台の中心部に一本の高い柱が立てられ、その頂上に気味の悪い生首が晒されていた。広場も断頭台も周囲の家々の深い影に覆われ、一筋の光も射し込んではいなかった。頭上の空さえも夕映えから遠く離れ、西の空の燦然とした輝きとはきわめて対照的な、厳粛で重厚な色調を湛えていた。

「なるほど対照的ですね」フィリップ卿は一瞬黙した後に言った。返事はなかった。若者の眼は、血まみれの首の載《の》った柱に注がれていた。唇はキッと結ばれ、眼には残忍な喜びの色があった。「見るがいい」彼はようやく口を開いた。「あのならず者は報いを受けたのだ。あいつの反旗は二度とふたたびこのアフリカの風にたなびくことはあるまい。その最期の姿を眼にしても、僕の胸には恐怖も憐憫も湧いては来ない」

「まことに殿下のご本心でございますか」と画家がたずねた。

「いかにも」

「では、殿下、失礼ながら、今朝ほど兄君のアレグザンダー大公[21]がただ今の殿下と同じようなことを述べられた際に、なぜあれほど激しく反論なさったのですか」

「それは違うぞ、サー・フィリップ。アレグザンダーが言ったのは、僕の言葉と同じではない。あいつはクォーミナを絞首刑にすればよかったと言ったのだ。だが僕はそうは思わない。クォーミナは悪人だが、卑しい者ではない。それにしても、たとえレイヴンズウッド[22]が僕と同じことを言ったとしても、やはり反論はしただろうがね」

「なにゆえですか、殿下」

「あいつが嫌いだからさ。他の兄弟の誰よりもな。ジュリアス大公[23]は別として。あいつときたら、まったく虫酸が走る」

エティは溜め息をもらし、しばらく間《ま》をおいて言った。「畏れながら、殿下、私めには不思議でならないのです。殿下ほど瞑想と学問を好まれ、卓越した才能に恵まれ、教養を備えられたお方が、どうしてそれほど……」

「それほど嫌悪感を持つのか、と言いたいのだろう」若い貴族は微笑みながら、言葉を引き取った。「畏れるには及ばないさ、エティ。おまえの言うことなら腹は立たないから。でも、二十一歳の若者が四十歳の大人に、人間の本質について説くのも悪くはないだろう。古代の伝承や古典を読み耽っていた者は、埃まみれの古文書や虫食いだらけの羊皮紙に心血を注ぐあまり、友を愛し敵を憎む情熱は残されていないと、おまえは思うのか。もしそうなら、とんだ間違いだ。天上の偉大な知の泉からこの地上へと注ぐささやかな流れのすべてが、善悪を知る知恵の樹[24]が人の心に撒いた一粒の種を枯らす力を持つわけではないのだ。たとえ読み書きを習わなかったとしても、それでも僕はレイヴンズウッドを憎んでいただろう。これほど洗練された憎悪ではないまでも」

「で、殿下は目下のところ」この話題をあまり好まないらしいエティは、急に話題を変えた。「静かなる学問と、より行動的な戦《いくさ》というものをご経験なさいましたが、どちらがお気に召しましたか」

「わからないな」と彼は答えた。「初恋の相手は文学だが、ベローナ[25]も負けず劣らず気高く美しい花嫁だから。だがベローナが最も素晴らしいのは、華々しい勝利のときではない。果てしない砂漠の行軍と侘びしい野営こそ、僕を惹き付けてやまないのだ。石を枕に月を常夜灯にして眠れぬ夜を過ごすとき、僕は一度として望郷の念に駆られたことはなかった。どんなに人恋しい時刻でも、母や妹の面影が悲し気に浮かんだことなどなかった。僕は幸せだった。言い知れぬほど。粛々と戦いの準備をしているとき、他の者たちは、勇者ですら青ざめて震えているのに、僕は意気揚々としていたのだ。「戦い終わりて、勝利を手にせし時」[26]こそ、僕は意気消沈したものだった。僕のそんな様子に気がついたレイヴンズウッドが、かつて皇帝のおられる前で、戦が恐くて怖じ気づいたかとからかったことがあった。答えるのも汚らわしいと思ったのだが、大公はさも軽蔑したように唇をねじ曲げ、スタンリーは意地悪くにやりとし、シーモア[27]も冷笑し、父上までがあの連中にではなく、僕を見て眉をひそめたのだ。だが翌日、僕はお返しをさせてもらった。身の丈七フィートもありそうな大男の黒人が二輪戦車《チャリオット》で父上を追いつめ、あわやというとき、僕は男と父上のあいだに割って入り、お命を救ったのだ。すぐその後で、息子たち全員が父上と並んで馬を疾駆させたとき、父上は僕のことを勇敢にして雄々しいパーシーと呼んだ。そのときのあの無礼な連中の顔を見せてやりたかったぞ。ジュリアス大公ときたら、馬の脇腹に思い切り拍車をめり込ませ、まるで嫉妬の悪魔の一撃を受けて気が触れたかのように走り去って行ったものだ。だが、待てよ」彼は急に我に返った。「誰だ、あれは。断頭台の周りをうろついている者がいる。何人《なんぴと》も近づいてはならん、という父上のお達しが出ているのに。どうやら女らしい。何をしようというのか。エティ、眼を離さない方がいいようだな」

こう言っているあいだに、女の姿が眼下の広場に現れ、ほの暗い黄昏《たそがれ》の中を断頭台に忍び寄った。辺りは昇ったばかりの月の光に照らされていた。彼女は不気味な柱の前に来ると、突然、平伏するように敷石に身を投げ、そのままじっと動かなかった。

「来るんだ、サー・フィリップ」若き貴族は外套を手に取り、声をかけた。「あの奇妙な女が何者なのか知りたい」

エティは無言で従い、二人は広場へと降りて行った。足音に気づいて、女はハッとして起き上がった。眼に涙が溢れているのが月明かりの中で見えた。

「娘よ、おまえは何者だ。名は何という」と大公が声をかけた。

「わたくしはエイドリアノポリスの者ではございません」と女、と言うより少女は――明らかに若い娘だった――礼儀正しい口調ながらも素っ気なく答えた。「それゆえ、名前を申し上げましても、こちらではどなたもご存知ないでしょう」こう言って彼女は立ち去ろうとしたが、大公は彼女の腕をそっと取って引き留めた。

「そう急がずともよい」と彼は言った。「このような惨たらしい光景にひどく興味があるように見えたが、まずその理由を聞こう。何ゆえ断頭台の前にひざまずいたのか」

「わたくしがひざまずきましたのは」と彼女は答えながら、まるで毒蛇でも振り払うかのように大公の手を振りほどいた。「ひざまずいて、この世でかくも悲惨な運命を辿った者に魔神《ジン》(28)のお慈悲をお祈りしていたのです」

「では何ゆえ泣いていた？」

「人類の不幸、とりわけ眼の前の人間の不幸に涙していたのです」

「慈悲深いことだな、美しい娘よ。それにしても、何のためにわざわざこの広場にやって来たのだ」

「生活のためでございます、旦那さま方」物腰から声の調子まで、がらりと変わっていた。「ギターを爪弾きますゆえ、どうかお耳をご拝借願えませんでしょうか」

二人が応じると、娘は紐で首から提げていた楽器を手に取り、哀調を帯びた静かな曲を奏でた。雅びで巧みな演奏であった。

「見事だ」曲が終わると、公爵が言った。「聞き覚えのある調べだが、どこでだったか思い出せない。褒美《ほうび》をやろう、美しい歌姫よ。そして今夜は、ぜひこの紳士の館でやすむがよい。エティ、夜も更けたから、この娘を泊めてやってはくれぬか」

「もちろんでございます。殿下がおっしゃらなければ、私の方から申し出ようと思っておりました。お嬢さん、それでよろしいか」

「ありがとうございます」と娘は答えた。「今宵は行く当てがございませんでしたので」

フィリップ卿は公爵に慇懃に挨拶をし、若い預かり人を連れて屋敷へと向かった。

「先ほどの方は、皇帝陛下の御次男、エイドリアン・パーシー・ウェルズリー大公様ではありませんか」アトリエの隣の小綺麗な部屋に案内された娘は、画家に問いかけた。

「いかにも。以前に殿下をお見かけしたことがおありか、お嬢さん」

「はい、一度か二度。五人のご兄弟とご一緒のところを。それで、ご親切なあなた様のお名前は」

「準男爵のフィリップ・エティと申します。こちらは名乗ったのですから、歓迎する美しいお客人の名前をお聞かせいただけますかな」

「これほどお世話になった方に、そんな簡単なことすらお断りしては、礼儀知らずと言われましょう。それではゾレイダ[29]とお呼びくださいませ」と令嬢は答えた。彼女が高貴な人であることは明らかだった。そう言いながら、彼女は暖炉の脇の椅子に優雅に腰を下ろし、両手をこめかみに当てて前屈《かが》みになった。考え事をしているその様子から、これ以上言葉を交わす意志のないことが読み取れた。

奥ゆかしいエティはその気持ちを察し、無言で彼女に対して座った。眼の前の人物を凝視するうちに、彼の顔に深い不安の表情が萌してきた。そのうら若い歌姫の体型、服装、容姿は、行きずりの人でさえ眼を奪われずにはいられないもので、まして人体の究極の美を求めんとする芸術家であれば、なおいっそう心惹かれたのであった。

娘は人並みよりやや上背があり、均整の取れた体軀で、じつに愛らしい顔立ちだった。ここかしこと旅に明け暮れる日々のゆえか、きめ細かな滑らかな肌は小麦色で、それが顔立ちの品位を失わせるどころかいっそう引き立てていた。身にまとった絹のチュニック[30]は、雉の羽根に似て光の変化に応じて七色に変わった。チュニックの留め金が喉元まで掛けられていたが、ちらりとのぞいた首筋は抜けるように白かった。陽に焼けた頬や額からは想像もできないほどだった。髪も眼も漆黒で、豊かな髪はこめかみのところで束ねて巻かれていた。チュニックと共布のターバンをかぶり、仕上げに金のネックレスと腕輪をはめていた。その服装からは、しがない旅の歌姫どころか、かなり高貴な身分と推察された。

しばらく彼女を見つめていたエティが、深い溜め息をついて立ち上がった。あれこれ考えてもこれという結論には達しなかったようで、彼はゆっくりと部屋を歩き回り始めた。やがてゾレイダの椅子の傍らで足を止め、ふたたび話しかけた。

「お嬢さん」と彼は切り出した。「私にはわかりますよ、あなたは決して歌姫などではありませんね。お会いしたばかりの方に立ち入ったことを聞くのは失礼とは思うのだが、ちと事情を話してはいただけませぬか」

「申し訳ありませんが」と娘は頬をさっと赤らめて答えた。「今はお話しする時期ではございません。今宵は一夜の宿を与えていただき感謝しております。どうか、重ねておたずねになって、せっかくのご親切を無になされませんように」

人の世話になろうというのに高慢な態度をちらつかせる、この美貌だが小生意気な娘にフィリップ卿はいささかむっとした。しかし喉まで出かかった言葉を飲み込んで、こうつづけた。「今宵はあまりお話しなさりたい気分ではなさそうなので、この辺で退散いたしましょう。ではまた明日」そう言うと、彼はドアを閉めて立ち去った。

その晩から一週間後、ゾレイダはまだ画家の館に滞在していた。エイドリアン大公の命令で留められていたのである。こうした専制君主の時代には王族の希望は法律だったのだ。この幽閉に娘は黙って耐え、彼女の特徴でもある短気な性格もほとんど顔を出さなかった。彼女と一つ屋根の下で過ごすうちに、エティは次第に好意を持つようになり、彼女の方も素性については相変わらず口を閉ざしたままだったが、エティに対しては率直で打ち解けた態度を見せるようになった。

ところが大公の前では（毎晩決まってフィリップ卿を訪れるのだ）、彼女の顔からはいつもの生き生きとした笑顔が消え、代わって暗い影が射すのだった。大公が彼女に何気なくお世辞や賛辞を送っても、彼女はけんもほろろな態度だった。わざとらしい媚びを売るどころか、むしろ嫌悪感をようやく抑えているといった感じだった。若くハンサムな王子は明らかに彼女にすっかり魅了されていたのだが、彼がいつもより多少でも積極的な態度を見せようものなら、思わず嫌悪感が言葉になって溢れ出すのではないかと危ぶまれたほどであった。

ある日の午後、エイドリアンは十三、四歳くらいの上品な少女を連れて、いつもより早目にやって来た。その少女の色白の広い額とくっきりした目鼻立ちは大公に似ていて、二人がきわめて近い関係——すなわち兄妹であることを示していた。

エティは立ち上がって深々とお辞儀をし、少女を部屋の上座へ導いた。「イエーネ王女様[31]、かようなむさ苦しき所へわざわざのお越しとは、いかなるご用でございましょうか」

「ほんの気まぐれです」王女は小さな白い手をそっと優雅に差し出しながら答えた。その仕草にも血筋の高貴さが現れていた。「サー・フィリップ、エイドリアンの話ではお宅にギターの名手がおられるそうですね。これまでわたくしが聴いたことがないほどの腕前で、あのレディー・エレン・グレンヴイル(32)さえ凌ぐほどだそうね。ですから自分の耳で確かめようと思い、午後の散歩がてら庭園を抜けて参りましたの。その方を呼んでくださる？　一つ聴いてみたいわ」

「ここにおります。何なりとお申し付けを」と、部屋の隅に控えていたゾレイダが首からギターを提げて進み出た。

　うら若い王女はしばらくゾレイダをじっと見つめていたが、気に入ったようだった。にっこりと微笑んで娘に腰を下ろすように言い、その音楽の才を披露するよう所望した。

　美しい歌姫が奏でたいくつかの曲は、以前と同じように物悲しいメロディーのものが多かった。実際、その声は深みのある落ち着いた音色だが力強さには欠けていたので、明るい生き生きとした曲を歌ったとしても、こうした哀調を帯びた旋律のように甘美には響かなかったことだろう。

「素晴らしい、とても素晴らしいわ」演奏が終わると、イエーネが言った。「そなたの声だけでなく、姿も気に入りました。付いて来るがよい。わたくしの首席侍女にしましょう。よろしいですね」

「仰せのままに」とゾレイダは震える声で低く答えた。興奮している様子で、頬が火照り眼はきらきらと輝いてた。

「かしこまりました。やんごとなきお方の思し召しをお断りするなど、畏れ多いことでございます」

「では来るがよい」王女は答えた。「さっそく出かけましょう。母上様とレディー・エレンに掘り出し物を早くお見せしたいから。エイドリアン、何が可笑しいの。この娘はわたくしのものではなくて？」

「今のところはね」大公は意味ありげに短く答えた。三人はエティの見送りを受けて玄関の間まで下がり、宮廷の馬車に乗り込むと早々に走り去った。

第二章

今は廃墟と化したエイドリアノポリスのかつての繁栄を偲ばせるものは、寺院や公共の建造物を除けば、ノーサンガーランド・ハウス[33]の柱の残骸で、これほど見る者の目を引く光景はないだろう。この館のかつての主の名を耳にすれば、諸国の民は未だに震え上がるのだ。そしてもし、この屋根の抜け落ちた寒々とした廃墟が、今日もなお見る者を驚嘆させるとすれば、贅を尽くし粋を凝らして装飾された往時の館の豪華さはいかばかりであったろう。

絢爛たる広間をご案内するあいだ、読者には口を閉ざしていただきたい。そこにはむせ返るほどに芳香が漂い、それに酔いしれた者は魂を抜かれ、自由を奪われ奴隷と化してしまうからである。本章はこの館の居間で幕を開ける。その部屋も他に劣らぬ贅沢なしつらえであった。そこに一人の婦人が座っている。長身の堂々とした婦人で、その威厳のある風采は加齢によって失われるどころか、かえって魅力を増していた。年齢は五十に手が届こうかというところだが、白いもの一筋すら見えない黒々とした髪、きらきらと輝く瞳、上品な丸みを帯びた体つき、背筋がピンと伸びた立ち姿からも、この女性は美貌の敵である「時」の攻撃をあくまで撥《は》ねつけていることがうかがわれる。ヴェルヴェットの豪華な衣装には、伯爵位を買えるほどの宝石が飾られていた。肉付きの良い優雅な曲線をなす腕を、傍らの大判の書物に置いていた。古典語、すなわちギリシャ語で書かれたその本は、彼女がそれを読み解ける学識の持ち主であることを暗示していた。しかし今、ノーサンガーランド公爵夫人[34]（この女性はまさしく公爵夫人であったのだ）は、学問にいそしんではいなかった。その足下には、前章で紹介した王子と外見的にはそっくりの若者が寄りかかっていた。長身で身なりの立派なことから、黒目がちの瞳から豊かな巻き毛や顔立ちまでほとんど瓜二つであったが、それでいながら違いがあった。それは二人の表情である。エイドリアンの額には憂いの雲がかかっていた。時に暗く内にこもることもあれば、また時には気が晴れて微笑みを浮かべることもあったが、ほとんどの場合、憂いに沈んだ表情をしていた。これに対してアレグザンダーは眼光鋭く不敵な笑いを浮かべ、油断のならない皮肉な表情で、憂愁などといった軟弱さはみじんも見られなかった。エイドリアンの眼差しの奥深くには、イタリア人の憎悪やインド人の復讐心を思わせる険しさが宿っていたが、それは挑発されないかぎり、静かに眠ったままで、何事もなければ穏やかな表情を湛えたままだろう。

アレグザンダーはといえば、いつでもどこでも機会あらば悪事に手を染めようと待ちかまえていた。機会が与えられなければ、みずから事を起こすことも厭わない人物のように見えた。人生そのものを嘲笑うかのように形の良い唇をねじ曲げていたが、それは意識的な仕草ではなく無意識のうちに表れてしまうのだった。心の内がまるで鏡のように表情に映し出されようとは、本人は夢にも思っていないようだった。というのも彼がその巻き毛の美しい頭を公爵夫人の膝にのせ、夫人の優しい愛撫を喜ぶというより、むしろ我慢しているあいだも、彼の顔には相変わらず、といって変えようもないのだが、忌々しげな表情が浮かんでいたのだから。

「アレグザンダー」と夫人は、彼の形の良い額の巻き毛をかき分けながら話しかけた。「顔はお父上にそっくりだこと。でも雰囲気はまるっきり違う。どうもそなたのぎらぎらとした眼は、ウェルズリー家よりもパーシー家譲りのようだわね」

「そうでしょうね」王子は答えた。「けれども、お祖母さま、父上はよく言っていますよ。お祖母さまもご存知の、例の謎めいた笑みを浮かべてね。自分は汚れない神聖な家系の出自ではない。もしそういう血筋なら、息子たちはもっと素直で大人しい子どもたちだったろう、って。ですから僕が陰気であっても快活であっても、どちらも父上の責任というわけですよ」

「そなたは父上を愛していますか」間をおいて公爵夫人は訊いた。

「愛しているか、ですって？」茶化すような声が返ってきた。「いいえ。お祖母さま。でも畏れ敬ってはいますよ。その方がずっといいでしょう」

「で、母上の方はどうなの」

「ええ、愛している、と思います。それにイエーネも。パーシー、シーモア、スタンリー、モーニントン[35]、そしてお祖母さまのお気に入りで、ハーマイオニー[36]の崇拝する兄の大公もね。彼の名が最後になりましたが、決して軽視しているわけではありませんよ。でもね、彼らが僕の愛だけを頼りに歩いているのだとしたら、その覚つかない足許を、ぜひ魔神にお守りいただきたいものですね。それにしても」と、彼は落ち着かない様子で夫人の膝から頭を起こしてつづけた。「お祖父さまはいったいどちらにおいでなのですか。僕が会いたがっていることは、お伝えいただけましたよね」

「伝えましたとも、アレグザンダー。今朝はずいぶん差し迫ったご用のようね。いったい何なの？」

「いいえ、つまらないことですよ。お祖父さまの右腕をほんの二、三日お借りしたいのです。つまらないことでも、あの男ほど頼りになる者は他にはおりません。おや、控えの間に足音が聞こえます。おいでのようです」

まさにその瞬間、ドアが開いた。現れた人物の印象的な姿は、その描写に一節を費やすに値するだろう。

痩せぎすの背の高い男で、腰がわずかに曲がっていたが、それは年齢というよりも体力の衰えのためと思われた。なぜなら、そのとび色の頭髪はかなり薄くなっていたものの、わずかに残る鬢《びん》のあたりの巻き毛には一筋の白髪も見えなかったからである。秀でた額はきれいに禿げ上がり、まるで雪花《アラバ》石膏《スター》のようにしわ一つなくてらてらと輝いていた。炯々《けいけい》たる眼光、彫りの深い整った容貌には老顔の醜く深いしわなど見られず、身体全体から貴族らしい威厳と、紳士らしい洗練された優雅さがにじみ出ていた。それは幾多の戦いを経ても失われてはいなかった。

この人物こそ、齢《よわい》六十のノーサンガーランド公爵アレグザンダー(37)である。かの華麗なる暴君を見事に補佐する首相にして、帝国においては皇帝に次ぐ地位にあった。皇帝の息子たちの祖父であり、先述の王子の顔立ちが誰から受け継がれたものか、今や明らかである。偉大な原形がそこにいた。微笑、眼差し、顔の輪郭全体が、たんに外見だけでなく雰囲気もそっくりであった。ただ一方にはみずみずしい若さが溢れ、他方には年輪を重ねた風格が漂っているが。

「おや、レイヴンズウッド」公爵はくつろいでいる王子に皮肉な一瞥をくれながら言った。「文学の愉しみを教わっているのか。そなたの父上もよくそのようにしていた。二十年も前になるがな。まさしくそんな格好でゼノビアの脚にもたれているのを見て、わしは心底腹立たしく思ったものだ」

「いいえ、違いますよ。僕はヘリコーン[38]の泉は一人で飲みます。人前ではご免です。ましてその杯を女性の手から受けるなど、過去、現在、未来もあり得ませんね。そんなことはパーシーと、ご立派な大公に譲ります。彼にぞっこんなハーマイオニーが、やれホメロスの雷だ、やれピンダロスの稲妻だと披瀝し[39]、おまけに歯の浮くようなお世辞を混ぜ合わせれば、あの大公はうっとりと何時間でも聞き惚れているでしょうよ」

「黙れ！　ハーマイオニーのことをとやかく言うでない。わしの見るかぎり、相手の男もまずまずではないか。それはとにかく、今朝は何の用なのだ？」

「よろしければズデス[40]をほんの二、三日お貸しいただきたいと思いまして。あいつの技が必要な、ちょっとした用事がありまして」

「ズデスが要り用とは、レイヴンズウッド、いったい何を企んでおる」

「いいえ、ご懸念なく、お祖父さま。ちょっとからかってみるだけですよ。血も流れません、今のところは。それでどうなるかは、予言者でない身には何も申し上げられませんが」

「皇帝の御不興を買うようなことはないだろうな。もしそんなことなら、この件は断るぞ。前回はそなたの不始末で、危うく、わしまで陛下のお叱りを受けるところだった。わしはもう、そなたのような軽はずみな悪戯小僧のもめごとに巻き込まれるのは真っ平だからな」

「誓いますよ、今度はうるさい取り立て屋を運河に放り込むようなこととは断じて違いますから。万が一、陛下のお耳に入るようなことがあっても、きっと笑って済ませてくださいますよ。それに、とにかく事が漏れることのないよう、充分注意いたします」

「よかろう、ではズデスを貸してやろう。だが、あいつは今、わしのちょっとした用事で夕方まで不在じゃ」独特の笑みが浮かんだ。アレグザンダーもまた独特の笑みでそれに応えた。

「お祖父さまのご用に支障のないようにさせていただきます。それでは夕方にいたしましょう。あいつにお伝え願えますか。宮殿の僕の部屋の通用門を叩けば、ネッド・シェイヴァー(41)が中に入れるようにしておくと」

「わかった」ノーサンガーランドが答えた。

アレグザンダーは公爵と夫人に丁寧に頭を下げ、「では、失礼いたします」と会釈して去った。

さて次に、同じ日の夕方、サリマン宮殿(42)の一室に座っている王子の姿をお目にかけよう。傍らのテーブルにはデカンターとグラスが一、二個置かれ、向かいの椅子に小柄な老人がかけていた。その身なりたるや、部屋のきらびやかさとはまったく対照的だった。着古した粗末な茶色の上着に、長靴下は踵までずり落ちて、今日では木靴と呼ばれているような厚底の靴をはき、フェルト帽子のてっぺんには穴が開いて、およそ王子たちの居間でお目にかかれるような服装ではなかった。この男の面相もその服装に相応しく、痩せこけてしわがより、眼はただれ、人間がここまで醜くなれるものかと思われるほどだった。醜悪な狒狒《ひひ》の顔だと言っても通っただろう。手近のグラスをときおり口に運ぶ際の不器用な仕草もまた、その老人が狒狒に喩えられることを裏付けていた。そしてとうとう彼が口を開くに至っては、その嗄《しわが》れた不自然な音声は人間の声というより、猿が言葉をしゃべれるなら発するであろう音のように響いた。

「殿下」彼は言った。「このところ、次から次へと仕事が舞い込みありがたいことです。今日も一日じゅう、ご主人様のご用を果たしておりましたが、今度はお孫さんのお召しで、さっそく今夜の仕事を仰せつかるというわけでございます」

「そういうわけでもないのだ、ズデス。そう先走るな。おまえに少しばかり事情を話しておきたいと思っただけなのだ。まだ動き出す時節ではない」

「で、いかなる事情ですかな。しかしその前に、ワインでもブランデーでもお一ついかがですか。お口も湿さずにそこにおかけになっているのを見るのは、胸につかえまする。たいがいのことはお祖父さまそっくりでいらっしゃるのに、酒となりますと残念なことに、からきしいけませんな。揺りかごから乳母の足下まで駆けて行けるようになられました頃から、是非、お祖父さまのようになっていただきたいとお世話をして参りましたのに」

「ズデス、何をつまらんことを。あえて飲まないのだ。いったん口にしたら、終わりを知らぬからな。それに酔っぱらっているところを皇帝に見られでもしてみろ。たった一度でも、よくて宮殿からの追放だ。そして、お許しがいつになるかわかったものではない」

「それは、それは」ズデスはなみなみと注いだグラスを一口で飲み干し、袖で口元を拭った。「時を待つとしますか。そのうちに他の事柄と同様、お酒もゆっくり嗜んでいただけるようにいたしましょう。考えてみれば、ノーサンガーランド様もあなた様ぐらいの頃は、やはりお召し上がりにならなかったものです。それがお歳を召すにつれて、ほどほどに飲まれるようになりましたから、殿下もきっとそうおなりでございましょうよ」

「賢明なるズデスよ、生まれと時代がいかに人を育てるか誰にもわからぬ。それより、眼の前の一件を片づけよう。おまえも知ってのとおり、アフリカの王座を支える我ら六人の王子たちの互いに対する情愛は、おまえの尽力と我われの生得の気質もあって、いざとなれば目にも留まらぬ塵のごとく消し飛ぶだろう。こうして十把一絡げに批判するときも、チャールズ・シーモアとエドワード・モーニントンの兄弟愛は別の話となるかな。二人とも頭脳も体力も貧弱なところから気が合うのか、たいがいの場合、一緒に行動するだろう。だが他の連中、つまりアレグザンダー・レイヴンズウッド、エイドリアン・パーシー、オーガスタス・スタンリー、中でもあの気位の高い憎むべきアーサー・ジュリアス大公ときたら。ズデスよ、そんな我われを結びつけている愛着が、いかに強く優しいものか、わかるな。真綿にくるまれた鋼鉄の鎖さながらだ」

「承知いたしております」ズデスはにやにやと笑いながら答えた。「ではアレグザンダー様、ようやく」

（と、テーブルに身を乗り出して）「ご兄弟のお一人に関するご用命ですか」

「いや、違う」王子はきっぱりと言った。

ズデスは一瞬、顔を曇らせたが、思い直して言った。「では今回はお父上、つまり皇帝陛下に関するご命令でございますか。おやりなさい、是非とも、大公さま。陛下は充分に長生きをなさいましたよ。この春には四十一歳になられました。お祖父さまがお亡くなりになったのは四十でしたからね。お命じください。うまくやってご覧に入れます、こっそりと。やらせてくだされ、お願いです、お頼み申します」懇願するあまり、老人は床を転げ回って「ぜひ、ぜひ」と耳障りな声を張り上げて喚《わめ》いた。

「ならば、これでも喰らえ」と、アレグザンダー大公は椅子から立ち上がり、無言でズデスの頭を踏みつけた。長靴の踵で何度も激しく。頭蓋骨が砕け散らなかったのが奇跡と思えるくらい強く。ようやく老人はおとなしくなった。

「さあ、立つんだ」レイヴンズウッドが言った。「しつこいのも時と場所を考えろ」

老人は起き上がって、何か不満そうにぶつぶつと言いながら元の椅子に座った。王子も先ほどの席に戻り、しばし間を置いて、こうした場面は珍しくもないのか、落ち着き払って言った。

「ズデスよ」と声をかけた。「計画の中身を話すあいだ、ブランディーでも飲んで傷を癒せ。ぐいっと一杯あおるがいい。さあ、話に入るぞ。パーシーと僕は双子の兄弟だ。したがって二人は一段と仲が良いはずだが、実際には強い愛情が生まれるどころか嫌悪感が増すばかりだ。それはお前も知ってのとおりさ。あいつは僕のことを心底嫌っているが、こちらも同じくらいあいつを憎んでいる。そういう具合だから、二、三日前に、あいつに一泡吹かせてやるチャンスがあることを知って小躍りした、と言っても不思議ではないだろう。ズデス、ちょっと待っていろ。すぐに戻るからな。一泡吹かすとはどういうことか、見せてやる」こう言うと、王子はテーブルからろうそくを手に部屋を出て、一〇分もしないうちに戻って来た。

「忠実なるロバートよ、ついて来るがよい。いい頃合いだ。これで謎が解けるだろう。だがまず、その靴を脱ぐんだ。これから行く所は聖なる場所だからな[43]」

ズデスは命令に従って無言で重い木靴を脱ぎ、若い王子の後から薄暗く長い通路を進んだ。それはどうやら宮廷の華やかな一角へとつづく裏路のようだった。やがて二人は掛け金をかけただけの潜《くぐ》り戸の前に来た。レイヴンズウッドがこれを開けると、そこは天井の高い円形の大広間だった。洗練されたギリシャ様式の純白の部屋は、周囲のおびただしい数の銀製ランプの灯《あか》りで、まるで真昼のように明るく照らし出されていた。柔らかく明るいその炎は、磨き抜かれた大理石の柱と床に照り映えて、一つ一つのランプを支える優雅な彫像に神秘的な生命を与えていた。

この大広間の壁はコリント様式の柱でいくつもの区画に仕切られ、その一つ一つに付いている古典様式の優雅な扉が見える。それぞれの扉がメアリー・ヘンリエッタ王妃[44]やイエーネ王女に仕える侍女たちの部屋に通じ、雨天で戸外に出られないときなどに女たちが気晴らしをする場所であった。今はひっそりと静まり返っていたが、ときおり扉の向こうの娯楽室から快活な笑い声や楽器の音が洩れ、すぐそこに生きた人間が、それもおそらく幸せな人間たちがいることを教えていた。

アレグザンダーは唇に指を当て、足音を忍ばせて大広間を横切り、わずかに開いた扉へと連れを導いた。アレグザンダーがそれを開けると、マット敷きの控えの間が現れた。突き当たりに大理石の階段が一、二段あって、苦もなく次の部屋へと行けるようになっていた。それは部屋というより、深紅のヴェルヴェットの厚いカーテンに仕切られた小区画であった。中から声を潜めて熱心に話している声がはっきりと聞こえてきた。

「ズデス」と王子は聞こえるか聞こえないかの声でそっと囁いた。「鷹の眼と猫の足を持つのだ。ほんのちょっとでも声を出したり、足音を立てたりしたら、この計画はおしまいだぞ」

こう言うと王子はカーテンに歩み寄り、厚い襞《ひだ》のあいだの二つの隙間を指さした。その一方にズデスを行かせ、自分はもう一つの隙間の前に膝をついた。彼らの眼に映ったのは、高級な家具の置かれた娯楽室であった。琥珀色のガラスの笠の付いたシャンデリアが灯《とも》り、赤々と燃える暖炉の火で、とりわけ心地良さそうに見えた。この快い情景に彩りを与えている人間たちの姿が光の中に浮かび上がっていた。その数は二人であった。一人は高貴な身分の婦人で、眩しいほど初々しく美しい女性で、見事な衣装をまとい花柄の繻子のクッションに優雅にその身を預けていた。澄んだ黒い瞳はじっと相手に注がれていた。それは男性で、彼女とはまた異質の秀麗さを持っていた。彼はいらいらと部屋の中を歩き回り、その紅潮した頬や眉をひそめた様子、せわしげな歩調から、それまでの何事かに立腹し、まだ怒りが収まらないというように見えた。

「ゾレイダ」と、彼は突然足を止めて言った。「きみの心はなんて頑《かたくな》で冷たいのだ。きっと石でできているのだろう。もし女性が僕に対して、今夜の僕のように哀願したら……」

「殿下はきっと蔑《さげす》んで撥ねつけたことでしょう」と婦人はさえぎった。「でも、わたくしは丁重にお断りしただけですわ。わたくしにはとうていお受けする意志も勇気もございませんもの」

「なぜなのだ。これほど心から愛している男をなぜ嫌うのか、理由は何なのだ?」

「何をおっしゃるのです。アフリカの王子、エイドリアン皇帝の息子よ! 昨日申し上げたばかりではありませんか。結婚には、わたくしの血筋が妨げになるということを」

「いや、ゾレイダ。少なくとも僕にはそう思えない。妻の両親などどうでもよいことだ。妻となる女性が、きみのように完璧な知性と肉体さえ持っていれば」

「でも皇帝は、わたくしが誰の娘かご存知の上で結婚をお許しになるでしょうか」

「なられまい。しかし秘密の結婚ならば、面倒なことはすべて避けられるはずだ」

「それは嫌でございます。正式な結婚であってもお断りいたします。エイドリアンさま、わたくしの一族の血は、あなたの一族の血と混じり合ってはならないのです。二つの血筋は決して溶け合うことはないのです。そのような呪われた結婚は、親族のあいだに血で血を洗う争いを生み、やがて神々の怒りが、ウェルズリーの家名をこの地上から抹消することになるでしょう」

「ゾレイダ、僕はどんな破局も恐れはしない」と、王子は笑みを浮かべながら答えた。「あまりのこだわりが、ありもしないことを想像させるのだ。反対の理由はそれだけか。それさえ片づけば僕を愛してくれるのだね」

「殿下、架空のお話に返事のしようがございません。今、予想できる状況の中で、いかに行動すべきか決めるだけで精一杯です。今はただ、あなたのお父君ゆえに、あなたを避けているのです」

「それでは僕のことをどう思っているのか」

ゾレイダはこのきわどい質問に少し戸惑ったかのように蒼ざめ、視線を落とした。だがこれも一瞬だった。すぐに視線を返すと、冷ややかな軽蔑の眼差しで、「あなたも嫌いです。有毒なウパスの樹(45)は、その枝々が大きな影を落とす所はどこであれ、一族の没落と国家の破滅を招いてきたのです。ですからその枝は、たとえ幹ほどでなくとも、わたくしには厭わしいものなのです」と答えた。

「黙れ、愚かな」王子がさえぎった。「自分の立場を忘れたのか。おまえの言葉に激昂する者たちの屋敷にいるのだぞ。おまえの運命はその者たちの手に握られているのだ。命は取られないまでも、代わりに自由を奪われるだろう」

「殿下には分別を教えていただきました。仰せに従って、今宵はこれ以降ずっと口を閉ざしていることにいたします」と彼女は答え、頬杖をついてまるで無表情になった。

「強情者め！」王子が叫んだ「僕がこうして毎晩、頭を下げて頼んでいるのに、きみはまるで彫像のように聞く耳を持とうとしない。だがエイドリアンの息子はどんなに退けられても諦めない。今夜はこれで帰るが、明日は嫌とは言わせないぞ」

こう言って彼は秘密の扉から去った。

「さあ」アレグザンダーは、連れと一緒に立ち上がって言った。「パーシーをどう思うか。なかなか隅に置けぬ奴だろう」

「まあまあですな」とズデスが答えた。「で、これをどう料理なさるおつもりで？」

「邪魔をするのさ」と答えた王子の眼は怪しく光っていた。「ロバート、これがうまく行けば、しばらくは気晴らしになるだろう」

「ふむ」老人は鼻を鳴らし「ですが、あの娘はなかなかの跳ねっ返りのようですから、殿下もあのお方と同じようにあしらわれやしませんかね」

「馬鹿を言うな、ズデス。おまえは女心がまるでわかっていない。あの娘はうわべは冷たい態度を装っているが、心はすっかり奪われているのだ。エイドリアンの眼の輝きやアンティノウス[46]のような巻き毛、それに王子らしい物腰にな。僕は少なくとも外見ではあいつにひけは取らないし、頭は僕の方が上だとお祖父さまは言っている。焦らず時を待ち機転をきかせれば、あとはうまくいくさ」

「ですが」ズデスは焦《じ》れて、「この件で手前は何をいたしますのか、まだ伺っておりません。手前の役割といったら、恋文の使い走りでしょうか。そういうことなら、この件から手を引かせていただきまする。そいつは手前の専門ではございませんので」

「待て、おいぼれめ。おまえには別の仕事だ。作戦を開始する前に、あの娘にはパーシーの元から僕の所に移ってもらわねば。だが待てよ！　こんな所で作戦を披露するわけにはいかない。ついて来い。僕の部屋に行くんだ。そこなら邪魔が入る気遣いはない」

二人は来たときと同じように抜き足差し足、その円形の大広間から出て行った。さて我々は今は二人の後は追わずに、この物語に関わる他の情景に眼を転ずることにしよう。

第三章

「ねえ、レディー・エレン」イエーネ王女は家庭教師の、あの高名なグレンヴィル侯爵家の令嬢に声をかけた。「今夜は遊び相手が誰もいないようだわ。いつもなら陛下と一時間はご一緒するのに、インドの間でお仕事なのよ。お祖父さまやミスター・ウォーナー[47]、モウナ伯爵[48]、それに州知事たちが二、三人来ているわ。ジュリアスもその席に顔を出すので遊べないと言っているし。ハーマイオニーはノーサンガーランド・ハウスに行って留守。エイドリアンときたら憂鬱な顔をして学問ばかり、アレグザンダーは外出中で、召使いも行き先を知らないのよ。オーガスタスには先約があって、残念ながらご一緒できませんて断ってきたわ。チャールズとエドワードは狩りで丘陵に出かけているし。お供はカースルレイの息子[49]に、ソーントン公爵[50]、シドニー卿[51]、その他一ダースといったところよ。フィディーナ公爵[52]は」と言ったところで、イエーネは深い溜め息をついた。「昨日、お父上の王国にお帰りになられたわ。あの方がいつもエイドリアノポリスにいてくださったらいいのに。そうすれば退屈することなどなくってよ[53]。ですから、レディー・エレン、わたくしにはあなたしかいないの。何とかしてちょうだい」

　エレン嬢は教え子の王女に何か暇つぶしを見つけるという難題にしばし思案し、こう答えた。「王女さまのお気に入りの侍女はどこにいるのですか。あの娘のギターの甘美な音色をお忘れですか」

「そうだわ、ゾレイダ、ゾレイダよ」王女はそれまで物憂げに横になっていたソファから飛び起きた。「音楽を聴くにはもってこいの時間だわ。黄昏時が一番いいのよ。ユーナ」(部屋にいた女中を呼んで)「レディー・ゾレイダにギターを持って庭園に来るように伝えなさい。わたくしはエイドリアン王子の杉並木にいますから」

まだ蒼白い大きな満月が西の丘陵の夕霞たなびく地平線上に昇りかけ、その淡い光が沈みゆく夕陽と戯れていた。その中をイエーネとゾレイダの影が、杉の巨木が両側にそそり立つ薄暗い並木道を進んで行った。イエーネはいかにも若い娘らしい弾むような足取りで、妖精のように軽々と先を行った。

小柄ですらりとした身体に清楚なドレスという装いのせいで、王女はますます妖精のように見えた。王宮の広大な庭園のこの一角が、まるで人里離れた深い森の奥のように見えることも、そうした印象をさらに強めた。短く刈られた柔らかな芝草が、鮮やかな光沢の絨毯《じゅうたん》のように広がっていた。木立が深く濃い影を落とし、鬱蒼とした葉群が頭上や辺り一面を覆っていた。そうした情景は、よく精霊たちが浮かれ騒ぐ場所として選ぶと言われる森の奥の舞台という印象を与えていた。ゾレイダはゆっくりと淑やかに後につづいた。その美しい顔に憂いを浮かべ、まるで深い森の中で道に迷い、親切な森の妖精に導かれて元の道に戻ろうとしているお姫さまといった風情であった。二人が並木道の中ほどまで来たとき、傍らの枝が揺れた。森の奥へとつづく脇道から、突然、長身で立派な体格の人影が現れ、二人の前に立ちはだかった。女たちはしばらく無言で見つめていたが、やがてイエーネがこの侵入者の正体に気づいた。

「まあ、アレグザンダー」彼女はまた弾むように進み出て叫んだ。「あなただったの。杉木立が暗くてお顔もわからないくらいだわ」

「ああ、イエーネ」王子は妹の美しい豊かな巻き毛に触れながら答えた。「こんな時間にどこへ行く。それも一人で。母上が聞かれたら何とおっしゃることか」

「あら、一人じゃなくてよ。よくご覧なさいな、レイヴンズウッド。後ろに誰がいるかおわかり？」

大公は眼を凝らした。ゾレイダは少し後ろにいて、黄昏が小刻みに深みを増していたので、その姿は判然としなかった。

「ハーマイオニーか」と、彼は声を落として聞いた。「もしそうなら、宮殿に戻ってジュリアスに伝えてくれないか。イエーネと僕はエイドリアンの杉並木を散歩していると」

「散歩なんかしないわよ、アレグザンダー。それにそこにいるのはハーマイオニーじゃなくて、ゾレイダよ。首席侍女で、レディー・エレンよりもギターが上手なの。これからわたくしの四阿《あずまや》に行って、ギターを聴くところよ。ご一緒にいかが、レイヴンズウッド。いらっしゃいよ、素敵な晩になるわ」

王子はこの誘いに答えなかった。彼の眼差しはゾレイダに注がれ、その端正な顔には不気味な笑みが浮かんでいた。王女は誘いを繰り返し、兄を連れて行こうとその手を取った。

「そうか、イエーネ」彼は言った。「それじゃ、おまえの四阿に急ぐがいい。ぼくはちょっと用事を思い出したから、それを済まして一五分くらいで行くよ」

妹の返事も待たずにコートに身を包み、ふたたび森の奥に姿を消した。五分後、イエーネと侍女は四阿に着いた。イオニア様式の柱を持つ、簡素で優雅な白い大理石の建物である。二人はギリシャ風の玄関《ポーチ》につづく幅広の石段に座った。ゾレイダはギターを取って、何をご所望ですかとたずねた。

「先日エイドリアンに教わったというあの曲がいいわ」とイエーネが答えた。

美しい歌姫はたちどころに見事な和音を奏で、やがて柔らかで豊かな歌声が深い静寂《しじま》の中に溶け込み、次のような「黄昏の歌」が辺りに流れた。

暮れなずむ空に、月ゆるやかに昇り
　寄り添う星影一つ
波立つカラバー川の水面に
　ゆらめき踊る

明《さや》けき月影と咽《むせ》び泣く川の音に
　我が胸の想いを語らん
この静謐なる一時に身をゆだね
　月影と川の音の贈り主に感謝を捧げん
月が瞬き川が歌うとき
　我はその輝きと響きに、命と魂と言葉を与えん

音高らかに響かせて流れ来る川に
　汝は何処より来たりしかと問わば
夢の中で囁くがごとくに
　厳かなる答えが返る

人よ、我もまた
　地の洞《ほら》より生まれ出でしものなり
その日より、奔流となりて轟々(54)と
　大海原を目指して流れゆく
汝の命が尽き果て
　永遠の眠りに就きし後も

昇りゆく三日月に問いかける
　汝は誰に額《ぬか》づくか、と
甘美なる声が天上より
　地上に降り注ぎて答える

夜半の天空を彷徨う我が眼下には
　無窮の大地が広がり
一筋の川が湧き出で
　流れ下りて大海に至る
人寄せつけぬ孤高の峰が
　傲然と聳え
その頂に神のみが見そなわす
　万年雪を抱く

我が月光は降り注ぐ
　命の息吹溢れる街の上に
人々がさざめき踊り
　竪琴と歌声が響きわたる街に
あるいはまた廃墟となりし塔の上にも
　ひび割れし迫持《アーチ》と丸天井
崩れ落ち踏み荒らされし四阿

人気なくうち捨てられし住まいの上に
ときおり溜め息のような風が立ち
　寺院に吹き込み、迫持から広間へと吹き抜け
時に激しく、時に緩やかに、勢いを矯めながら
　ゆるやかに静かに消えていく
悲しげな滅びの呟《つぶや》きは
　大気を嘆きの声で満たし
その響きは砂漠を彷徨い
　混じり合い、溶け合い、未知の音色を醸し出す

椰子の木が葉群を鳴らし
　荒野の古井戸が
虚ろな響きを立てる
　そよ吹く西風に応えて
小鳥がはばたく羽音
　砂漠に住む鹿の足音

それらが我が耳に聞こえて来る
　かの静寂の世界では

眼下に見えるは
　倒れ伏したる者たちの亡霊
我が光は無数の
　古戦場に降り注ぐ
語り継がれし強者《つわもの》たちが
　千軍万馬の働きをなし
輝かしき栄冠を
　勝ち得し舞台なり

陽の光も通さぬ雲が
　永遠の影を投げかける
されど我が月明かりは安らかに憩う
　強者たちの墓石の上に
かくも穏やかにして優しい月明かりが

その塵の上に降り注ぐ
勇敢なる者、善良なる者、心正しき者が
　終《つい》の住処《すみか》とする処に

荒涼たる砂漠の直中《ただなか》にありて
　戦いや諍いから離れ
疲れ果てし英雄たちが休息し
　生の苦しみから逃れているなら
その頭上に日影一つ与えられずとも
　淡き砂を経帷子に纏《まと》うとも
天空には我が月影が明るく
　銀色の迫持を作り出す

かくのごとき聖なる想いを
　荒れ果てし地が受け止めずとも
強者たちの亡骸が
　先祖の塵に埋もれようとも

その墓石の周りを
　澄明なる月光が濡らし
その暗き終の住処の上に繁る
　木々の枝を照らし出す

ゾレイダがこの情熱的な小曲を歌い終えたとき、最後の和音が宮殿の広い庭園に切なく響きながら、静かに消えて行った。イエーネは一言も発しなかった。その美しい歌姫は余韻を響かせるギターの上にじっと頭《こうべ》を垂れたままだった。この小さな四阿が立つ緑の丘陵は、なだらかな下り坂となって大運河のほとりにまで延び、花を付けたバラが所々に茂っていた。運河は冴え冴えとした月明かりの中を、銀を溶かしたように音もなく流れていた。一艘の平底船が浮かんでいた。どうやら漕ぎ手は楽の音にうっとりと聴き惚れていたものらしく、船はまったく動かず、真っ白な帆も旗も先のとがったマストの上でそよともたなびかなかった。

王女と侍女が荘厳な夕暮れに胸打たれ言葉もなく座っていると、突然、二つの人影が芝の上に現れた。一人は庭師で、その浅黒い肌、独特の顔立ち、縮れた頭髪からアフリカの原住民であることがわかる。もう一人は人間とは思えない醜悪な化け物といった容姿であった。身長は三フィート足らず、がっしりとした体格で、並外れた大きな頭はぼさぼさの黒髪に覆われ、実際よりも大きく感じられた。彼らはじょうろを手に、芝を飾る立派な植え込みに水をやり始めた。

「今夜はずいぶん遅くまで仕事ね」と、ゾレイダは立ち上がって二人の方に近づきながら声をかけた。その眼と表情から、彼女が鋭い洞察力の持ち主であることがうかがわれた。「こんなに夜露が降りているのに水やりが必要なのかしら」

どちらもそれには答えなかったが、背の高い方が連れに話しかけるように小声で言った。「ここの土地では毒ゼリがよく育つなあ。とくに運河の堤では牧草みたいに茂っている。夜風に当たるのは、もうこれくらいにしておこう。辺りに瘴気《しょうき》が漂っているようだからな。さあ、相棒、引き上げようぜ」

二人はじょうろを持ち、丘陵を囲む木立の陰へと消えて行った。ゾレイダはしばし佇んだまま、先ほどの謎めいた言葉に何か隠された意味があるのか考えていた。が、そのとき、四阿の階段に座っていたイエーネの突然の悲鳴で我に返った。何事かと振り返って確かめる間もなく、ゾレイダは荒々しく目隠しをされ、抱き上げられた。そのまま運河のほとりまで運ばれ、待ちかまえていた平底船に乗せられたかと思うと、十二本のオールがぐいぐいと漕がれ、船は瞬く間に水面を羽根のように進んで行った。それから優に一時間は過ぎた頃、船はようやく止まった。その間、ゾレイダはいかなる抵抗も無駄と悟ったのか、クッションを置いたベンチの上に寝かされたままじっとしていた。ようやく「漕ぎ手、止め」という荒々しい声がした。

水音が静まった。目隠しを外された彼女は、大きなアーチ型の水門の手前で漕ぎ手たちが船を止めるのを見た。どうやら、鉄の落とし格子が降りているために通れないようであった。内側にいた男たちが格子をガラガラと引き上げると、漕ぎ手たちは船の向きを変え、狭い脇水路へと進んだ。この水路の先には、堅牢で均整の取れた大きな屋敷へとつづく階段があった。エイドリアノポリスには公私を問わず、すらりとした高いギリシャやイタリア風の建築が多い中で、このゴシック様式の城郭風の屋敷はかなり特異だった。

この異彩を放つ堂々たる建物の、薄暗いが立派な柱廊《ポルチコ》の屋根の下に、一行は船を着けた。これまでずっと指揮を取っていたらしい年かさの小柄な男がゾレイダを降ろし、他の連中には船に戻るよう命じた。平底船はたちまち脇水路の奥に消え、ふたたび落とし格子が降りる音が聞こえた。

「さて、お嬢さん」と、その男はしわくちゃの顔を彼女に向けて言った。「大人しくついて来てもらいましょう。聞き分けがよくてありがたい。こういう場合、大抵が泣いたり叫んだりして厄介だからね」

「いいこと」と女性は答えた。「わたしを捕まえたからって、安心するのは早いわ。おまえになど負けるものですか。ここまで大人しくしていたのは、チャンスがなかったからよ。でもね、そらっ」言うが早いか、彼女は老人の襟首をつかみ、干からびたその小さな身体を軽々と水際まで引きずって行った。「さあ、言いなさい」彼女はつづけた。「いったい誰の差し金なの？　わたしが逃げる邪魔をしないと誓うのです。さもないと、このまま沈めてしまうわよ」

読者には、その風貌から男がロバート・ズデス氏であることはすでにおわかりだろう。彼はくすくす笑いながらゾレイダの手を払いのけると、お返しに彼女の手を万力のようにぎゅっとつかんだ。

「お嬢さん」と彼は言った。「お行儀が悪くなってきましたな。どうやら褒めるのがちょいと早すぎたようだわい。さあ、急ごう。大公さまが先にお着きになってしまう」

「何ですって。これがエイドリアン王子の命令だと言うの」

「そうとも言えるし、そうでないとも言える」と思わせぶりな目配せをして、ズデスは答えた。それから彼が正面玄関脇の小さな通用門をそっと叩くと、従僕が扉を開けた。二人は意味ありげに頷き合い、合い言葉らしきものを交わした。ズデスは囚われ人を廊下に連れて出ると立ち止まり、さらに別のドアを開け、彼女に中に入るよう指示した。彼女が入るとしっかりと鍵を掛け、それをポケットに入れて立ち去った。

我われのヒロインが通された部屋は、大きさの割には堅固で、趣味の良い高級家具がなければ優雅とは言い難かっただろう。壁を飾る綾織物は深い緑色の地に銀糸で木の葉模様が刺繍され、カーテンやクッションやソファにも同じ模様が小さく刺繍されていた。香油を灯した見事な青銅のランプからは甘い香りが漂い、その明るいくっきりとした炎は暖かく心和ませた。だが、この部屋の快適さも、興奮しているゾレイダの眼には入らなかった。生来激しやすい彼女は、その夜の一連の出来事で気持ちがすっかり高ぶっていた。せかせか歩き回っていたかと思うと、手を握りしめてぶつぶつと呟き、足音が聞こえないか立ち止まって耳をそばだてたりした。だが、何の音もしなかった。聞こえるのはただ、ときおり微かに響く鈴の音や遠くで開閉されるドアの音、大きな屋敷の中を走り回る召使いたちの足音だけであった。

諦めて彼女は椅子に座り込んで、独り言を言った。「どうしてこんな向こう見ずなことをしてしまったのかしら。おかげでひどい辱めを受けるはめになったわ。こんなことには耐えられないし、耐えるつもりもないわ。でも他の誰にできるというの？　いえ、できやしないわ。神聖で尊いこの任務を果たせるのは、このわたしをおいてないのだから。すべてじっと耐えることにしましょう。目的が正しいことはわかっているのだから。人間の法はどうあれ、神の法が認めているのだから、神様がお見捨てになるはずがないわ。けれど、優しい聖女のようなお母様が生きていらして、一人娘が情け知らずの悪党どもの手に落ちたのをご覧になったら、どんなにか嘆き悲しまれることでしょう。お父様も、いえ、あの方のことは考えるまい！　お母様を思えば心が鎮まるのに、お父様のことを思うと心乱れるだけだわ」

ひとしきり呟いてから、彼女は指に光る指輪の水晶の底にはめ込まれた美しい女性の肖像《ミニチュア》に見入った。見つめるうちに悲しげな溜め息が洩れた。傍らでさらに深い溜め息がこだました。ぎくりとして振り返ると、組んだ腕を彼女の椅子の背もたれにのせて、紳士が立っていた。白髪と額に刻まれたしわから、七十歳をとうに越えているだろうと思われた。だがピンと伸びた背筋、広い胸幅、青白い顔のくぼんだ眼の鋭い光は、その年齢までにはまだ一〇年はあることを物語っていた。男は黒づくめだった。物腰も雰囲気も堂々としていたが、好感の持てるものではなかった。

「どなたですか」幾分落ち着きを取り戻したゾレイダの口をついて出たのは、この問いであった。

「そんなことはどうでもよい」男は畏怖を感じさせる凄みのある低い声で答えた。「それより、その肖像を〝母〟と呼ぶそなたこそ何者だ」

「ゾレイダと申します」と彼女は答えた。「イエーネ王女の侍女です。何者の差し金なのかわかりませんが、今宵、わたくしは王宮の庭園からこちらに拉致されて来たのです。脱出に手を貸していただけますなら、必ずお礼をいたします」

「手を貸す前に」と男は応じた。「私の質問にもう少しはっきり答えてもらおう。そなたは何者なのか、包み隠さず話すがよい」

「あなたさまのお眼に留まった肖像の娘です。これは母の指輪で、この肖像はわたしの母なのです」

「で、そなたの母上はどこにいるのか。まだ健在か」

「いいえ、ずっと前に亡くなり、今では面影さえ薄れてしまいました」

その人物は低く呻いて、がっくりと椅子に座り込み、声を落として言った。「死んでしまったとは。わしにはもはやあいつを許してやることもできぬのだ」

しかし男の顔は、束の間の心の動揺で和らいでいたが、すぐに元の険しい表情に戻った。

「娘よ」彼は射抜くような視線を浴びせながら質問をつづけた。「それで、そなたの父上は何者か」

「お父様ですって」とゾレイダが叫んだ。一瞬、彼女の黒い瞳がキラリと光った。「お父様は誰よりも立派な方でした。けれど時節が到来するまでは、何があっても名前を明かすわけには参りません」

「意地を張るでない」彼はさらに言った。「そんなことではもっとまずいことになるぞ。わしの訊《き》くことに正直に答えるのだ。そうすれば、手を貸さぬでもない」

ゾレイダはしばし、どうしたものか迷っているようだった。やがて意を決して言った。「やはりお話しするわけにはいきません。ここで人に打ち明けたなら、今のわたしの唯一の生き甲斐である計画が崩れ去ってしまうでしょう」

男は一瞬、彼女をじっと見つめたが、その決然とした表情から、それ以上言っても無駄と判断したらしく、立ち上がって呟いた。「答えるつもりはなさそうだな。とは言え、辱めを受けるのを黙って見ているわけにもいくまい。しかし、わし一人の手にはあまるから、助けを呼ばねば」

彼は炉棚の上の銀製の呼び鈴を取って激しく振った。たちまち召使いが現れた。

「ジョン」と男は言った。「ノーサンガーランド公爵はもう帰られたか」

「いいえ、ご主人様。今し方、馬車をお命じになられたところです」

「では、お帰りの前に少しばかりお話ししたいと伝えてくれ。そしてそのままこちらにお通しするのだ」

二分後、ドアが再び開き、あの長身で威丈夫のノーサンガーランドが現れた。

「どうした、モンモレンシー」(55)ゾレイダに会釈をしてから彼は話しかけた。「まだ何か用か。馬車に乗り込もうというときに、君の伝言で呼び戻されたのだが」

「ノーサンガーランド」とモンモレンシー伯爵が答えた。これまで描いてきた人物は、まさに伯爵だったのだ。「この娘に関わる問題で、君の力を借りたいのだ。二、三日前、君の孫の一人――それも残念だが、一番の悪で危険なアレグザンダー王子に、この女性を家に置いてくれないかと頼まれた。弟君のエイドリアン大公の手の及ばない所に、彼女をそっと移したいということだった。私は引き受けた。畏れ多くも、これまで王族の方の願いを退けたことなど一度もないからな。それで今夜、老ズデスが王子に雇われた十数人のごろつきどもを引き連れて、この娘をさらってきたというわけだ。ロバートによれば、若き魔王《アポルオン》[56]アレグザンダー本人がまもなくやって来るという。で、私はたった今あることを知り、王子を娘に会わせないことに決めた。だが私がなりませんとか、お考え直しをと進言したところで、王子は歯牙にもかけるまい。そこで君の手を煩わさざるを得ないことになったのだ。一つお願いできないだろうか」

伯爵は穏やかに淡々と話した。この処置に関して一切自分に責任はないと言うかのように。ノーサンガーランドも驚いた様子もなく、やはり落ち着き払って答えた。「モンモレンシー、返事をする前に、何がわかったのか話してくれ。わしが出るべきかどうかわからぬではないか」

「娘の右手の指輪を見てくれ」と伯爵が言った。「そこにはめられた肖像が誰かわかるか」

ノーサンガーランドは言われたようにした。すると見る見る顔色が変わった。

「どうだ？」モンモレンシーが訊いた。

「ああ」返事があった。「お前の娘ジュリア[57]ではないか」

「いかにも。その指輪はちょうど二十三年前に私が娘に与えた物だ。周りにH・M・M・Mという私の頭文字が刻まれている。この娘は、その肖像の主が母親だと言うのだ」

「で、父親は誰なのだ」ノーサンガーランドは眉根を寄せてたずねた。

「言おうとせぬのだ。それさえわかれば」

「お嬢さん」公爵は話しかけた。「おいくつになられるかな」

「十八歳です」とゾレイダが答えた。彼女はそれまでじっと無言だったが、その表情から、眼の前の二人の貴族のやりとりに熱心に聞き入っていることがうかがわれた。視線はわけありの二人のあいだをせわしく行き交っていた。

「十八か」ノーサンガーランドはそっと繰り返した。「では間違いなかろう。とにかく、モンモレンシー、心配するな」驚くほど力強く彼はつづけた。「アレグザンダーがいかに執拗に迫ろうと、このお嬢さんはわしがしっかりと守る。少しでも辱めるようなまねをすれば、みずから地獄の釜に飛び込むようなものだ」

「恩に着る、ノーサンガーランド」と伯爵が答えた。「それにしても、なんだってそんなに意気込んでいるのだ。思いも寄らなかったぞ」

「まあよいではないか。わしのすることにはそれなりの理由があるということで納得してくれ。それを知るのはこのわし以外には一人もおらぬが」

そのとき、ドアが開いて当のアレグザンダー・レイヴンズウッド・ウェルズリー大公が入って来た。戸口で足を止めた彼は、祖父の姿を眼にしてその黒い瞳をきらりと光らせた。

「ちぇっ」彼は歯を鳴らした。「なんだって、よりによってお祖父さまがいるんだ」

「親友の伯爵のたっての願いでな」とノーサンガーランドは静かに応じた。「おまえに言っておかねばならぬ。知らせがあるまでは、このお嬢さんは残念ながらおまえには会えない。この言いつけに背けば、皇帝陛下のご裁可を仰がねばならない。そうなれば、わかっているな、いろいろとお父上の耳には入れたくないこともすべて露見してしまうぞ」

「わかりましたよ、お祖父さま」レイヴンズウッドはお辞儀しながら答えた。「なるほどそういうことか。あなたらしいや。ご立派ですよ、お祖父さま」

「口を慎め」と公爵がさえぎった。「口に出す前に、よくよく考えるのだな。ひよっこめ、口の利き方や物腰で、わしの憎しみをあからさまに煽るのは上策とは言えぬぞ」

「わかっていますよ」と孫は応じた。「ですから、この件についてはこれ以上何も言いません。だが、モンモレンシー伯爵、おまえには遠慮しないからな。よくも裏切ってくれたな。これでただで済むとは思わぬことだ。また別の機会に会おうぜ」レイヴンズウッドは捨て科白を残して、恐ろしく陰険な表情を浮かべて出て行った。


この摩訶不思議な原稿の口述がここまで進んだとき、男が突然、言葉を切った。

「チャールズ卿」と男は言った。「わしは帰らねばならぬ。陽が昇り始めた（と、彼はカーテンの隙間から射し込んでいる朝陽を指さした）。明日の深夜十二時、またここで会おう。我われの作品の筆写をつづけるのだ」

返事を待ちもせず、男は帽子を取ると出て行った。さてもう一度彼に会うべきか否か、私はその日は一日中、うんざりするほど頭の中で煩悶していた。あの男の臆面もない図々しさに傷つけられた私の自尊心は「会うな」と告げていた。だが、物語の驚くべき内容に掻き立てられた好奇心は「会え」

と囁いた。結局、後者が勝利を収め、聖マイケル大聖堂(58)の鐘が真夜中を告げ、四方の教会の鐘もそれを追うように鳴り出した頃、私はたった一人で書斎に向かった。そこには男の言葉を借りるなら〈不幸な物書き〉が、前夜と同じように暖炉のそばに座ってゆっくりと煙草をくゆらせていた。そそくさと挨拶を交わすと、我われはテーブルを挟んで席に着いた。男はインクの滲んだあの原稿をふたたび取り出した。私は男が口述するままに書き取った。以下がその物語である。

第四章

王宮の庭園に夏の朝の明るい日差しが燦々《さんさん》と降り注ぎ、影をあやなす並木や露を置いた草叢《くさむら》が光をはじく中を、ウィリアム・エティ卿は、広大な庭園を横切るサリマン宮殿の外壁に向かう広い平坦な道をゆっくりとした歩調で進んで行った。供の召使いは緑色のラシャ布で固くくるんだ手頃な大きさの絵を抱えてつづいた。画家は辺りの照り映えた風景に眼を留めると、ギリシャ人のような端正な顔を満足げにほころばせた。ここかしこで鹿が跳ね回り草を食《は》んでいた。空は青く澄みわたって雲一つなく微風がそよいでいた。果てしなく広がる海緑色の猟場には、巨木が互いに寄り添い、あるいは森の族長たちのように超然とそそり立っていた。その大枝は風に微動だにしなかったが、小枝は揺れ、老いたる巨人たちの頭を飾る葉群れをさらさらと鳴らした。

エティは立ち止まっているように見えた。心から自然を愛する者にとって、洗練されたこの風景は自ずと悦びを湧き立たせずにはおかなかった。だがいかにのんびりとした足取りでも、やがては宮廷の敷地へたどり着く。猟場の柔らかな芝生から、大理石が敷き詰められた外庭に足を踏み入れるや、エティの顔からはそれまでの穏やかな表情は消え、宮廷向けの引き締まった表情に変わった。

　アーチ型の門や広い階段の下に、緑色の狩猟服に羽根付き帽の猟場役人の一隊が集まっていた。内側が階段で結ばれた城壁が宮殿を囲んでいる。一つの街にも喩えられる宮殿は、雲一つない澄み切った空を背に傲然とそびえ、創世以来、王冠を頭に戴くことを許された者だけが住まう無数の屋敷を睥《へい》睨《げい》していた。

　通りかかったウィリアム卿に猟場役人たちが敬礼したことで、卿が宮廷をしばしば訪れる賓客であることがわかる。その中の長身でがっしりした体軀の五十がらみの男が、軍人らしく厳しい物腰、金色の狩猟ラッパと象牙の指揮棒から、警備隊長の要職にあるものと見受けられた。男は親しげに卿に歩み寄った。

「おはようございます、サー・ウィリアム」と彼は声をかけた。「狩りにはうってつけの気持ちの良い朝でございます。チャールズ大公様とエドワード大公様が、猟犬を連れてお出掛けになりますので、私はそのお供を仰せつかりました」

「そうか、ローリー(59)。どうやら準備万端怠りなし、というところだな。ところで、王室のお方はどなたか、もうお見えか。宮殿への伺候には早すぎたかな」

「早すぎたかですって。とんでもありません。大公様とレディー・ハーマイオニー様がもう三〇分も前に、庭園の散歩から中庭をお通りになってお戻りになりましたよ」

「それは良かった」とウィリアム卿は言った。「お二人にお会いしたかったのだ」

「それに」と、歴史にわずかに名を留めるローリーはつづけた。「イエーネ王女とレディー・グレンヴィルも、侍女たちをお供に高台《テラス》のあたりを散策しておいでです。ところで、昨夜、王女様を巻き込んだちょっとした騒ぎがございました。夕刻、侍女一人をお供に庭園を散歩され、運河近くの四阿でご休憩しておられたところ、繋留してあった平底船から突然五、六人の男たちが現れ、その中の覆面の一人が王女を取り押さえている隙に、他の男たちが侍女を船に乗せて連れ去ったのでございます。イエーネ王女様が宮殿に戻って事件をお知らせしたときには、ちょっとした騒ぎになったはず。私どもの多くは王子のどなたかの悪戯と考えております。と言うのも、日暮れてから運河に船を漕ぎ出そうなどと思いつく者は、他におりますまいから。皇后様も薄々察しておられるのか、皇帝陛下のお耳に入れてはならぬと厳命なさいました」

「連れ去られた侍女の名は何というのか」

「ゾレイダ、確かそのように呼ばれておりました」

ウィリアム卿は胸をつかれた。眼を伏せ表情を曇らせたが、心の動揺を気取られることはなかった。

彼は警備隊長に丁寧に挨拶をして別れた。その足は宮殿の一隅の私用出入口に向けられた。ただちに通されたことからすると、どうやら卿は下級係官の誰何《すいか》を受けることなく王室に出入りする特権を与えられた人間であるらしい。彼は同じように易々と、召使いたちがひしめく大広間や、案内役が詰めている控えの間をいくつも通り抜け、ようやく居間に着いた。その洗練された室内の優雅さは、そこが王室一家のくつろぎの場であることを告げていた。

そこには庶民が想像するだけで実際に眼にすることなどありえない二人の人物が座っていた。この男女はそれぞれにすらりとした優雅な肢体に気品を漂わせ、その黒い魅力的な瞳は、女性は清らかな魂を、男性は凛々しさの片鱗をのぞかせていた。

かれらの顔立ちはじつに端正で、あまりに似ているので兄妹と言っても通ったであろう。だが実際には夫婦で、エイドリアン大帝の嫡男で王位と王国の継承者アーサー・ジュリアス大公と、かのノーサンガーランドと最後の妻ゼノビアとの間に生まれた娘ハーマイオニー・マーセラ大公妃であった。まだあどけなさの残る（時に大公は二十三歳、大公妃は十九歳であった）二人は、生まれながらにして地位と権力と知性がもたらすものすべてを与えられていた。幼い頃から宮廷でかしずかれ何不自由なく、そのため尊大で時には我儘《わがまま》であったが、大らかにして高潔、並外れた才能に恵まれていた。人生で最も美しい色調を帯びようとしている現在にあって、やがて墓場へとつづく血塗れの道を悲しみに打ちひしがれて歩むことになろうとは知る術もなかった。もしハーマイオニーが、やがてその膝に冷酷無慈悲な皇帝殺しによって夫の血塗れの首を載せられる日が来ることを予見できたなら、今しも夫が悲しみや不幸の片鱗も知らぬその艶やかな髪の頭を妻の肩にもたせかけたとき、彼女はさぞかし震え上がったことであろう。ジュリアスもまた、未亡人となった妻が皇后を退位させられ、夜に紛れて、首のない夫の亡骸が眠る地下納骨所に赴き、棺に向かって最後の別れを告げるときが来ることを予見できたなら、今は優しく握っている妻の美しい手を苦しみ呻きながら振りほどいたであろう。

予知能力を持たぬ身の幸いなるかな。何も知らぬ二人は、今まさに輝くばかりの繁栄に酔いしれ、不吉な軋みに心乱されることもなかった。だがその現在でさえ、帝国の遙か辺境の地では、抑えても抑えてもその度に盛り返す勢力が黒雲を集め、嵐の前触れを告げていた。

絵のように華麗な二人の前にウィリアム卿が現れると、大公が立ち上がって「やあ、エティ」と声をかけた。「こんな美しい朝に、ご機嫌はいかがかな。相変わらず浮かぬ顔だが。おまえはいったいどうしたら気が晴れるのかね？」

「もうこの歳では楽しいことなどそうはございません」と画家は控えめに答えながらも、そつなく付け加えた。「でも幸せでしたら、まだまだ味わえますとも。私めは殿下や奥方様の御前に伺候する度に、幸せをじっと噛みしめております」

「今朝もお上手だこと、サー・ウィリアム」大公妃はそう言いながら、そこはかとなく生まれの良さの漂う優雅さで、指輪をはめた白い手を差し出し、傍らのソファに座るよう招いた。

「それで」とジュリアスが言葉をつづけた。「頼んでおいた絵はどうなった？　もう仕上がったのか？ハーマイオニーがどんなふうに描かれているか、早く見たいものだ」

「召使いが控えの間にお持ちしております。よろしければ呼び(60)ますが」

「もちろんだ。さっそく見たい。口には出さないが、マーセラも思いは同じだろう」

絵は直ちに運び込まれ、覆いが外された。エティは画家らしく光が正しく当たる場所を慎重に選んで立てかけた。それは月光に照らされた壮大な風景画であった。中景に描かれた大きな樹々が深い影をつくり、その枝々の間からかいま見える遠景は遠ざかるに連れて霞み、低い丘陵の連なる地平線はその奥に広がる澄んだ空に溶け込んでいた。月光は前景をなす大理石の噴水にも降り注いでいた。そこにはきらきらと光る水面を覗き込むハーマイオニーの姿が描かれていた。彼女はまるで天上の女神のように、噴水の縁に佇み彫刻に手をもたせ、何かを見つめているように煌めく黒い瞳を伏せ、その愛らしい顔に物思いに耽る表情を浮かべていた。穏やかな広い額を縁どる栗色の艶やかな髪の房は、自然の小さな頭飾りとも言うべき睡蓮の花や葉と見事に調和していた。ジュリアスは眼を輝かせて美しい絵に見入っていた。

「エティ、予想以上の出来だ。おまえの最高傑作じゃないか」と、誇らしげな画家に向かって言った。「その技量と才能を称えて、記念にこの指輪を与えよう。これ以外の報酬は財務官に言ってくれ。おまえの願い以上のものを与えるよう言いつけてある」

「大公殿下、もったいないお言葉で……」とウィリアム卿が応えかけた。

「黙るのだ！」ぎょっとするような図太い声が真後ろで響いた。「こんな騒ぎを起こした奴に金貨を与えることなどまかりならん」

全員が一斉に振り向いた。なんと、それは皇帝だったのである！　読者には、エイドリアンの容姿は若干説明するだけで事足りるだろう。なぜならその姿は無数の硬貨に刻まれ、胸像や立像など、暴動で破壊されたり時の経過で朽ちてゆく運命を免れたものが、今でも随所の博物館に収められ、誰もが眼にしているだろうから。背はすらりと高く、体軀は力と美が見事に調和していた。その端正な顔立ちについては、今更言うまでもあるまい。現在でも画家たちが男性美の典型と見なしているのだから。当時の歴史家たちの伝えるところでは、大きな黒目がちの瞳はいっぱいに見開かれ、鋭い矢を思わせるような眼差しは、見るというよりも射抜くような光を放っていた。彼らが伝えるところでは、その声は低く、朗々として情熱的で迫力のある語り口で説得力を倍加していた。彼は常に絵のように華美な衣装に身を包んでいたが、その流行を作ったのも彼であった。それについてはすでに先の章のどこかで説明したが、細かい鱗《うろこ》模様の施された色鮮やかな鎧《よろい》は軽量で、わずかな動きにも対応できるものであった。それでいて胸の部分はいかなる強固な剣にも耐えられるよう鍛え抜かれた鋼が使われ、幅広の絹の飾り帯で表からは隠されていた。当時、エイドリアンは四十歳をわずかに越えたばかりで、まさに男盛りであった。軍務や激戦をくぐり抜け、広い額は翳りを帯び、かつては女性のように繊細だった容貌も、今ではすっかり陽に焼け赤銅色に輝いていた。威厳と強い決断力を感じさせる表情と傲岸不遜な態度は、まさしく専制君主であることを物語っていた。すでに紹介した歴史家の中でも最も著名なヒューム(61)によれば、均整の取れた見事な体軀、人を射竦《いすく》めるようなその凝視、天かける飽く事なき野心、思想、言葉、行動に一貫する暗く深く尽きることのない英知、そういったすべてが見る者に、彼が超人的な存在であることを印象づけるのであった。それはあたかも神が人類に怒り自ら地上を支配すべく遣わした魔王ルシファーのようだ、とヒュームも評している。

エイドリアンの姿態と物腰たるや、まさにかくの如しであった。そんな神のような御仁を思いがけず眼の前にして、エティがその現人神に言葉を失って平伏したとしても不思議はなかった。

「立つのだ」皇帝は言った。「今朝のおまえのその忠誠心はいったいどこから来るのだ。サー・ウィリアム、立ち上がって、わしについて来るがよい。おまえにも関心のありそうな事件について、二人きりで少し話がしたい」

画家は黙したまま立ち上がり、傲然と歩む皇帝の後についてサリマン宮殿の柱廊を進んだ。やがて二人は小部屋に至り、エイドリアンは椅子に掛けると、エティにも着席を許した。そして不快な表情を浮かべて始めた。「エティよ、おまえは変わり者でわけのわからぬ奴だな。とんでもない猫っかぶりめが。貴様ほどの偽善者がこれまで陽の目を見たことがあっただろうか。それにしても……」と一息ついた。

そこで画家は落ち着き払って皇帝の言葉を引き取った。「陛下、仰せのとおりでございます。私は偽善者であります。されどそれはやむを得ぬことなのでございます。世間が勝手に私の性格を見誤っておりますのに、何ゆえに、私がわざわざ彼らの眼から鱗をはがしてやる必要がございましょうか」

「何ゆえに、か」皇帝は強い嘲りをこめて言った。「天使に成りおおせた悪魔め。その絶妙な技で織り上げて、巧みに吊り下げた帳《とばり》を見透かして、その後ろに隠された並ぶ者なきその陰険な性格を見抜いた人間は（このわしを除いて）これまでいたか、答えよ」

「陛下、そのような者は一人もおりませぬ。陛下以外の者たちは、私を見えるがままの私と考えております。申し上げるまでもなく、謙虚な芸術家、そして忠実な廷臣で、それは彼らの思い違いではありません。なぜなら私は世間一般に対しては、常に誠心誠意この二つの性格を目標に心がけておりますから。芸術の才をいかに褒め称えられましても、私は自惚れたりはいたしません。宮廷のご威光を借りて金銭を得たことなど一度もございませんし、つましい生活を送っております。我が職業を愛してもおります。好意を持ってくださる方々と語り合うのは愉しいことですし、彼らの大半とは淡々としたお付き合いですので、どなた様のご他界にも涙することがない代わりに、どなた様の存在も疎ましく思うものではございません。しかしながら、それでも私は良心の呵責なく胸の痛みすら覚えずに罪を犯せるでしょう。まるで本能のように。もし境遇が異なっていたならば、犯罪こそ我が本性となっていたでありましょう」

「あっぱれだ」エイドリアンは言った。「まさしく真実の告白だ。サー・ウィリアム、隠し立ては一切しておらぬな」

「おりません。聖人ぶってみても無駄なことはわかっております。ウィリアム・エティが偽善者であると見破られたほどのお方なら、小細工などたちまちお見通しでございましょう。そもそもいかなる理由から私めを怪しまれるようになったのか、皆目、見当が付きません」

「エティよ、おまえの秘密を知る者は、恐らく、わしの他にはもう一人しかいないはずだ。その秘密の内容から、わしは確信したのだ。もしおまえが見かけどおりの人間だったら、成り行きはまったく違ったものになっていただろうとな。それゆえ、四六時中、おまえを見張り始めたのだ。疑念によって研ぎ澄まされたわしの眼力から逃れたいと思うなら、神の助けにでもすがるしかあるまい」

「で、陛下、その秘密とは何だったのでございますか？　畏れ多きことながらおたずね申し上げます」

「サー・ウィリアム、教えるわけにはいかぬ。言ってしまえば、悶着を起こしたくない連中と面白くもない喧嘩をせねばならなくなるだろうからな。まあ、本題に入ろうではないか。そのためにおまえを呼んだのだ。エティ、貴様はわしを騙《だま》したな。貴様が任務をきっちりと果たしていたなら、今頃この世にいるはずもない憎むべき男を、昨夜、見かけたぞ」こう言いながら皇帝は前屈みになって、独特の探るような目つきでウィリアム卿をじっと見すえた。だが画家は顔色一つ変えなかった。

「仰せの意味がわかりかねますが」と落ち着き払って答えた。

「善人ぶりおって、この悪党め。よくも、いけしゃあしゃあと」エイドリアンは眉をつり上げた。「百も承知のはずだ。これから先の質問には、はっきりと答えてもらおう。さもないと、力づくでそのままことしやかな二枚舌から真実を引き出してくれようぞ。まず第一に、こびとのフィニック(62)のことは覚えているか」

「覚えております」

「では、奴に関する十年前の命令についてはどうなのだ」

「はい、しかと」

「命令どおりにしたか」

「いいえ」

「なぜ」

「喉を掻っ切るはずのナイフを取り出す間もなく、逃げられてしまいました」

「ご立派なエティよ、それでは、何ゆえ、奴が死んだとか、片づけたなどと偽りを申したのだ」

「無用なお怒りを避けようと、そのような他愛のない作り話をいたしたのでございます。奴めは逃げおおせました。いずことも知れずに。ありのままをお伝えすれば、奴を連れ戻せなかった私めは、もっぱら陛下のご不興を買うばかりでございましたでしょう」

皇帝はその黒い瞳に炎を燃え上がらせて、ぴくりとも表情を変えない画家を睨みつけた。まもなく呪詛の言葉を吐きながら立ち上がり、部屋の中をずしずしと歩き回ったかと思うと、突然、ウィリアム卿の正面で足を止めた。

「エティよ」その傲慢な顔に険しい冷笑を浮かべて言った。「そんなことを言っても無駄だ。その手にのるか。サイコロに詰め物がされていることくらい、お見通しだ。わしの解釈を聞くがいい。あの惨めったらしいフィニックには、自分でもわけのわからぬ憎しみが消えぬ。なのに、奴はわしに執拗に纏《まと》わりついて離れぬ。まるで離れられない運命のようにな。わしもとくに振り払おうと努めたというわけでもなかったが。奴めが図々しくもわしのことで、命令なるものをロバート・ズデスに与えていたことをわしは知ったのだ。あいつが一体どこからそんな権限を得たのか知らぬが。と言うのも、おまえも知ってのように、あの悪党はごく身近な者にしか従わないのだから。ところが、奴はフィニックの命令を充分に正当なものと考えて遂行しようとしたのだ。しかしわしは手練《てだ》れの暗殺者の裏を掻き、何者が裏で糸を引いているのか突き止めたというわけだ。ズデスもあのこびとの命令に従ったことをそれとなく臭わせてはいたが、あまりにも漠然とした言い方で、はっきりしたところはわからなかった。それでもフィニックをこれ以上身の回りに近づけるのは危険だというくらいの察しはついて、おまえに奴の処分を任せたというわけだ。秘密の死刑執行人の貴様にな。で、貴様は一時間もしないうちに暗殺計画など永遠に実行できないようにしてご覧にいれます、と約束したではないか。ところが、貴様の言葉を借りれば、奴の喉を掻っ切るはずのナイフが研ぎ上がらないうちに、ズデスがやって来て、フィニックを逃してくれたら大金をやると申し出た。この気前の良さの理由としてズデスが言うには、もしフィニックが喉を掻っ切られたなら、わしを滅ぼすという最終目標が絶たれてしまうという。後にズデスがそのことをフィニックに話すたびに、殴る蹴るのご褒美をちょうだいすることになったというわけだ。貴様は大金に眼が眩んで廐舎の扉を開けっ放しにして、軍馬が端綱《はづな》を振りほどくままにしたのだ。

以来十年、おまえにとっては幸いなことに、フィニックは賢明にも慎重に姿を隠しておった。なぜその賢明な方針を止めて今頃姿を現したのかは不明だが、昨日、庭園であいつが縮れっ毛のハムのせがれ(63)みたいな奴と宮廷の庭にいるのを見かけたのだ。ハムのせがれの顔は、どこで会ったか思い出せぬのだが、初めて会った顔というわけではない。エティよ、わしの見方が正しいことを貴様の良心は認めておろう」

ウィリアム卿はその穏やかな顔を紅潮させることもなければ、狼狽《うろた》えた様子や後悔の色を浮かべるでもなく微笑みながら答えた。「陛下、あなた様を欺くことなどできぬことはわかっております。このことを陛下のお耳に入れたのは何者か、お教え願えませんでしょうか」

「ロバート・ズデスだ。おまえの汚れなき悪党仲間で、罪なき堕落者のな」エイドリアンはこの二つの形容詞に強い皮肉をこめて言い捨てた。

「なるほど」と、エティは答えた。「我が旧友ロバートは、確かに真実を申し上げております。しかし、すべてではありません。あのこびとを逃がしたのには別の理由があるのです。それはロバートが申し上げたより遙かに真実であることは、どなたも納得なさるでしょう。私は金のためだけに、お仕えする陛下のお命を危うくしたり、ご命令に背くようなまねをいたしたのではありません。この身は一度たりともマモン[64]の神を崇拝したことはございません。職務を怠る誘惑に負けたのは、これまで片時も忘れることのなかった失われし者について、何らかの情報が得られるかもしれないというかすかな望みのためだったのでございます」

「もっとはっきりと説明するがいい。きれいごとを言わずに」と皇帝はぴしゃりと命じた。

「陛下もご存知のように」エティは答えた。「私にはかつて妻がおりました。それが結婚して二年ほどで、その妻を失ったのでございます。死別したのではありません。いっそ死別だったら幸せだったでしょう。何とも言いようのない恐ろしい運命の仕業でございました。遙か東の彼方の人住まぬ荒野への旅に、妻は同行してくれました。私はその辺りの雅趣に富んだ風景をスケッチしたかったのです。ある日のこと、私が仕事に夢中になっておりますあいだ、妻はまだ誕生日も迎えていない一人娘を召使いに抱かせて、人気のない渓谷を散歩しておりました。人里離れた緑したたる風景が気に入ったのでございましょう。私は姿が見えなくなるまで見送り、そして彼女が帰って来るのを待ちました。ところが、それっきり幸福な結婚生活を二度と味わえないことになりました。何週間、何カ月も捜索に及びましたが、以来、私は妻のジュリアに会えずにいるのです。

ズデスが差し出した金を断って、こびとの喉にナイフの刃を当てたまさにその瞬間、あ奴が命を助けてくれるならば、私の行方知れずの妻の運命について教えてもよいと言ったのです。陛下、そのような誘惑を退けることができましょうか。できはしません。私は命だけは助けてやると約束をしたのでございます。ただし心の中では、知りたいことがわかるまでのことと思っておりました。奴が知っていたのは、妻は野蛮人どもに連れ去られ、すでにこの世の者ではないということでしかありませんでした。そんな程度ではとうてい見逃すわけにはいかないと、わたしは卑しい奴の命に終止符を打つべくナイフを振り上げました。するとは奴は「あんたの子どもは！」と叫んだのです。「子どもがどうしたと？」と聞き返しました。「俺を放してくれ」と奴は言いました。「そうしたら、あんたの子どもを捜してやろう」ちょうどこのとき、ズデスが私の耳元で金貨の入った袋をちゃらちゃらと鳴らしました。この二つの誘惑には逆らえなかったのです。（人間の弱さをお許しあれ）鎖を外してやりますと、こびとは嬉しそうに逃げて行きました。金のためだったなら、あいつを殺してしまえばよかったでしょう。どうせ金などすぐになくなってしまいましたから。そしてこびとは二度と戻っては来ませんでした」

エティが話し終えたとき、小部屋のドアが開いてノーサンガーランド公爵が入ってきた。はっとするほど魅力的な女性を連れていた。背は高からず低からず、年齢は三十を少し出たというところであった。若々しい花の色は薄れていたものの、それでも気品ある澄明な美しさは充分に魅力的であった。愛らしい面立ちと穏やかな榛《はしばみ》色の瞳に憂いを浮かべた様子は、明るく陽気な女性よりもずっと魅力的であった。豪華な衣装、穏やかながら威厳のある物腰、そして何よりも恐るべきエイドリアンに心打ち解けた様子で歩み寄った様子から、この女性こそ、かの心優しく愛らしい皇后陛下のメアリー・ヘンリエッタであることがわかった。

「陛下、恐れながら申し上げます」と、皇后は陽気に愛らしく言った。「父とわたくしからお願いがございますの。否とはおっしゃいませんように」

「ほう、いったいどんなことかな」皇帝は微笑みながらたずねた。アフリカ全土に君臨する誇り高く堂々たる皇帝の顔に微笑が浮かんでいる様は何とも奇妙なものであった。「メアリー、断りでもしたら、とんでもない分からず屋と言われそうだな」

「あら、議論するまでもございませんことよ」と皇后は言った。「お願いというのは、今宵はわたくしの客間にお越しいただけないかしらということですの。宮廷に初めてお披露目する若い娘がいて、是非ともあなたにお目にかかりたいと申すものですから」

「そんなことか、ヘンリエッタ。そんな願いなら無理どころか、喜んで応じるぞ。それにしても、そんなつまらぬことにノーサンガーランドが興味を持つとはどういうわけだ」

皇帝は首相の方を向いて言ったが、当の相手はじっと何か考え込んでいるようで、自分の名前が出たことにも気づかなかった。彼は窓辺に立って腕を組んだまま、眉間にしわを寄せてウィリアム・エティ卿を睨みつけていた。卿は皇后のお出ましの際に起立して、そのまま心からなる敬意をこめて立ち尽くしていた。ノーサンガーランドが卿の姿を眼にして、その秀でた額を不快気に曇らせ、射抜くような視線をキラリとさせても、エイドリアンはかくべつ意外に思った様子はなかった。ただ意味ありげに言った。「ノーサンガーランドよ、そんな仏頂面をするな。今にも雷が来そうだぞ。そんな嵐はおまえにもこの画家にも楽しくはないだろう」

パーシーは顔を上げた。暗い影は消え去り、穏やかな顔にはいつもの冷やかで皮肉な微笑みが浮かんでいた。

「やあ、サー・ウィリアム」ノーサンガーランドはエティの方に歩み寄りながら、さり気なく言った。「どうかお許しあれ。貴公が目に入らなかったのだ。新しい国立美術館の準備はいかがかな。今朝はそのことで、陛下とご相談だったのであろう」

「ありがたいことでございます」画家は答えた。「私めが先週、評議会にて閣下にもお見せした計画案を、陛下がすべてご承認くださいました」

二人はしばしいかにも仲が良さそうに話をつづけた。多才で有能なノーサンガーランド公爵は、いかなる身分の者にも話を合わせるという特技をいかんなく発揮し、エティの方は一流の画家にして宮廷人らしく、有能かつ穏和、洗練された、優雅で控えめな態度で応じていた。いかに優れた洞察力と観察力を備えた人であろうと、この和やかな外見に秘められた陰険さを見抜くことはできなかっただろう。

一方、皇帝と皇后はアーチ型の窓辺でひそひそと言葉を交わしていた。やがてメアリー・ヘンリエッタは、座っている父親とエティの方へ歩み寄った。

「サー・ウィリアム」あなたの本当の性格をわたくしだけは信じて疑わないわ、とでも言いたげに彼女は優しく話しかけた。「今夜はあなたもぜひ宮廷にお越しくださいな。気に入っていただける驚くような贈り物がありますから、必ずお出でいただけますね」

エティはお心遣いに対し慇懃に礼を述べ、何をおいてもご希望に添うようにいたしますと応えた。その後、皇后が優雅な会釈とともに退出されたので、読者もともに部屋を出ることに反対なさらないでいただきたい。

第五章

エイドリアン大帝時代の宮廷ほど華やかな宮廷はかつてなかった。そこには無数の美女がうち揃い、誰言うともなく「麗人の時代」と呼ばれたものだった。きら星のごとく並ぶ聡明な貴公子たちもまた女性たちの優雅な魅力を引き立てていた。当時の宮廷を彩っていたのは、かのノーサンガーランド公爵夫人ゼノビア、華麗なモウナ伯爵夫人ジュリア[65]、優雅なカースルレイ公爵夫人ハリエット[66]、気品を湛えたグレンヴィル卿夫人エレン、魅力溢れるロフティー伯爵夫人マリアン[67]、やんごとなきハーマイオニー大公妃といった面々であった。中でも忘れてはならないのがメアリー・ヘンリエッタである。その頃、女王は夏の日差しを浴びることすでに二〇の倍を数えていたが、なお御髪《おぐし》は柔らかにそよぎ、容色も時の移ろいで色褪せることはなかった。

先の章で述べた日の夕べ、皇后の居間はとりわけ華やかであった。夫君と六人の若い王子たちがずらりと顔をそろえていたからである。気位が高く打ち解けないジュリアス大公は、例によって我一人尊しといった風情で他の兄弟たちとは距離をおいていた。弟の一人がときおり話しかけるが、みずから言葉をかけたり目を合わせたりする仕草で周囲に気配りすることはまずなかった。皮肉な口元を優雅に曲げ、無言のうちに侮蔑と嫌悪を隠さなかった。彼が言葉を交わす相手は女性や年配の貴族たちだけで、それ以外は父の皇帝と広間を一、二度ゆっくり歩き回ったぐらいだった。エイドリアンが大公の肩に親しげに寄りかかったとき、父と子の姿が瓜二つなので、見る者は奇妙な感じを受けた。高慢な顔立ちから、見上げるような背丈、尊大な態度までそっくりであった。ただしジュリアスの方が冷ややかで人を寄せつけない感じが強かった。これは名付け親のスニーキーズ・ランドのジョン王(68)のもとで養育されたためと言われている。皇帝の他の子どもたちは、それぞれが思い思いに動き回り会話を交わしていた。

アレグザンダー・レイヴンズウッドの周りに集まっているのは、名だたる紳士と貴族の一団であったが、彼らの外見や物腰には品がなく陰気で嫌悪さえ感じさせた。おまけにレイヴンズウッドは仲間内でしか通じない隠語や断片的な物言いと、品のない大げさな身振りで舌足らずな部分を補っていた。

一方エイドリアン・パーシーは、父の宮廷にしばしば参内する文人や学者たちと親し気に言葉を交わしていた。ダルメシア公爵アレグザンダー・スールト[69]、ジョン・フラワー卿[70]、エドワード・ド・ライル卿[71]、マーティン・ダンディー卿[72]、ヘンリー・チャントリー卿[73]、エドウィン・ハミルトン卿[74]、他にも彼らと遜色のない著名な人々が彼を取り巻いていた。オーガスタス・スタンリーはと言えば、彼ほど洗練され垢抜けているものは他にいないし、また彼ほど狡猾で不実な人間もいないのだが、そんな彼らしく、あるグループにいたかと思うとすぐに別のグループにと優雅に渡り歩き、知識人たちとは文学、政治家たちとは政治、女性たちとは恋愛、芸術家たちとは芸術論、士官たちとは戦術論と、そつなく相手に合わせて話題を選んでいた。どの話題についても一見識を持ち、よどみなく語っていたが、表面的な社交辞令で誠意に欠けていた。

チャールズ・シーモアとエドワード・モーニントンの二人については簡単に語ろう。いずれも美貌で向こう見ずな悪賢い若者（当時十八歳と十九歳）であった。当然ながら周りに集まるのも同類で、二人が大広間や客間をぶらぶら歩き回ると、その後ろには傍若無人な放蕩貴族の若者たちがぞろぞろと付いて来た。こうした六人の王子たちの行状について、皇后が甘い母親で睨みを利かせなかったと読者がお考えなら、それは間違いである。息子たちは誰もが（母親への慕情というより、その地位に対して敬意を払っているジュリアスだけは別として）母親に強い愛情を寄せていた。母の命令は神聖なものであり、その言葉に対しては父親への畏怖に劣らぬ敬意を払っていた。この夜、息子たちに対する母親の力を示すような些細な事件が起こった。エイドリアン王子が立ち並ぶブロンズ像の素晴らしさについて、ハーマイオニー大公妃とウィリアム・エティ卿を相手に歓談していたところ、仲間を引き連れて通りかかったアレグザンダーが足を止め、人を小馬鹿にした笑みを浮かべながら話しかけた。「おい、パーシー」と彼は口火を切った。「こんな下らないものに夢中になるなんて、おまえも純情な奴だな。おまえの大事な宝物、可愛い恋人がいなくなっても、その感じやすく傷つきやすい胸は痛まないのかい」

翳りを帯びた美しい眼をした学問好きの王子の憂い顔に、たちまち鬱屈した怒りの表情が浮かんだ。「レイヴンズウッド」彼は唇を噛みしめながら言った。「その言葉で僕の血に火が点いた。おまえの血を見ない限り、その火は消えそうにない。わかったぞ、すべての謎が解けた。さあ、僕の挑戦を受けてみよ。悪党め、正々堂々と戦え」そう言いながら、彼は鞘に収まったままの長剣で兄の腕を叩いた。

「ご免だね」とレイヴンズウッドは応じた。「おまえと決闘するつもりなどない。いったい何を根拠に、この俺を悪党呼ばわりするのだ」

パーシーは怒りに任せて言い返そうとしたが、そのとき、皇后が近づいてきたので思いとどまった。穏やかな瞳がちらりと向けられ、「エイドリアンや、わたしの可愛いエイドリアン。そしてアレグザンダー、お願いよ」優しく宥められると、激しく言い争っていた二人は恥じ入りたがいに顔を背けた。そして当面は別れたものの、後ほど母の仲介が入らぬ時にけりを付けてくれようと考えていたにちがいない。

メアリー・ヘンリエッタが貴婦人たちにかしずかれていつもの上段の席に着き、絶世の美女たちが勢揃いしたかと見えたとき、やや離れた控えの間でざわめきが起こり、「ノーサンガーランド様のお越しです。公爵様、公爵様でございます。道をお開けください。お下がりください」と、小姓や案内人が呼ばわりながらぞろぞろと入って来た。

やがてかの偉大なる人物が、冷然と辺りには眼もくれずに、華やかな大広間を進んできた。彼の眼に留まろうと詰めかけた大勢の貴族たちの誰一人にも、声も掛けなければ会釈もしなかった。無言のまま硬く思いつめた表情で歩を進めた。太陽のようにまばゆいシャンデリア、光を受けてきらきらと輝く高い大理石のアーチ、ヴェルヴェットの天蓋が揺れる下を進み、きらびやかな絹の衣装をまとった人々、揺らめく羽根飾り、輝くダイヤモンド、それよりもさらに煌めく瞳をした人々の中を通り過ぎるあいだにも、彼の閉じられた薄い唇からは、挨拶はおろか一言の言葉も、お世辞どころか叱咤の言葉すら漏れることはなかった。公爵は名だたる軍司令官たちの輪の中にひときわ堂々と立っている長身の皇帝のそばに来て会釈し、二人の指導者たちが対等の関係であることを互いに認め合った。エイドリアンは自分がノーサンガーランドよりも高位にあるからといって、相手に堅苦しい挨拶を求めることはなかった。首相にもそんな気持ちはまるでなかった。身分差に対する嫉妬からではなく、ともに格式張った挨拶を軽蔑していたからである。

「メアリー」公爵は皇后のそばに歩み寄って言った。「モンモレンシーが控えの間で待っているが、これから目通りを許すのか」

当時、アフリカからインド、その間に点在する島々を支配していた皇帝のお后に向かって、しかもこの世の粋と贅を極めた華麗なる王宮の大広間で、気品溢れる美女たちを従えて鎮座しているお后に対する言葉としては、この飾りのないぶっきら棒な言い方は奇妙に感じられた。

「はい、お父様」と皇后は答えた。「そのつもりです。小姓や、モンモレンシー伯爵を通しなさい」

お言葉はただちに玉座の足下から、最も遠い入り口にまで伝えられ、ほどなく当人の入室が告げられた。彼は背筋をまっすぐに伸ばして、足取りも重々しく進んだ。その姿は幾星霜を経てきた樫の木のように堂々として神々しく見えた。傍らをしずしずと歩む女性の姿があった。二人はまるで落雷に打たれてもなお揺るぎなく聳《そび》え立つ巨木と、その幹を這う花をつけた細い蔦のようであった。女性はゾレイダで、いつにもまして美しかった。彼女は彩やかな衣装に身を包み、黒髪に宝石を散りばめ、瞳をダイヤモンドのように輝かせていた。その頬は太陽のように明るく輝き、気品のある顔を高揚させていた。

女性が社交界で初めてお披露目する際には、男性が紹介する習わしはなかった。そこで、モンモレンシー卿は皇后に深々とお辞儀をし、他の者たちの中に引き下がった。皇后の合図を受けノーサンガーランド公爵夫人ゼノビアが進み出て、ゾレイダの横に立った。

「皇后陛下のお許しを得て」ゼノビアは言った。「モンモレンシー伯爵の孫娘にして、イエーネ王女様の首席侍女レディー・ゾレイダの披露を執り行わせていただきます」

「皇帝陛下の宮廷に」メアリー・ヘンリエッタは応じた。「そなたのように優れた者を迎えるのは望外の喜びです。ゾレイダ、そなたにはマリア勲位の男爵位を授けます」

叙勲を賜った女性は玉座の前にひざまずき、差し出された白い手に恭しく唇をつけ謝意を表した。それから立ち上がると、公爵夫人に導かれるままエイドリアンの方に向かった。偉大な皇帝の前へしずしずと進む二人のために、ずらりと並んだ尊大な貴族たちや厳しい面持ちの将校たちが道を開けた。

「おお、ゾレイダか」二人を迎えるために進み出ながら、皇帝が言った。「この我が麗しい臣下は何者だ。モンモレンシーよ、これがよく話に出たおまえの孫娘か。ならば、何も恥じることはないぞ。ひざまずくがよい、美しき娘よ。そなたに祝福を与えよう」

ゾレイダはそのお言葉に従う代わりに、さっと後ろを振り向いた。その視線は、エイドリアン王子の燃えるような熱い眼差しを捕らえた。王子はやや離れたところから彼女をじっと見つめていたのだった。興奮でばら色に染まっていたゾレイダの頬が、死人のようにさっと蒼ざめたかと思うと、急に全身に震えが走った。しかし彼女はすぐにふたたび向き直ると、衣の下から短剣を引き抜いて皇帝の胸に突き刺した。「思い知るがよい、暴君よ。我こそはクォーミナの娘なるぞ。不当に殺されし者の復讐なり」

周りで恐怖の叫びが上がった。二〇〇本もの刀剣が一斉に引き抜かれ、燃え上がる松明の灯火を受けてぎらぎらと光った。貴族や貴婦人たちが一斉に席から飛び跳ねて、「反逆だ」「謀反だ」「裏切り者!」「人殺し!」と喊声《かんせい》が上がる中で、羽根飾りの群れが立ち上がり揺れた。

やがて混乱する人々の上に、朗々とした皇帝の声がラッパのように鳴り響いた。「鎮まれ」声は言った。「鎮まるがよい、我が忠実なる臣下たちよ。私は無事だ。かすり傷一つ負っていない。か弱い愚かな小娘のしくじりごときに、狼狽《うろた》えるでない」

たちまち騒ぎは鎮まり、人々はエイドリアンが無傷で妻とゼノビアをそれぞれ両脇に、立派な息子たちを周りにして直立していることに気がついた。胸を覆った頑丈な鋼鉄の胴よろいに命を救われたのだ。それを身に着けていなかったなら、その下で鼓動している高貴な心臓は永遠に止まっていたことであろう。

ゾレイダは死人のように蒼ざめて、しかし眼は依然として爛々と光らせたまま、皇帝の前に立っていた。この思いがけない事態に、見ていた者の中から「この反逆はノーサンガーランドの差し金か」という声が上がった。

「なんだと！」公爵が応じた。「讒言《ざんげん》を口にする奴は誰か」

誰も答えなかった。公爵は皇帝を振り返り、ゆっくりと、だがはっきりと言った。「アーサー(75)、君はそれを信じるか」

エイドリアンは半ば驚いたような笑みを浮かべて、公爵を見返して言った。「信じはしないさ、エルリントン(76)。もしあなたが糸を引いていたのなら、手段も結果もまったく違ったものになっていただろう。アレグザンダー・パーシーの企みに、手加減や失敗などありえぬからな」

ノーサンガーランドは言葉を重ねることなく元の位置に戻った。エイドリアンは自分を殺そうとした娘に質問を始めた。

「娘よ」と皇帝は話しかけた。「何ゆえにこのような正気とは思えぬことをしたのか」

「亡き父の恨みを晴らしたかったのです」

「だがクォーミナはそなたの父親ではないぞ」

ゾレイダは驚きと怒りの混じった眼で皇帝を見返した。

「サー・ウィリアム・エティを前へ」と皇帝はつづけた。

紳士がただちに進み出た。

「さあ」皇帝は言った。「娘よ、そなたの父親を見るがよい。そなたは白人の生まれなのだ。その姿形が黒人の血を引いたものであるはずがなかろう」

「我が妻ジュリアの忘れ形見よ」ウィリアム卿はゾレイダを抱きしめて叫んだ。「おまえをひとめ見たときから、私の血を引く者であることはわかっていた」

「いかにも」と、モンモレンシーが厳しい声で口を挟んだ。「この娘はある画家を愛して父親の命令に背いた者の娘だ。そして今、その娘が反逆者を愛し、主君の命を狙ったのだ」

「許してつかわす」驚き狼狽しているゾレイダにエイドリアンは言った。「咎めはしない。行け、愚かな娘よ。新しく見つかった実の父親を愛し、寛大なる主君を敬うことを学ぶがよい」

皇帝はそう言いながら屈んで娘の頬にキスをした。その戦慄させる深い声、明るく恐れを知らぬ鷹のような眼の慈悲深い輝き、並ぶ者のない端正な面差しに浮かんだ悪戯っ子のような微笑み、それらに心惹かれないとすれば、ゾレイダは人間ではなかっただろう。天使でもなければ悪鬼でもなく、ただの女の身である彼女は、たちまち後悔の涙を溢れさせ、首筋から額のあたりまで顔全体を真っ赤に染めた。か弱い一人の女がそこにいた。ゾレイダは涙にくれながら、身を縮め父と祖父とに導かれて皇帝の前から退いた。

この計らいはエイドリアンの度量の広さを示すものとなったが、次に我われが眼にする彼の姿はそれほど好感の持てるものとは言えないだろう。

夜の帳が天と地を漆黒の闇に包んだ。サリマン宮殿の広い多くの部屋からは、楽の音も歌声も話し声もすっかり絶えて、客間や玄関や廊下からも足音、話し声、囁き声一つ聞こえなかった。ハープの音が響きわたり楽しげなさざめきがこだましていた場所は、今や墓場のような静けさに覆われていた。わずかに一つだけ明かりの灯る部屋があった。皇帝の私室である。そこでは公文書、陳情書、覚え書きなどの書類がうず高く積まれたテーブルを挟んで、皇帝とノーサンガーランドが座っていた。エイドリアンはその威厳に充ちた顔を曇らせ、向かい側の首相もやはり同じように陰気な浮かない表情だった。

「パーシーよ」皇帝は妙に押し殺した凍りつくような声で話し始めた。「君主の命を狙うなどという反逆罪が起こった場合には、できるだけ事を秘密にしておくのが最善策であることぐらい、誰よりも良くご存知だろう。だからあなたにだけは知らせておきたいのだが、じつは刺客に襲われたのは今夜が初めてではない。この二日間でこれが二度目なのだ」

「どういうことだ、アーサー」

「今言ったとおりだ。昨日、一人で庭園を散歩していたところ、林の中から二人連れの男たちが武器を手に跳びかかってきたのだ。だが私はやられたりはしなかった。鱗模様の胸当のおかげで命拾いし、流血の騒ぎにもならずに、奴らをぶちのめしてやったというわけだ」

「で、その連中は今どこにいるのか」ノーサンガーランドは囁くような声でたずねた。皇帝は指を下に向け、意味あり気に指さした。

「地下牢か?」皇帝は頷いた。相手は声を上げて笑い「脱獄できるものかどうか、やらせてみたらい」と言った。「で、連中をどうするつもりか」

「まず何より尋問だ」とエイドリアンは答えた。「すべて吐かせてやる。口を割らなければ関節を残らず外してやるさ。この時間までには準備を整えておくように言いつけてある。君も行くか、ノーサンガーランド」

「そうしよう」即座に返事が返ってきた。

二人は立ち上がり部屋を後にした。サリマン宮殿には地底深く降りて行く九〇〇段もの螺旋《らせん》階段がある。長身の二人の黒い影がゆっくりと死と破滅の住処へと降りて行く足音は不気味にこだました。ようやく階段が尽きた所に楕円形の広間が現れ、そこからは東西南北に通路が枝分かれしていた。エイドリアンとパーシーが北に伸びる通路を進んで行くと、やがて鉄の扉に突き当たった。それは手を触れただけで開き、さらに数段降りるとすぐに低い入り口があり、かび臭い円天井の地下牢に入った。じっとりと濡れた壁は青光りし、重苦しいアーチ型の天井は、牢獄の澱んだ空気の中でかすかに燃えているたった一つの鉄製ランプの灯りに辛うじて照らされていた。その灯りは弱々しかったが、先の章に登場した黒人の庭師と醜悪なこびとの姿を見わけることはできた。二人は鎖につながれ、足かせをはめられて立たされていた。傍らの木枠は、その奇妙なごつごつとした形からすぐに拷問の道具であることが知れた。近くにいる二人の男たちは、服装と装備から執行官であると察せられた。

「さて」皇帝は惨めな囚人たちに近づきながら言った。「強情を張ると、どんなに居心地の悪い部屋に押し込められるかわかっただろう。だから分別を働かせて、これからわしがたずねることにさっさと正直に答えるのだ。まず聞くが」（黒人に向かって）「おまえはいったい何者なのか」

「二十五年前に、あんたに裏切られた者の弟だ。あんたはまだほんの子どもで、それがあんなに質《たち》の悪い嘘をつこうとは思いもしなかったぞ」

一瞬、エイドリアンは黙り込んだ。何か思い当たることがあったらしく、その不快な思い出への糸口をつかむと、もはやそれ以上、謎を解きほぐしたいとは思わなかったようだった。突然、彼は話題を変えて次の質問に移った。

「共犯者がいただろう」

「いかにも」

「名前を言え」

「口が裂けても言うつもりはない」

「ロウジャ[77]、シェイヴァー、準備にかかれ。口を割るのだ、悪党め。さもなくば、痛い目を見るぞ。女が一人関わっていたであろう」黒人は驚いた顔をした。

「懸念は無用だ」エイドリアンはつづけた。「その娘はわしを狙い失敗したが、許してやった」

「失敗して許されたと」囚人は繰り返した。浅黒い顔が見る見る蒼ざめた。「では、俺の最後の望みも潰《つい》えたのだな。だが何を驚くことがあろうか。クォーミナ王の血はじつはあの娘の身体には流れていないのだ。白人の娘に、誠実や勇気を求める方が愚かというもの。聞くがいい、暴君よ。ゾレイダは我らが王族の子孫ではないぞ。今から十七年前、ゾレイダと母親は我が国の放浪者に捕らえられ、クォーシャの手に落ちたのだ。まもなく母親は死んでしまったが、赤子はクォーミナの養女となった。その後は人間の皮を着た悪魔が地上からアフリカの心を消し去る日まで、王の娘として暮してきたのだ。俺はやがて娘を復讐へと駆り立てた。彼女は即座に俺の計画に従った。ところがまさに決行というときに、あの青白いよそ者めはし損じ、そして許されたとは。我が王の魂を安んずる、一滴の血も流されなかったとは……」

「黙れ!」エイドリアンが吠えた。そして不意にこびとの方を向いて叫んだ。「この出来損ないめ、何だって貴様はこんなことに首を突っ込んだのだ。どういうつもりでこのわしを七年間も付け回したり屋敷に忍び込んだりしたのだ?　どうしてわしの暗殺を命じる力がおまえにあるのだ。そしてどういうわけであの裏切り者と繋がっているのだ」

こびとは一切答えず、断固として口を割らない決心であるように思われた。

「執行官!」怒りの頂点に達した皇帝は叫んだ。「口のきけぬこの犬めに、自分の舌のありかを教えてやれ」執行官たちは進み出てこびとを捕え、抵抗するのも構わず力ずくで拷問台に縛りつけた。こびとはきりきりと絞り上げられ、苦痛のあまり悲鳴を上げた。「皇帝よ、我が子を拷問にかけるのか」かすかな声が切れ切れに言った。

一瞬の間があった。居合わせた人たちは誰もが立ちすくんだ。だがエイドリアンはすぐに落ち着きを取り戻して「わしの子だ、と言ったのか？」と聞き返した。その不自然なほど落ち着いた声は、冷静な外見の下に激しい感情が逆巻いていることを充分に示していた。「それでは、人間の名を汚すほど醜悪な化け物に、母と呼ばれる栄誉を受けるものは誰か？」

そのとき、黒人が相変わらず重々しく警告するような口調で言葉を挟んだ。「暴君よ」と彼は言った。「ソファラ[78]を忘れたのか？　ネイマッド[79]の海岸を思い出すがいい」

この言葉にエイドリアンは胸を深く突かれ、一瞬、渦巻いていた怒りが鎮まったようだった。彼は腕組みをしたまましばらく考え込んでいたが、やがて顔を上げふたたび黒人に向かって話し始めた。「シャンガロン[80]」彼は言った。「そうか、お前だったのか。わずかこの五分間で、わしは二十五年もの歳月をさかのぼった。ここにいるのはまだ十八歳のドゥアロウ侯爵アーサーだ。わしの思い出の中では、穏やかなネイマッドの浜辺に立ち、傍らにはソファラがいる。ソファラよ！　おまえの姉にして愛しの我が妻[81]。シャンガロン、あれはまだ生きているのか？」

「生きているか、だと」黒人は苦々しげに言った。「生きているかと聞くのか。いや、彼女の魂、命、存在のすべてが貴様に、貴様という裏切り者の白人に深く結びつけられていた。それゆえ、冷酷で無慈悲な貴様に捨てられたとき、姉の頬からは血の気が引き、眼は輝きを失い始めたのだ。そして今は砂漠に眠っている。その訪れる者もない永遠の住処を、ジャッカルどもが食い荒らしていなければな」

「それで」と、エイドリアンは夜の闇をさらに深くするような渋面をしてつづけた。「わしの息子だと言う、このぞっとする獣のような奴は何者か」

「ソファラが死の床に伏せり」シャンガロンは答えた。「死の影が忍び寄り、この世を去らねばならない苦しみに胸ふさがれたとき、彼女は祈ったのだ。息子がその不実な父親にとって恥となり不名誉となるようにとな。このかたわ者は、生まれたときは眼の覚めるような美しい赤ん坊であったのに、その後おぞましい変化が起こり、たちまちご覧のような醜い生き物に変わってしまったのだ。それから後は、俺がこいつに自分の父親を憎み、どこまでも付きまとい苦しめてやるように仕込んだのだ」

「執行官！」皇帝はさえぎった。「仕事にかかれ。悪党どもを広間に連行し、斧と断頭台にその反逆と虚偽の償いをさせるがよい」

命令は直ちに伝わった。シャンガロンとこびとは引き立てられて行き、エイドリアンは首相と二人きりになった。冷やかな無関心さで成り行きを見つめていたノーサンガーランドがようやく口を開いた。「アーサー」彼は語り始めた。「君の過去の秘密の幾ばくかをわしは知ってしまった。だからわしも自分のことを打ち明けておくべきだろう。じつは、あの娘、すなわちゾレイダはわしの孫娘なのだ。なぜならあの娘の父親エティは、わしの息子なのだから」

「そのことはすでに承知している」と皇帝は答えた。「何年も前にズデスから聞いたのだ。それを知って、サー・ウィリアムを頭から信用してはいけないと思い始めたというわけだ。パーシーの血を引く者の中に聖人の血が流れているはずがないからな。それにしても、ノーサンガーランドよ、母親は誰なのだ？」

「マライア・ディ・セゴヴィア(82)というわしの最初のイタリア人妻だ。彼女のことを話したのを覚えていないか。エティは一人息子だった。わしが男児を忌み嫌っていることは君も知るとおりだ。だからわしの前からは遠ざけていたのだが、それでもずっと眼は離さずにいた。ズデスが知らせて来なかったら、息子との関係を認めることもなかっただろう。君の息子エイドリアンはゾレイダを愛している。二人の結婚を許すつもりか？」

「もちろんだ。君の孫娘には何の不足もない。クォーミナの後見を受けていたことはすでに許してある」

そう言いながら皇帝と公爵は円天井の地下牢を後にした。二人が横切って行った広間には、間に合わせの断頭台の上に鮮血の滴る生首が二つ並べられ、エイドリアンの命令がたちどころに実行されたことを示していた。

こうした事件から三週間後、ゾレイダとエイドリアン王子の結婚式が華やかに挙行された。高貴な身分に相応しい壮麗な式で、エイドリアノポリスじゅうが祝福に湧いた。

ここで突然、口述人の声が止んだ。私は顔を上げた。男が座っていた椅子は空っぽだった。部屋じゅうを見回してみたが、何処にもいなかった。私は立ち上がってドアを開け、廊下を覗いてみた。しかしそこはひっそりと静まり返り、朝の光がタペストリーの掛かった壁に射しているだけだった。階段には足音一つ聞こえず、玄関にも人の気配はなかった。以来今日まで、私はただの一度もこの不幸な物書きの姿を見たこともなければ、噂を聞いたこともない。ここにかの男の原稿を賢明なる読者の皆さまにお目にかける次第である。その話には不自然で異常なことが多く含まれているが、全体としては、その名は失念したが、ある昔のイングランドの作家の次の言葉が当てはまるように思う。

いかなる文字によって
　運命の書が書かれようとも
それが理解できぬのは幸せというもの。
もし分かりすぎるならば
　我らは発狂するであろう。(83)

かくして、未だ開かれざる運命の書物の一葉は閉じられる。

シャーロット・ブロンテ

一八三四年一月十七日

「未だ開かれざる書物の一葉」訳注

（1）「緑のこびと」注（2）参照。
（2）「緑のこびと」注（3）参照。
（3）物語の時代設定は執筆時（一八三四年）より二十四年後の未来とされている。
（4）「緑のこびと」注（4）参照。なおビブリオ・ストリートは架空の街ヴェルドポリス市中の本屋街。
（5）旧約聖書「伝道の書」一章九節。イスラエルのソロモン王はダビデの息子で後継者。賢王として知られる。
（6）ウィルキン・ソーントンの屋敷。ソーントンはスニーキーズ・ランド（「緑のこびと」注（27）を参照）の王アレグザンダー・スニーキーの勘当された息子。チャールズの後見人。
（7）「十二人の勇士」の一人ヨーク公の息子エドワード・シドニーの屋敷。シドニーはザモーナ公爵の右腕となる一方、公爵の従妹ジュリア・ウェルズリーと結婚する。「捨て子」（'The Foundling', 1.1833）参照。
（8）アーサー・オーガスタス・エイドリアン・ウェルズリー。ドゥアロウ侯爵からザモーナ公爵になった彼は、一八三四年、アシャンティーを破ってアングリア王国を建国する。本作はそれよりさらに二十四年後の未来で、同国王はアフリカ全土に君臨する皇帝として絶大な力を誇っている。だが物語では一年後に王国が崩壊することが予言されている。
（9）ワーズワース「国家の独立と自由に捧げられし詩」（'Poems dedicated to National Independence and Liberty'）第一部十六編。
（10）旧約聖書「列王紀上」四章二五節。
（11）「緑のこびと」注（98）（102）参照。「緑のこびと」では先王サイ・トゥトゥ・クォーミナの息子クォーシャ・クォーミナが、アシャンティー族および近隣の部族たちに呼びかけ武装蜂起するが、ウェリントン公爵の率いるイギリス軍に敗れる。この物語はそのクォーシャの処刑で始まっている。なお原文では息子を指すのにクォーシャとクォーミナとを区別せずに使っている。本編ではあえて統一せず、原文の表記に従った。

(12) ローマ時代には敗軍の将を連行して、ローマに凱旋する慣行があった。

(13) アングリア王国（注(8)参照）の首都。カラバー川のほとりにあり、ヴェルドポリスから一五〇マイル離れている。

(14) ギリシャ神話でゼウスとムネーモシュネー（記憶の女神）のあいだに生まれた九人の女神。ムーサ。文芸、音楽、舞踊、哲学、天文など人間の知的活動を司る。

(15) 組み立て式の実物大の木製人体像。

(16) プリズム・鏡・拡大鏡などを備えた器具で、平面に虚像を映し出す自然物写生装置。

(17) ニジェール川の西方を流れる実在の川およびナイジェリア南部の町の名前を採っている。

(18) サー・ウィリアム・エティ。ヴェルドポリスの画家でザモーナに従ってアングリア入りし、貴族の称号を与えられた。実在のヨークの画家で王立美術院会員となった人物の名前を採っている。

(19) サー・ウィリアム（前出）のこと。シャーロットは名前を決定できなかったのか、第一章ではこの名称を用いている。

(20) 十八世紀の風景画では多様性と対照が根本思想であった。

(21) アレグザンダー・レイヴンズウッド・ウェルズリー。ザモーナと三番目の妻メアリー・ヘンリエッタ・パーシーとのあいだに生まれた長男で、他の原稿ではヴィクター・フレデリック・パーシー・ウェルズリーとも。ここでエティと話をしているエイドリアン・パーシー・ウェルズリー（他の原稿ではジュリアス・ウォーナー・ディ・エナーラ・ウェルズリー）とは双子。二人の誕生は「私のアングリアとアングリアの人々」（'My Angria and the Angrians', 10.1834）で告知されている。

(22) レイヴンズウッド・ウェルズリー。アレグザンダー大公に同じ。注(21)参照。

(23) アーサー・ジュリアス・ウェルズリー。アルメイダ卿。ザモーナと二番目の妻マリアン・ヒュームとの間に誕生。「アーサー雑録」（'Arthuriana,' 11.1833）に収録された「新生児」（'Fresh Arrival'）で、その誕生が告知されている。だが「呪い」（'The Spell,' 7.1834）では生後まもなく病死したことになっている。

(24) 旧約聖書「創世記」二章九節。

(25) ローマ神話の戦争の女神。

(26) 元々ラテン語の聖歌。英訳はフランシス・ポット（Francis Pot, 1832-1909）一般にパレストリーナのマニフィカートの曲に乗せて歌われる。

(27) オーガスタス・スタンリー・ウェルズリーとチャールズ・シーモア・ウェルズリー。いずれもエイドリアン・パーシーの弟。もう一人の弟エドワード・モーニントン・ウェルズリーを含めて、この作品ではザモーナには三人目の妻メアリー・ヘンリエッタ・パーシーとのあいだに五人の息子と一人の娘、さらに前妻マリアンとのあいだに生まれた嫡男アーサー・ジュリアス（既出）がいることになっている。別の作品では最初の妻（愛人）ヘレン・ヴィクトリーン・ゴードンとのあいだに生まれたアーネスト・フィッツアーサー・ウェルズリーが登場するが、本作では死んだことになっている。

(28) 「緑のこびと」注(23)参照。初期のグラスタウン物語で重要な役割を演じた「魔神《ジン》」たちだが、初期作品で言及されるのはこれが最後となる。

(29) 『教授』に登場するゾレイド・ルテール（Zoraide Reuter）として名前が受け継がれる。『ドン・キホーテ』に登場するアルジェリア人の女中がキリスト教に改宗するが、愛人と駆け落ちする話と関係づける学者もいる。一八二二年と二四年にイタリアで上演されたドニゼッティのオペラ『グラナタのゾレイダ』の台本をシャーロットが読んだ可能性もある。

(30) スカートなどと合わせて着用する長い婦人用上着。

(31) 他の作品では、その母メアリー・ヘンリエッタ・パーシーの名を採ってメアリー・ウェルズリーと呼ばれている。

(32) グレンヴィル将軍の一人娘。ゼノビア・エルリントンの被後見人だが、この作品ではイエーネ王女の家庭教師役を務めている。
(33) アングリア王国の首相を務めるノーサンガーランド公爵アレグザンダー・パーシー（後出）のエイドリアノポリスにある豪邸。
(34) ゼノビア・エルリントンのこと。彼女はザモーナよりわずかに年齢が上なだけだが、ザモーナが彼女の夫ノーサンガーランドの娘メアリーと結婚したため、ザモーナの義理の母親となり、ザモーナの子供たちにとっては祖母となっている。
(35) エイドリアン皇帝の息子の一人。注(27)参照。
(36) ノーサンガーランド伯爵とゼノビアのあいだに生まれた一人娘。ザモーナの王位後継者であるアーサー・ジュリアスと結婚したばかり。なおハーマイオニーが登場するのはこの作品だけ。シェイクスピアの『冬物語』のヒロインの名を採ったか。
(37) アレグザンダー・パーシーはゼノビア・エルリントンと結婚しエルリントン伯爵となった後は、ドゥアロウ侯爵（後のザモーナ公爵、ここではエイドリアン皇帝）と激しく対立する。だがアングリア建国に際しては手を結び、ザモーナがノーサンガーランド（エルリントン伯爵）の娘メアリーと結婚したことで、二人は義理の父子となる。そして新国家アングリアでは、ザモーナは国王に、ノーサンガーランドは首相になる。
(38) アポロやムーサたちが住んだ山とされ、詩人の霊感の泉とされたヒッポクレーネーとアガニッペーの霊泉がある。
(39) ホメロスはギリシャの叙事詩人。ピンダロスはギリシャの抒情詩人。
(40) ロバート・ズデス。「緑のこびと」注(54)参照。
(41) ノーサンガーランド公爵の召使い。ザモーナの部下のネッド・ローリー（注(59)参照）と混乱しているか。
(42) この名称は作品の冒頭のソロモンをもじったものか、あるいはオスマン帝国の皇帝サリマン（Sulyman）の名を採った可能性もある。
(43) 旧約聖書「出エジプト記」三章五節。モーセに対する神の言葉。
(44) ノーサンガーランド公爵の娘。メアリー・ヘンリエッタ・パーシーと呼ばれる。ザモーナの三人目の妻。ザモーナとの間に五男一女がある。注(27)参照。
(45) 熱帯アジア低地産の木。かつてはその近くの生物を死滅させるほど有毒と考えられ、毒矢に用いられたりした。比喩的に「悪影響」の意味でも使われる。
(46) 男性美の理想。ハドリアヌス帝が好んだ。
(47) ウォーナー・ハワード・ウォーナー。アングリア地方の旧家（ウォーナー家、ハワード家、エイガー家）の長。ノーサンガーランドの後任としてアングリアの首相に就任する。ザモーナの右腕で、二人の関係は実在のウェリントン公爵とロバート・ピール卿（ウォーナーのモデルとされる）を模している。「ヴェルドポリス上流社会」（'High Life in Verdopolis', 2.1834）の主人公。
(48) エドワード・シドニー（注(7)参照）に与えられる爵位のことか。第五章では彼の妻ジュリアが伯爵夫人と呼ばれている。
(49) 父親のフレデリック・カースルレイはドゥアロウ侯爵の親友。
(50) 注(6)参照。
(51) 注(7)参照。
(52) フィディーナ公ジョン・オーガスタス。スニーキーズ・ランド国王フィディーナ公爵ジョン・オーガスタス・スニーキーの息子。
(53) 原文にはシャーロットによる次のような注が付いている。「フィディーナ王子ジョン・オーガスタスは後にイエーネ王女の夫君となった。アフリカ全土でエイドリアンの猛禽のようなくちばしに領土を荒らされることがなかったのは、彼の父親で賢明にして善良なるジョン一世ただ一人であった。なぜなら厳格だが清廉な叡智によって、彼は早くから皇帝の尊敬と称賛を勝ち得ていたからである。皇帝の飽く事なき野心をジョンが一人敢然として諫めたときにも、二人の友情は強まりこそすれ揺らぐことはなかった。ジョン二世が即位するとまもなく全土で革命が勃発し、多くの国王や女王たちが断頭台へと上らされた。ジョン王と彼の愛らしい王妃もまたその運命を免れなかった。かかる災いは逆臣にこそ降りかかるべきであったものを」。なお、文中のジョン一世は、フィディーナ公爵ジョン・オーガスタス・スニーキーのことで、彼とリリー・ハートの結婚は「リリー・ハート」('Lilly Hart', 11. 1833) に書かれている。

(54) コールリッジ『クーブラ・カーン』('Kubla Khan', 1816) II.4-5。グラスタウンおよびアングリアに流れる川はすべてその源を、魔神たちが住む〈月の山〉の地下の洞窟に発している。

(55) ヘクター・マティアス・ミラボー・モンモレンシー。ヴェルドポリスの貴族。ウェリントン公爵の同世代人で、若き日のアレグザンダー・パーシーの悪の指南役。

(56) ヘブライの地獄の大王アバドンのギリシャ語読み。新約聖書「ヨハネの黙示録」九章一一節。『ジェイン・エア』第三巻十二章および『ヴィレット』第一巻十一章でも使われている。

(57) 後に明かされるように、ジュリアはモンモレンシーの娘で画家エティと駆け落ちし勘当されていた。

(58) ヴェルドポリスにある大聖堂。

(59) エドワード・ローリー。ネッドとも呼ばれる。ウェリントン公爵の家臣。

(60) ハーマイオニー・マーセラ大公妃のこと。

(61) デイヴィッド・ヒューム (David Hume, 1711-1776)。スコットランド出身の哲学者、歴史家。シャーロットは友人エレン・ナッシーに宛てた一八三四年七月四日付け書簡で、ヒュームを読むよう勧めている。なお「すでに紹介した」とあるが、本作でその名前が言及されるのは初めてである。

(62) ドゥアロウ侯爵に仕えたこびとで聾啞の召使い。

(63) 現在では否定されているが、ノアの息子ハムが黒人の先祖であるという説があった。

(64) 新約聖書「マタイによる福音書」六章二四節。マモンは「富」の意。『教授』の第二五章でも使われる。
(65) ザモーナの従妹ジュリア・ウェルズリー。注(48)参照。
(66) ハリエット・モンモレンシーのこと。
(67) モンモレンシーの仲間で共和党を率いるマカラ・ロフティーの妻か。
(68) ジョン・スニーキー。注(52)参照。
(69) ロマン派詩人気取りのヤング・スールトのこと。「へぼ詩人」('The Poetaster', 7. 1830) の主人公ヘンリー・ライマーは、シャーロットがスールトを戯画化したものという解釈もある。アングリアから大使としてヴェルドポリスに赴任。父の死後、ダルメシア公爵位を継承。
(70) ジョン・フラワー大尉。ブランウェルの作品の語り手の一人で、歴史家として「イギリス人からの書簡」('Letters From An Englishman', 9.1830-8.1832) や「ヴェルドポリスの政治」('The Politics of Verdopolis', 11.1833) を執筆。後にリクトン子爵となりヴェルドポリスから大使としてアングリアに赴任。
(71) 肖像画家。「緑のこびと」注(73)参照。
(72) アングリアの風景画家。
(73) ヴェルドポリスの彫刻家。詩人バイロンの友人で彫刻家のフランシス・チャントリー (Sir Francis Chantry, 1781-1841) の名前を採っている。
(74) 建築家。
(75) エイドリアン皇帝アーサー・ウェルズリーのこと。
(76) ノーサンガーランド公爵アレグザンダー・パーシーのこと。
(77) ユージーン・ロウジャ。ザモーナ（エイドリアン）の気に入りの小姓。
(78) ソファラの名はゴールドスミスの『地理学総覧』(Rev. J.Goldsmith, *Grammar of General Geography*, 1823) に記載されていた「アフリカ南東部の小さな王国」の名を採った可能性がある。

（79）ギリシャ南部のコリントス湾に注ぐペロポネソス半島北部を流れる川の渓谷ネメアか。ランプリエールの『古典百科』（J. Lempriere, *Bibliotheca Classica or a Classical Dictionary*, 1788）に記載あり。

（80）ここでその名前とソファラの弟であることが判明。

（81）最初の妻（愛人）ヘレン・ヴィクトリーンと混同か。ソファラはドゥアロウ侯爵に捨てられる。

（82）パーシーの最初の妻。マライアでなく、オーガスタとなっている作品もある。ブランウェルの「陸軍元帥アレグザンダー・パーシー閣下の生涯」（'The Life of Field Marshal The Right Honourable Alexander Percy', 1835-1836）において、彼女との結婚および死別の模様が描かれる。

（83）シェイクスピア『ヘンリー四世』第二部（William Shakespeare, *Henry IV*, part 2, 1598）三幕一場に類似の表現がある。

解説

都留信夫

(一)

本書は一九九九年秋、鷹書房弓プレスから公刊された『秘密・呪い』につづく、シャーロット・ブロンテ初期作品集の第二輯である。

第一輯の〈はしがき〉のなかで岩上はる子氏も述べているように、近年作家たちの初期作品(ジュヴェニリア)に対する関心が高まり、特にジェイン・オースティンやブロンテ姉弟妹《きょうだい》の作品については、廉価版も含めて何種類ものテクストが出され、それらの作品を単独に取り上げた研究書も現れるようになってきた。作家が処女作を発表するよりもさらに以前、多くの場合出版も意図せず、自分自身の興味を満たすか、せいぜい身近なわずかな人々を喜ばすために書いた作品が日の目を見るようになったことには、それなりの理由があるに違いない。

一般的には作家の処女作は、みずみずしい魅力があり、作家経歴を貫くテーマの萌芽が認められるかもしれないが、生硬だったり、主題が絞りこまれていないきらいがある。オースティンが『第一印象』の原稿を書き改めて『自負と偏見』として完成したのも、同様にのちに改訂して『分別と多感』となって発表された『スーザン』の原稿が出版社に取り上げられなかったのも、シャーロット・ブロンテの『教授』がせっかくロバート・サウジーの忠言を容れてロマンチックな白昼夢を避け、自然と真実を唯一の道しるべとした作品を目指しながら、彼女が『ジェイン・エア』で爆発的成功を収め、次作を督促されるようになってのちもなお出版を拒否され、彼女が死んでもう新作が期待されなくなってようやく世に出されたのも、あるいは致し方ないことだったのかもしれない。確かに『教授』は今日読んでも、出版社がずっとその公刊を躊躇した理由が理解できる気がする。まして刊行を意図せず、冷静な理性のチェックを経ることなく、思いのままに書き上げた初期作品は、統一感や一貫性を欠いた、独りよがりな作文に堕する危険がある。シャーロット・ブロンテの人と文学のよき理解者であるエリザベス・ギャスケルにしても、彼女の初期作品を評価しようとはしていない。

だが初期作品には、その出来映えを別にして、読者の興味を誘うところがある。一人の作家の文学を真底好きになれば、その作家に関するすべてを知りたくなり、彼または彼女が作家として出発する以前にしたためた文章があれば、それを読みたくなるのが人情だろう。それは流行歌手に対するファン気質にも通ずるものがある。ある歌い手がデビューするよりも遙か以前に祭りの余興や、〈のど自慢〉で歌ったときのテープが残っていれば、大枚をはたいてでも買いとって聴き入ることだろう。栴檀は双葉より芳し、そこには粗削りではあっても大歌手となることを約束する資質が現れている。だからこそ明敏な音楽プロデューサーが着目し、専門のトレイナーが磨きをかける気になったのである。そればかりではない。素人がプロ歌手に変身するためには、天性の資質を生かし伸ばすと同時に、不要・有害な資質を削り取ることが必要だろう。トレイナーたちは変な訛りやこぶしを根気よく矯正し、世間に通用する歌手に仕上げてゆく。作家の初期作品から処女作の誕生に至る過程に介在し、トレイナー役を果たすのが出版社の編集者であり、出版顧問（リーダー）、あるいは先輩作家たちである。彼らが作家志望の若者たちのうちに潜む天賦の才能を認め、育てると同時に、余計な資質を削ぎとるよう指導する。シャーロット・ブロンテにはサウジーがいたし、トマス・ハーディが作家として自立してゆく過程にはジョージ・メレディスや批評家・編集者レズリー・スティーヴンがいて、大きな役割を演じたのだった。初期作品のうちに、読者は愛好する作家の天性の資質と、削ぎ落すべき夾雑物の両方を見出すのである。

しかも問題はそこで終わらない。ふたたび流行歌手に話を戻せば、プロデューサーやトレイナーたちは懸命になって田舎娘の訛りを正し、余計なこぶしを除いて一人前の歌手を誕生させた。だがそれは時代の好みに合致する歌手を作り出しただけのことであり、実はその若手のもっとも貴重な資質を殺しているのかもしれない。同様に編集者や出版顧問が若手がもっている天才的要素や、一番大切なテーマを不適切なものとして摘みとり、圧殺してしまうことがないとも言い切れぬのである。

そう考えるのも、いまオースティンの初期作品と、そのテクストにマーガレット・アン・ドゥーディーが付した意見が頭にあるからである。「フレデリックとエルフリーダ」や「ジャックとアリス」に始まり、有名な「愛と友情」をも含む初期作品において、オースティンは人間感情も世の現実も極端にデフォルメしたところに、ノンセンシカルな笑いの世界を出現させる。「愛と友情」を習作と呼ぶには当たらない。そこにはすでに完成された一つの世界が存在する、という趣旨の意見をヴァージニア・ウルフが述べているが、ドゥーディーは初期作品のうちにこそオースティン本来の想像力が発揮されていると考える。彼女の想像力は本質的にアングロ・サクソンばなれした、今日でいえばボルヘスやイタロ・カルヴィーノに通ずる想像力である。『スーザン』の原稿が容れられなかったため、賢明なジェインはすぐ軌道を修正して、風刺喜劇小説を試みるようになり、結果においてイギリス小説の偉大な伝統の創始者となったが、彼女本来の資質を存分に生かしていたら、それとは全く違った世界が生まれていたはずであるとドゥーディーは考えるのである。

ドゥーディーの意見が全く正しいというつもりはない。オースティンが初期作品の世界で展開したノンセンスの笑いが非アングロ・サクソン的だとは言えないと思うし、今日三巻構成になる初期作品も、終わりに近付くにつれて徐々により現実味を帯びた諷刺喜劇になり、最後に置かれた未完の「キャサリンまたは東屋」に至ると、もう『分別と多感』や『自負と偏見』に直結する形になってきている。それでもなお、ドゥーディーの指摘が一つの重要な意見であることは確かだし、初期作品における手放しの笑いは、のちの六編の長編小説とはいささか異質ながらも紛れもない天才の発露として、読者を引きつけるのである。

当面、問題はブロンテである。彼女の初期作品については岩上氏による研究書がある他、日本でも多くの研究者がすでに論じているし、私自身も『秘密・呪い』のなかで解説を書いた。ただ本書の読者すべてがブロンテ文学に精通しているわけでも、『秘密・呪い』の読者であるとも期待できないので、以下シャーロットの初期作品について改めて簡単に紹介してゆきたい。（その際、前書の解説の誤りを正したところが一、二個所ある。）

(二)

『ジェイン・エア』その他の作者シャーロット、『嵐が丘』の作者エミリー、『アグネス・グレイ』と『ワイルドフェル・ホールの住人』の作者アン、そしてシャーロットとエミリーのあいだに生まれた唯一人の男性ブランウェル——このブロンテ四姉弟妹《きょうだい》が幼年期以来生涯の大半を過ごしたのは、イングランド北部の小村ハワースの教会に付属する司祭館においてであった。早く母を失い、シャーロットが九歳になった一八二五年には二人の姉をも失った四人の幼年時代は淋しいものであったろうが、それだけに四人は仲睦まじく、芝居ごっこに興じたり、幼いなりに政治論議を戦わせたりして楽しんだ。文筆家でもあった父の書斎には文学書もかなりあり、子供たちはそれを自由に手にして空想をふくらますことができた。父も、また若死した姉たちも、幼い子供の議論に加わり、遊びを指導してやることがあった。そして、シャーロットの書いた「今年のできごと」(一八二九年三月一二日)によれば、ブランウェルの誕生祝いに父親が一二体の兵隊人形を買ってきた。(一八二六年六月のことである。)シャーロットが先頭をきり、以下エミリー、アン、ブランウェルの順に気に入りの人形を選び、それぞれウェリントン、グレイヴィー、ウェイティング・ボーイ、ボナパルトと名付け、そこからこの人形を使ったさまざまなゲームが始まったという。やがてそれは架空国家の物語に収斂していった。そのあいだにグレイヴィーはパリー、ウェイティング・ボーイはロスと、それぞれ有名な探険家の名に変わり、ボナパルトもスニーキーと改名された。

この遊びはやがて人形を離れた物語に発展し、子供たちが文字を綴れるようになったとき、シャーロットとブランウェルがアフリカ中西部海岸地方に舞台をとった物語、それから多少時間がずれて下の姉妹が太平洋上の架空の島を舞台にしたゴンダルの物語を書いていった。ゴンダル物語については、今日残存するわずかな詩と日記の断片から、内容が想像されるのみである。一方シャーロットとブランウェルは父が購読していた雑誌を真似た手書きの小冊子を作って、物語や詩を載せていった。極めて小ぶりの、判読が困難なほど細かな文字の雑誌で、姉弟妹以外の者には絶対見せなかったようである。

(三)

シャーロットとブランウェルの物語は、二人の合作というよりも競作の性格が強く、たがいに相手の作った物語に影響され、それに制約されながらも、微妙なところで異なる話となっている。ともに土台となる構想は聖書、『千夜一夜物語』、J・ゴールドスミスの『地理学総覧』、『ブラックウッド・マガジン』等に記載された時事的話題によりながら、他にシェイクスピア、ミルトン、スコット、ロマン派詩人たち等々多くの作品にヒントを仰いでいる。

まず、シャーロットの「ある夢想の物語」(一八二九年四月一五日付)によってアフリカ行きと新都市建設の大筋を辿れば、一七九三年春、七四門の大砲を備えたインヴィンシブル号が一二人の冒険者を乗せてイギリスを出航、三か月の航海の末アフリカの西岸に到着する。彼らは援助を拒否した原住民アシャンティー族を破り、和平を結ぶと早速都市の建設に着手する。魔神の加護を受けた彼らはすべての困難を克服し、ここに光り輝く都市グラスタウンがニジェール川の河口に完成する。

一二人の勇士のうちにはフレデリック・ブランズウィックとアーサー・ウェルズリー、そしてブランズウィックの副官をつとめたのち、ウェルズリーの下でイベリヤ半島やウォータールーで戦ったヘンリー・クリントンのように、作品が扱うのとほぼ同時代に実在した著名な人物がいる他、中南米の征服者エルナン・コルテスの名を借りたファーディナンド・コルティズ、一六世紀末スコットランドで反逆者として追放処分にあった政治家フランシス・ステュアート・ヘバーンの名によったと思われるフランシス・ステュアート、おなじくスコットランドの名門貴族で作者の憧憬する先輩作家スコットの『ウェイヴァリー』ともかかわりのある一家の名を利用したとおぼしきロナルド・トラクウェアの名が見られる。グラスタウンにはその後イギリス艦が来たり、アシャンティー族の襲来があったり、ウェルズリーが帰英することもあったりしたが、一八一六年、彼はナポレオンを破ってヨーロッパ全土を解放した武勲赫々たるウェリントン公爵として大艦隊を率いて帰還し、さらに十余年を経た一八二七年、全国民が集合して彼を国王に推挙、ここにグレイト・グラスタウンを首都とする強力な国家が誕生する。

ブランウェルの「若者たちの歴史」（一八三〇年一二月一五日から翌三一年五月七日にかけて執筆、筆者はジョン・バッドとされている）によるグラスタウン建設物語は、多少趣きを異にする。インヴィンシブル号は一七七〇年初頭に出航し、乗員はつぎの一三人である。バター・クラッシー（艦長、一四〇歳）、アレグザンダー・チーキー（医師、二〇歳）、アーサー・ウェルズリー（らっぱ手、一二歳）、ウィリアム・エドワード・パリー（らっぱ手、一五歳）、アレグザンダー・スニーキー（水兵、一七歳）、ジョン・ロス（大尉、一六歳）、ウィリアム・ブレイヴィー（水兵、一七歳）、エドワード・グレイヴィー（水兵、一七歳）、フレデリック・グウェルフ（水兵、一七歳）、そして四人の少尉候補生スタンプス、マンキー、トラッキー、クラッキーはそれぞれ一二歳、一一歳、一〇歳、五歳である。

古代イスラエルの族長を連想させる艦長クラッシーの年齢が一四〇歳、最年少の少尉候補生クラッキーの年齢が五歳であるなど作り話であることを隠そうとしていないところも面白いが、〈若者たち〉のなかでシャーロットの勇士と重なるのはアーサー・ウェルズリーと、ブランズウィックに対応するフレデリック・グウェルフ（ともにヨーク公とされている）の二人だけである。ブランウェルの人物中注意を引くのはウェルズリーの他にスニーキー、パリー、ロスとブロンテ四姉弟妹《きょうだい》それぞれの身代わりが乗り込んでいることで、やがてこの四人がグラスタウン連邦を構成する四王国の国王となってゆく。連邦にはこの他に二つの大きな島が所属し、これまたスタンプスとマンキーが支配する。大陸にある四王国にはそれぞれ首都グラスタウンがあり、構成国すべてが代議員を送る議会や、連邦の行政機関がある連邦全体の首都として各王国とは別にグレイト・グラスタウンが存在する。なお連邦に隣接してフランス人が入植したフレンチー・ランドがあり、その首都はパリである。ヨーロッパにおける英仏関係と同様、グラスタウン連邦とフレンチー・ランドの仲は険悪である。

ここで「ある夢想の物語」以上に「若者たちの歴史」の方を詳しく紹介したのは、これ以後シャーロットが展開する物語も、自分の編み出した建国談以上に、ブランウェルの話の延長上に繰り広げられているからである。たとえば「緑のこびと」に登場するブレイヴィーは、ブランウェルの若者の一人であって、シャーロットの勇士ではない。

(四)

さて、グラスタウンはいつしかヴェレオポリス、さらにはヴェルドポリスと名が変わるが、主人公もまもなくウェリントンからその長子アーサー・オーガスタス・エイドリアン・ウェルズリーへと受け継がれる。彼はドゥアロウ侯爵からザモーナ公爵となり、さらに一八三四年初頭フランス・アシャンティーの連合勢力を敗った功績が議会に認められ、ヴェルドポリスの東に確保された土地に新国家の創設が許可されるとともにアングリア王国の元首となり、その首都エイドリアノポリスが彼の新たな本拠となる。もっともヴェルドポリスを首都とする連邦はこの王国をも包含した形で保持され、だからザモーナをはじめ新王国の主要人物たちは、両都市のあいだを往復して暮らすことになる。

アングリアという国名は、インド西部デカン地方に一七世紀後半から一九世紀にかけて存在したマラータ同盟を構成する諸侯の一員であるアングリア家に由来する。この一族はインド亜大陸の西部海岸地方に港湾と強力な水軍を保有し、一七三〇年頃までかなりの勢力を誇ってきた。ブロンテ家の子供たちがどこでこの名前に出会ったかは不明であるが、一九世紀前半イギリスの子供たちは日日領土を拡大してゆく英帝国の繁栄ぶりを新聞・雑誌で読み、大人たちの会話で知って胸をときめかしていたことだろう。そしてシャーロットの場合は、彼女が偶像視する英雄ウェリントンが八年間のインド在任中、マラータ同盟との戦闘で功績を挙げたことなどを読みかじるうちに、アングリアという魅力的な名に出会ったのだと推測できる。エミリーとアンが創設したゴンダルも、インド西部の地名から得た名である。（なお他の可能性については、一三八頁の注(104)を参照されたい。）

　ブロンテの初期作品の最初の本格的研究者F・E・ラッチフォード以来、〈アングリア物語〉という名で呼ばれるようになったこの架空国物語では、政治・社会情勢や歴史的推移は主としてブランウェルの創意によるものであり、シャーロットは弟の物語の展開に追随しながらも、主たる関心は人間とくに男女関係や男性の支配する社会のなかで男の横暴と気紛れに悩む女性の心に向かっていった。近年ブランウェルに対する研究が進み、『ブランウェル・ブロンテ作品集』(Victor A. Neufeldt (ed.), *The Works of Patrick Branwell Brontë*, New York and London: Garland Publishing, Inc., 1997–1999) 全三巻が完成、イギリス・ブロンテ協会会報にもノイフェルト、トム・ウィニフリス、ロビン・シンジャン・コノヴァーの文章が現れ、ブランウェル評価の著しい上昇ぶりを示している。ノイフェルトによれば、少くとも『ジェイン・エア』が公刊されるまで、ブランウェルはブロンテ四姉弟妹《きょうだい》のなかで唯一人新聞・雑誌に詩やエッセイを載せた名の知られた人物であり、一八三九年〈アングリア〉の世界を離れたのちにはさらに成熟の度合いを増していったようである。またコノヴァーは一一年にわたる〈アングリア物語〉におけるシャーロットとの協力関係は理想的なものであったと主張するが、これは前に書いたように、必ずしも納得しえない。

グラスタウン連邦およびアングリア王国の大体の位置は、ニジェール川やセネガル川、あるいは黄金海岸からサハラ地方に現実に生活していたアシャンティー族の名からも推測しうる。（ブランウェルの描いた地図を見れば、推測の幅はさらに狭まろう。）ただしアフリカ中西部海岸地方の地誌を頭に置いて作品に向かうと、読者の期待は完全に裏切られる。ジョウゼフ・コンラッド、ライダー・ハガート、グレアム・グリーン等、アフリカを舞台とする作品を書く作家は、それぞれ熱帯地方の自然と風俗を生かそうと努めているが、ブロンテ姉弟はそうした考慮を端《はな》から払おうとしていない。内陸に砂漠が広がる以外、アフリカ的風土を漂わせるところは全くない。むしろスコットランドを連想させるところや、ロンドンを思わせるところさえ少なくない。連邦の社会構成に関する叙述もあまりに粗雑である。ヴェルドポリスの人口構成はどうなっているのか。白人、黒人その他アフリカ諸人種の割合はどうか。連邦の主産業は何かなど、一切明らかにされぬまま、突如おびただしい数の貴族が現れ、上流社交界の賑いが伝えられる。これだけの貴族たちの社会を支えるためにはよほどの数の下積みの人々の生活がある筈だが、それには全く触れぬまま、突然労働者階級の不満が伝えられ、機械の破壊行為や、経営者階級に対する反乱が伝えられる。連邦とイギリス本国との関係が最後まで明示されぬことを含めて、この物語のなかに仮りにもユートピア文学が持つような現実味を備えた架空国家像を求めれば、失望を味わう他ない。〈アングリア物語〉は、その意味では隙だらけである。好みを別にして、ジェイン・オースティンの初期作品に比敵しうるような、一つの完成した文学世界とは成りえていないのである。

〈アングリア物語〉にはおびただしい数の人物が登場し、複雑にからみあっているが、特別の個性を有する男性は数名に絞られよう。

(五)

シャーロットの最初の主人公であるウェリントン卿は実在する有名人であるから、多少とも事実の制限を受けざるを得ず、最後まで模範的人格者にしておきたい。他方ロマン派の詩人、とくにバイロンに傾倒したシャーロットとしては、ウェリントンの勇気と政治的識見を継承しながらも、ドン・ファン的気質をも兼ね備えた人物が欲しかった。ウェリントンの息子アーサーが主役の座を引き継ぐのはそのためである。こうしてドゥアロウ侯爵（後にザモーナ公爵）アーサーは有能な為政者にして雄弁な議会人、そして勇敢な武人であるとともに時にやさしく、時に横暴で超道徳的な恋人役を演ずることになる。

現実のウェリントンにも、アーサーおよびチャールズの二児がいたように、ドゥアロウにもチャールズ卿という弟がいる。彼はプロットの上ではほとんど寄与するところがないが、物語の構成上では重要な役割を演じており、多くの作品において語り手をつとめている。兄であり、すべての面で脚光を浴びるドゥアロウに対する彼の屈折した感情が、物語に特異な陰影を添えることになる。その一端を読者は本書に訳出された二編のうちに見出すことだろう。

ドゥアロウに対する敵役をつとめるのが、アレグザンダー・パーシー（別名ロウグ）である。元来ブランウェルの創り出した人物である彼は、数々の陰謀をねり、海賊生活も経験したのち、有力な貴族に成り上がるが、その後も反政府勢力の頭目として反乱を指導し、追放されるかと思えば和解して政府に復帰、娘をザモーナと結婚させて国王の義父ノーサンガーランド伯爵（本書後半の物語では公爵）として首相に収まる。以後も懲りることなくまた反乱を起こして、ほとんど成功する。二人の男性の錯綜した愛憎関係が〈アングリア物語〉を貫くプロットの主軸となる。

ブランウェルがパーシーを構想したいわれを推測するのは、さしたる難事でない。前にも述べたとおり、彼がまだ八歳の頃に父が人形を買ってきた折、シャーロットが真っ先に気に入った人形を選んでウェリントンと命名、それに対して彼は最後に選んだ人形にボナパルトという名をつけた。このときから姉弟妹《きょうだい》の遊びのなかでのブランウェルの役割は決まった。姉の代表するのは高潔で常勝の英雄ウェリントンである。とするならば彼が代表するのは英雄に対抗する梟雄であり、最終的には敗北することを承知の上で、なお奸計を巡らして正義に刃向かう人物でなければならない。ウェリントンに対するナポレオンの立場は、神に対するセイタンの立場となる。ブランウェルは「陸軍元帥アレグザンダー・パーシー閣下の生涯」と題する物語で、家系の記述から始めてパーシーの出生以降の歩みを詳しく辿ってみせるが、そこにはセイタニスト・パーシー像がはっきり打ち出されている。シャーロットおよびブランウェルの初期作品の多くに登場し、つねに影のごとくパーシーにつき従い、主人の意を体して悪事を実行するかと思えば、時には主人を教唆さえするロバート・ズデスもこの物語中で大きな役割を演じている。パーシーの父も最初の妻オーガスタ（またはマライア）・ディ・セゴヴィアも彼の手で殺害されている。シャーロットはおそらく弟の創造したパーシーの悪の魅力に引きつけられた。彼女のなかにあるバイロン的なものへの憧憬が、パーシーに対して反応する。パーシーの魅力に対抗するためにも、ウェリントンでなくドゥアロウが必要だった。この二人が憎みあいながらも離れられぬ関係をつづけるのは、そういう事情による。

いま一人、アシャンティーの王子クォーシャ・クォーミナについても一言しておこう。彼はグラスタウンとの戦いに敗れて殺されたクォーミナの息子であり、ウェリントンのもとでわが子同然に育てられながらも、やがては民族愛に目覚め、同胞を率いてヴェルドポリス同盟（連邦）を攻撃する。クォーシャについて語る筆者の語り口は意外に侮蔑的でも、敵対的でもない。同盟の側から見れば卑劣な忘恩の徒かもしれないが、アシャンティーからすればイギリス人たちこそ国土の不当な簒奪者である。ウェリントンを英雄視し、帝国の発展を慶賀しながらも、作者は国土を喪失した人々の不幸に目を向けることを忘れない。敵の王宮で大きくなりながら、ついには同族のために武器をとるクォーシャのうちに、作者はファラオの王女に育てられたのち、イスラエルの民を率いてエジプトを脱出するモーセの姿を思い浮かべていたのかもしれないのである。

（六）

ブランウェルがアングリアの政治・社会面に主としてかかわり、いわば男のドラマを展開したのに対し、シャーロットの関心は恋愛と人間関係、そして何よりもザモーナという圧倒的な存在感を有する男の愛情・横暴・衝動・不可解さに振り回される女性たちの運命と苦悩に向けられる。父性原理の権化のようなザモーナの犠牲になる人々の苦しみを、女性のシャーロットは時に自虐的と思えるまで綿密に追ってゆく。初期の〈グラスタウンもの〉でヒロインをつとめ、ドゥアロウの最初の妻となるマリアン・ヒュームに対して、恋敵の立場に立つレディー・ゼノビア・エルリントンは、その高い家柄と非凡な文才をもって社交界の花形となりながらも、ドゥアロウの心変わりに苦しみ、あられもない醜態を演じて敗退する。(彼女はのちにパーシーの後妻となることによって、やっと一応の落着きをうる。) だがゼノビアに対する勝利者マリアンも、やがては人形のようなおとなしさゆえに飽きられ、夫がゼノビアの義娘、つまりパーシーの二度目の妻メアリー・ヘンリエッタの娘で同名のメアリー・ヘンリエッタに惹かれてゆくと、傷心のうちに死ぬことになり、そしてこのメアリー・ヘンリエッタもまた夫の不倫、そして夫と父の対立・抗争に悩まされるのである。

以上三人の他にも、ザモーナのまわりにはアーネスト・フィッツアーサーの母となった愛人(最初の正妻に数えてもよい)ヘレン・ヴィクトリーン・ゴードンをはじめ、次々に女性が現れては彼の魅力の虜になる。そのなかで終始彼への忠誠を揺がせない愛人ミナ・ローリーは、作者の共感を得ながらも、そのあまりに一途な忍従ぶりが鼻に付くようにもなる。そしてザモーナ自身にしても、物語が進むにつれて、バイロニック・ヒーロー的な生命力が薄れていくようにも見える。

(七)

本書に訳出した二編にも触れておこう。この二編はともに二重の語り手を設定している。両編ともチャールズ卿が語り手をつとめるが、「緑のこびと」ではジョン・バッド、「未だ開かれざる書物の一葉」では〈不幸な物書き〉から聞いた話を伝える形をとっていて、エミリー・ブロンテが『嵐が丘』で用いた二重の語りを先取りしたことになる。そうした共通点を有しながら、二つの物語は時間的には対照的である。バッドの語る話はチャールズ卿の執筆時を二〇年近く遡った一八一四年の出来事についてであり、当時ドゥアロウは六歳、チャールズに至っては三歳であり、もちろん話はこの二人と無関係なところで展開する。題名がスコットの『黒いこびと』に由来することから推測できるとおり、純愛と邪恋、正義と陰謀の交錯するこのロマンスには、『アイヴァンホー』その他スコット作品の影響が顕著である。ロナルド・シンクレアという主人公の名も姓もいずれもスコットランド系に多いものであるし、人物たちの服装も風俗その他すべてがスコットランドを連想させる。この作品は作者のスコット礼賛が生んだスコット風ロマンスへの一つの試みである。

「緑のこびと」が回顧談であるのに対し、いま一編は一八三四年一月の執筆とされながら、チャールズが聞いた事件は一八五八年に起きており、時間をフラッシュ・アヘッドした未来小説と取ることができる。そこでは二つの驚くべきことが語られる。一つはザモーナが三四年一月当時まだ存在もしていないはずのアングリアの国王から、ついには大帝国を支配するエイドリアン皇帝となったが、その帝国もまた崩壊するという一種の予言であり、もう一つは彼がまだ一八歳のドゥアロウ侯アーサーだった頃に犯した忌まわしい過去の行状が暴露されることである。この二つが〈不幸な物書き〉という未知の男によって語られ、しかも聞き手チャールズが語られるままに書き綴って目を上げると、もう相手の姿が失せていたというところにこの物語の面白さがある。色々な解釈が可能となるところであろう。

テクストについても述べておこう。シャーロットの死後、初期作品の原稿（あるいは冊子）は一旦夫のA・B・ニコルズがアイルランドの故郷に持っていったが、以後それは人を介して譲り受けた人物の手で切り売りされて、英米各地に分散し、そのうち若干は印刷に付された。本書が扱う二編の原稿はともにアメリカに渡り、そのうち「緑のこびと」ははじめブロンテ初期作品の最初の本格的研究家ラッチフォード編の初期作品集に収録された（Fannie E. Ratchford and William Clyde DeVane (eds.), *Legends of Angria, Compiled from The Early Writings of Charlotte Brontë*, New Haven: Yale University Press, 1933）。これは編者自身断わっているとおり、第一章の終わりで語られるナポレオンと亡霊に関する話を省いたものであり、その部分は "Napoleon and the Spectre" と題して C. W. Hatfield (ed.), *The Twelve Adventurers and Other Stories*, London: Hodder and Stoughton, 1925 に収録されていた。この二つの版の話をつなぐ一パラグラフ、そして「ナポレオンの亡霊」の話が終わったあと、「緑のこびと」第二章が始まるまでのあいだの二〇行ほどを補足したとき、はじめて本書に見られる完全な形となる。物語のまとまりからいえば、ラッチフォード版のように亡霊の話の部分はカットした方がよいように思う。特にナポレオン自身が魔神館に姿を現わすのは、たとえヴェルドポリスの近くにフレンチー・ランドがあるとはいえ、あまりにも突飛に感じられるのである。

「未だ開かれざる書物の一葉」の原稿も長くアメリカにあったが、作品中の詩だけは以前から印刷されながら、作品全体が印刷に付されたのは一九三四年、当時の原稿所有者A・E・ニュートンの著書のなかにおいてであった（A. E. Newton, *Derby Day and Other Adventures*, Boston: Little Brown and Co., 1934）。原稿はその後彼の手を離れ、現在はイギリス・ブロンテ協会が所有する。一九八六年同協会はこの作品を小冊子の形で出版した。いまニュートン本が手元にないため詳しいことは言えないが、表紙だけをとってもニュートン本とこの小冊子では異なるところがある。

両作品ともにC・アレグザンダー編初期作品全集第二巻第一部（Christine Alexander（ed.）, *An Edition of The Early Writings of Charlotte Brontë*, Vol. II, Pt. 1, Oxford: The Shakespeare Head Press, 1991）に収録され、本書はこの版に従って翻訳した。なお「緑のこびと」は Juliet Barker（ed.）, *Charlotte Brontë: Juvenilia 1829–1835*（Penguin Classics, 1996）にも無省略の形で収録されている。これは句読点、綴り字その他原稿の形にできる限り従おうとしたものである。

〈訳者紹介〉

監訳者　岩上《いわかみ》はる子《こ》（滋賀大学教授）
解説者　都《つ》留《る》信《のぶ》夫《お》（明治学院大学名誉教授）
訳　者　津《つ》久《く》井《い》良充《よしみつ》（高崎経済大学教授）
（あいうえお順）
　　　　向《むか》井《い》秀《ひで》忠《ただ》（松山大学助教授）
　　　　谷《や》田《た》恵《けい》司《じ》（東京家政大学助教授）

未《いま》だ開《ひら》かれざる書物《しょもつ》の一葉《いちよう》
シャーロット・ブロンテ初期作品集《しょきさくひんしゅう》 II

2001年4月25日　初　版発行

監訳者　岩《いわ》上《かみ》　はる子《こ》
発行人　寺《てら》内《うち》　由美子《ゆみこ》
発行所　鷹書房弓《たかしょぼうゆみ》プレス

〒162-0811　東京都新宿区水道町2—14
電　話　(03) 5261—8470
FAX　(03) 5261—8474
振　替　00100—8—22523

ISBN4-8034-0459-3　C0098　印刷・大熊整美堂　製本・誠製本